사랑한다는
것은

사랑한다는 것은

1판 1쇄 발행 | 2019년 6월 1일

지은이 | 이용해
발행인 | 이선우
펴낸곳 | 도서출판 선우미디어
등록 | 1997. 8. 7 제305-2014-000020
02643 서울시 동대문구 장한로12길 40, 101동 203호
☎ 2272-3351, 3352 팩스: 2272-5540
sunwoome@hanmail.net

값 13,000원

※ 이 도서의 국립중앙도서관 출판예정도서목록(CIP)은 서지정보유통지원시스템 홈페이지(http://seoji.nl.go.kr)와 국가자료공동목록시스템(http://www.nl.go.kr/kolisnet)에서 이용하실 수 있습니다.(CIP제어번호: CIP2019021021)

ISBN 978-89-5658-613-7 03810

사랑한다는 것은

이용해 열세 번째 에세이

선우미디어
sunwoomedia

끝없이 쏟아지는 맑은 샘물

김정기 재미 시인

이용해 박사님의 열세 번째 책의 원고를 읽으며 감회가 새롭습니다. 작년 봄 열두 번째 수필집 ≪잡초≫ 출판기념회 때 여러 친구분과 문학인들이 모여서 축하해 드렸는데 벌써 책 원고를 보내시다니 그 부지런하심도 부럽습니다.

살아가는 과정에서 겪는 자연스러움과 영감, 원숙한 삶과 높은 필력을 날카로운 판단력으로 겪었던 경험을 풍부하게 쌓은 끝에 달관한 경지에 이른 장인 단계의 수필의 가치를 어떻게 헤아려 말씀드릴 수 있겠습니까! 누에가 실을 뽑듯이 붓 가는 대로 쓰시되 '천의무봉'한 품격에 다다른 글을 세상에 내놓고 계신 박사님의 여전히 위트와, 날선 언어를 다루시는 솜씨로 이 시대에 한 획을 긋고 계십니다. 한국과 미국의 사람 사는 일의 옳고 그름을 정확하게 관통하는, 우리 자신을 투영한 일화를 비롯하여 가정, 이웃, 사회, 정치 속 지구촌의 옛날과 지금 이야기를 명징한 영상에 담아 우리 앞에 보여주곤 하십니다.

글을 치장하거나 만들지 않고 멋 내고 날렵한 말로 꾸미지 않고 솔직한 감정 표현과 진정성 있게 탐색한 흔적이 밀도 안에서 빛이 납니다. 절대로 관념적이지 않고 구체적인 문장으로, 절도 있고 탁월하게 펼쳐진 수필입니다. 그 맑음 울림으로 독자는 청정한 샘물을 마시면서 목마른 삶을 시원하게 적실 것입니다.

나는 의사입니다. 의과대학을 졸업한 지 50년이 지났고 일생을 공부했습니다. 의사로서 공부를 많이 했다는 칭찬도 들었고 선생님에게 칭찬도 들었습니다. 전문의도 세 개나 받았습니다. 논문도 여러 편 썼고 학회에서 발표도 했고 대학에서 교편도 잡았습니다. 그런데 참 한심합니다. 얼마 전 후배가 박사학위를 받고 그 논문을 보내왔습니다. 그건 〈선천성 기형에 관한 유전적인 고찰〉을 쓴 논문이었습니다. 크로모좀의 숫자, 수열과 조합의 공식 등을 나열했는데 이해할 수가 없었습니다.

어떤 잡지에는 3D로 안면과 안면의 골을 촬영하여 수술을 한다고 하는데, 물론 그런 수술을 동료들이 하는 것을 보았지만 나로서는 할 수 있을 것 같지 않으니 나는 불구의 성형외과 의사가 되었습니다.

집에서는 벽에 못 하나 제대로 못 박고, 전기가 고장이 나면 쩔쩔매고, 갑자기 컴퓨터가 먹통이 되면 어쩔지 몰라 하는 반쪽짜리 문화인이고 반쪽짜리 지식인입니다.

밤에 잠자리에 누워서 '그럼 네가 할 줄 아는 게 무어냐고?' 하고 나 스스로에게 물으면 시원하게 대답할 말이 없습니다. 이런 불완전한 지식과 능력을 가지고 지금까지 살아온 것이 참 신기할 뿐입니다.

—〈내가 할 수 있는 것〉 중에서

이 시대가 얼마나 빨리 변해 가는지 헤아리지 못하고 있어서 위의 작품에서 우리에게 정말 필요한 인생의 비밀과 진리, 그리고 소중한 가치를 어디서 찾아야 하는가에 대한 실태를 캐내고 있습니다. 그리고 본인이 가진 것보다 없는 것에 대해서 분석하는 겸손이 또 엄숙해 보입니다. 컴퓨터가 고장 나면 속수무책으로 젊은 세대를 찾아 가야 하는 나이듦의 서러움도 여러 군데서 읽으며 공감하였습니다. 너무 빨리 달려가는 문명의 기계들 속에 80대들도 모두 스마트폰을 쓰며 아이들을 나무라기는커녕 깊이 빠져 있고 때로 특별한 기법을 모를 때 내가 지금 할 수 있는 것이 무엇인가 망연자실해서 기가 죽어 있기도 합니다. 그러나 박사님께서는 새로운 지식을 습득하면서 옛 정서를 살리는 일에 매진하고 있는 것에 많은 아름다움을 품고 계십니다.

그래서 그럼 이 동네에는 어떤 사람들이 살고 있느냐고 했더니 필라의 야구선수들, 농구선수들이 사는데 집이 대개 5백만 불 이상이라면서 이곳에는 모두 흑인 부자들이 살고 있어 백인은 없다고 하더랍니다.

이제 어떤 곳에서는 흑인들이 백인들을 차별하는 곳도 생겼습니다. 오하이오에서 사업을 할 때도 백인이라는 것만 가지고 오만하게 굴며 유색인종들을 경멸하는 사람들이 있었습니다. 그런데 그런 분들은 신통하지도 않고 개업이 잘 안 되는 분들이 많았습니다. 오래 전 TV에서 기자가 LA의 한 청년을 붙들고 왜 일을 안 하고 사회보장 보조금으로 사느냐고 했더니 나는 일을 안 해도 먹고 살 권리가 있다고 당당하게 말하는 것이었습니다. 나는 미국 시민이고 백인이다 라면서….

재래식 변소에 우리는 로마제국이 어찌 멸망했는지 잘 알고 있습니다. 로마 시민들은 일을 안 하고 속주들이 바치는 조공으로 먹고 살며 힘든 일은 노예들을 시키고, 향락에 빠졌다가 노예들의 반란과 속주들의 침략으로 천년 로마는 멸망했습니다.

이제 언제 또 사회가 어떻게 바뀔는지 모릅니다. 흑인들이 백인을 노예로 부리고, 백인들은 흑인들보다 열등한 족속이라는 논문이 나올지도 모르겠구나 하고 생각을 해봅니다.

—〈흑인들의 위력〉 중에서

어떤 힘을 가지고 있기에 그토록 독자들을 매료시켜왔을까요? 사색이 시대와 세대를 관통하면서 독자들의 공감을 끌어냈지만 이를 정리하기까지는 사회의 통념과 시대사조 등 많은 책을 읽었고 주의 깊게 읽었던 구절들과 그만큼의 시간이 흐른 지금, 마음에 반향을 일으키는 구절은 조금 다르더라고 생각됩니다. 저문 들녘에 산그림자가 길게 깔리는 저녁 시간에 우리는 지금의 미국, 흑인이 대통령을 했던 날들로의 기적 같은 메모록을 기억합니다. 이것이 바로 노예 시대를 넘어온 흑인의 승리고 앞으로의 예감이기도 합니다. 고전의 힘이라는 것으로 상류사회에 속한 성형외과 의사의 시각에서 그를 내다보고, 훗날 그 예견이 옳았음을 알 수도 있을 것입니다.

오래 전에는 서울에 장마가 나면 이촌동, 서빙고, 잠실은 항상 물에 잠기고 해마다 이재민들이 생기곤 했습니다. 그러나 지금의 진보들이 그렇게 미워하는 박정희와 전두환 대통령 때 둑을 쌓는 한강의 기적을 이루고서 이촌동, 천호동, 서빙고 등 잠실의 물난리는 없어지고 이재민도 없어졌고 이 동네는 아주 집값이 비싼 동네가 되었습니다. (……) 건물에 불이 나서 조사를 해보면 화재 예방이 되지 않았거나 비상구가 준비되지 않아서 희생자가 많이 나왔다고 하고, 건물이 무너지면 건축법을 어긴 건물이고, 축대가 무너지면 부실공사라고 하지 않습니까. 이런 나라에서 카테고리 4나 5가 온다면 견디어 내지 못할 건물들이 많을 것이고 희생자도 많이 나올 것입니다.

지구온난화로 바다의 온도는 올라가고 이로 인한 고기압과 저기압의 차이가 심하게 생겨나고 여기서 일어나는 태풍과 폭우들이 앞으로 더 많이 생긴다고 합니다. 일본에는 지진만 아니라 태풍과 폭우 때문에 지난 몇 년 동안 많은 피해가 일어났습니다. 이제 우리나라도 자연재해에 안일하게 대처해서는 안 된다고 생각합니다.

-〈장맛비〉 중에서

온몸으로 쓰는 글이기 때문에 심금에 와 닿는다고 하는 사람도 많고, 사람들은 모두 잠재적인 혁명가라고 하기도 합니다. 이용해 박사님은 조용하고 차분하게, 마치 넓은 수조에 잉크 한 방울 떨어뜨려서 천천히 퍼지는 것처럼 작업하면서 세상을 아래 위로 내다보고, 인생 전체를 통틀어서 고난을 통해 사유와 삶을 일치시키는 사색의 혜안을 가지셨습니다. 사회에 난무하는 부조리와 불의를 자로 재듯이 반듯한 구조와 신선한 언어로 전달해 주고 있습니다.

사형제폐지를 반대하며 인간의 생명은 존귀하다고 하는 시민단체의 간부님들이 만일 자기 딸이 유영철에게 죽었다고 해도 꼭 같은 태도를 취할지 정말 알고 싶습니다. 또 연쇄 살인범 유영철이 자기 옆집에 살게 된다면 태도는 아마 달라질 것입니다.

작년 사드의 배치문제가 대두되었을 때였습니다. 물론 중국에 무조건 머리를 숙이는 좌파들이야 말을 할 것 없지만 대다수의 국민은 북한의 핵폭탄과 장거리 미사일에서 나라를 지켜야 한다는 데 반대가 없었습니다. 그런데 그 배치가 경상북도 성주라고 결정이 나자 우리 마을에는 안 된다고 반대의 목소리가 커지기 시작했습니다. 여기서 오는 전자파가 우리 밭의 참외에 영향을 미쳐 인체에 해롭게 되면 참외가 팔리지 않을 테니까 절대 안 된다는 것이었습니다. 그리고 그 반대는 좌파들과 연합하여 거센 반대운동으로 번졌습니다. 'Not in my back yard'의 논리가 나온 것입니다. —〈Not in my back yard〉 중에서

어쩌면 우리의 행복은 그리움처럼, 매만져지지 않기에 눈물로만 느낄 수 있는 것이 아닌지요. 묻어둔 그대로라면 더욱 상반된 일입니다. 따뜻하고 보드라운 모성 신화를 스스로 내면화해 온 이것이 어디서 왔는가 생각하게 됩니다. 이는 양심을 기반으로 한 만남과 소통의 자세를 통해 우리 사회의 새로운 관계를 형성해 가고자 하는 심중으로, 각 영역에서 관계론적 인식을 통해 더 넓고 풍성한 관계의 망을 확산시켜 나가야 제 역할을 계속하게 됩니다. 이 확실한 이론과 설명은 읽는 이의 뇌리에 참된 인간의 길에 방향제시를 정확하게 해줍니다.

박사님께서는 이제야 자신의 시간을 자유롭게 누리시며 인생의 아름다움을 제대로 볼 줄 아는 작가의 시각으로 글이 막히고 뚫림에 따라 그때그때 글을 쓰시며 활기차게 녹여내는 나날에 감사를 드립니다. 그 포착된 주제가 표현할 수 없는 큰 울림으로 독자의 가슴에 각인시켜 주고 있습니다. 사실 우리는 마음 저 깊이 하나의 아쉬움을 지니며 삽니다. 언제나 맑은 샘물 같은 사연과 언어를 사모하며 기다리고 있습니다.

진정한 사람, 진솔한 열망과 진실한 삶을 그린 글을 실천하여 창작하며 노력하는 한 노작가의 뒷모습에서 만날 수 있음을 믿습니다. 그리고 반드시 생명력 있는 건강하신 샘물 같은 작품을 계속 보여주실 것을 기대하며 기다리겠습니다.

차례

02 나 혼자 산다

03 네가 뭔데

04 Not in my back yard

01

머리와 가슴 사이

자식들로부터의 독립선언

오래 전에 들은 이야기입니다.

어느 목사님이 저녁을 먹고 공원에 산책을 나갔는데 어떤 여인이 어깨를 들먹이며 울고 있었습니다. 목사님은 그 여인이 울기를 마칠 때까지 기다렸다가 조용하게 자기가 목사임을 밝히면서 도와줄 일이 있느냐고 물었습니다. 여인이 한참 만에 다음과 같이 사연을 털어놓았습니다.

"나는 손자를 봐주러 아들 집에 갔습니다. 아들 내외가 맞벌이를 하는 것이 애처로워서 매일 아침 아들네로 출근하여 손자를 보면서 집 청소와 빨래를 해주고, 며느리가 퇴근하면 집으로 돌아오는 등 가정부처럼 살았습니다. 그런데 오늘 물을 데운다고 스토브에 올려놓고 방을 잠깐 청소하는 사이에 손자녀석이 물그릇을 잡아당겨서 물이 쏟아지면서 좀 데었습니다. 나는 혼비백산하여 손자녀석을 데리고 병원에 가서 치료를 받았습니다. 의사 선생님은 많이 데인 것이 아니니 걱정하지 말라고 해서 집으로 데리고 왔지요. 며느리가 퇴근을 하여 다리에 붕대를 감은 손자를 보더니 어떻게 된 일이냐고 다그쳤습니다. 나는 며느리에게 자초지종을 설명했습니다. 며느리는 이야기를 다 듣지도 않고는 '이년이 미쳤어.'라고 하며 따귀를 때렸습니다. 나는 거실에 앉아 있다가 아들이 퇴근하여 돌아오기에 아들에게 저녁에 일어났던 일을 설명을 했지요. 그랬더니 아들이 하는 말이 '맞을 짓을 했구만.' 하는 것입니다. 너무나 기가 막히고, 창피하여 누구에게 하소연도 못하고 공원에 나와 울고 있습니다."

이런 이야기가 한둘이 아닙니다.

통계를 보면 노인들이 아들과 딸에게 구타를 당하는 것이 60%정도 되고, 며느리와 사위에게 얻어맞는 것이 15%정도 된다고 합니다. 그럼 왜 자식들에게 맞고 사는가라고 하는데 황창연 신부님의 말로는 '너무 오래 살아서'가 답이라고 합니다.

명문대학의 신입생들에게 10년 전에 당신들의 부모님이 몇 살까지 살았으면 좋겠느냐는 대답에 65세까지 살았으면 좋겠다는 대답이 1위였는데, 5년 전에 똑같은 질문을 했더니 부모님이 63세까지만 살았으면 좋겠다는 대답을 했고, 작년에는 60세였다고 합니다. TV드라마를 보면 은퇴하거나 실직을 하면 남자의 가치는 곤두박질을 하여 개천으로 떨어지고 집안의 천덕꾸러기가 되는 일이 많습니다. 물론 벌어 놓은 돈이 많아서 자식들이 아직도 뜯어 갈 것이 있으면 아버지의 값이 유지가 되지만 이제는 다 뜯어갔고 더 뜯어갈 것이 없으면 자식들과 아버지의 관계는 끊어지고 맙니다. 돈이 없는 아버지가 자식들 눈에 띄면 그때부터 구박이 심해집니다.

어떻게 하면 자식들에게 구박을 받지 않냐고요? 황창연 신부님의 주장은 부모님들도 자식들로부터 독립을 하라는 말입니다. 자식들에게 의지하지 말고 스스로 독립을 하여 자식들에게 "너는 너고 나는 나다."라고 선언하라는 말입니다. 그러려면 실력이 있어야 합니다. 그 실력은 바로 금고에서 나온다는 말입니다. 모택동은 권력은 총구에서 나온다고 했다지만 자본주의 사회에서는 권력은 금고에서 나옵니다. 그런데 많은 유산을 받았거나 사업을 크게 하여 자식들에게 물려주고도 돈이 남아도는 사람이야 말할 필요가 없지만, 평생 직장을 다녔거나, 큰돈을 꿍쳐놓지 못한 사람은 젊어서부터 노후 대책을 해놓아야 자식들로부터 독립을 선언할 수 있습니다. 젊어서 자기가 버는 돈을 모두 자식들에게 쏟아놓고 저축한 돈이 없으면 독립선언을 할 수 없고 식민지 국민들이 사는 것처럼 구박을 받고 뒷방으로 쫓겨 들어가 거실의 큰 TV도 못보고 손님이 와도 거실에 앉아 대접을 못 받는다는 말입니다.

그럼, 자식들에게 어느 정도까지 정성을 쏟아야 하는가는 자신들의 처지에 따라 다릅니다. 미국의 대부분의 사람들은 자식들이 고등학교를 졸업할 때까지 학비를 대주는 것으로 끝이 납니다. 좀 여유가 있는 사람들이 대학을 졸업할 때까지 학비를 대주는 것으로 끝을 냅니다. 그래서 많은 젊은이들이 장학금을 주는 대학을 찾고 아르바이트를 하면서 학비를 법니다. 그러나 한국 사람들은 그렇지 않습니다. 대학을 졸업하고 결혼을 시키고 집을 사주기도 합니다. 문제는 돈도 별로 없으면서 장성한 자식이 사업을 하겠다고 돈을 달라고 하면 집을 팔고 연금을 일시에 찾아 자식들 주머니에 넣어주고는 자식들에게 손을 벌리며 구박을 받고 산다는 것입니다.

오래 전에 저희 동네에 한국에서 오신 노인이 있었습니다. 그는 한국에 재산이 꽤 있어 그 재산을 처분하여 미국으로 가져왔습니다. 그리고는 미국에서 돈을 관리할 줄 모르니 아들에게 모두 주었습니다. 물론 자기가 필요할 때 얼마씩 주어야 한다는 조건이었습니다. 처음 일 년은 그런대로 용돈을 주었습니다. 그리고 다음해에 "얘야, 오늘 누구를 만날 텐데 경비를 좀 다오."라고 하자 아들이 "아니, 지난주 100불을 드렸는데 벌써 다 쓰셨어요? 저희도 생활이 넉넉지 않은데요." 하고는 나가 버리더라고 했습니다. 그 노인이 맡긴 돈에 대해서는 말도 하지 않고… 이것은 한일합방조약에 사인한 거나 마찬가지입니다.

어떤 할아버지가 반신불수가 되어 대소변을 가리지 못하게 되었습니다. 그런데 대소변을 치워 주어야 하는데 그때마다 딸과 며느리가 다투었습니다. 이 할아버지는 땅을 한 조각 팔아서 돈을 베개 밑에 묻어 두고는 대변을 치워주는 사람에게 2만 원씩을 주었습니다. 그랬더니 다음날부터 며느리와 딸이 서로 치우겠다고 다투고 며느리와 딸들이 시시때때로 드나들며 "아버님, 괜찮으세요?" 하고 챙기더라는 이야기도 있습니다.

이런 세태에서 노인들은 죽은 후 땅을 유산으로 남겨 주는 것보다는 살아 있을 때 나를 위하여 돈을 쓰는 것이 자식들로부터 자존심을 지키고 독립을 선언하는 길입니다. 물론 돈이 남아돌면 자식들에게 돈을 주는 것이 좋지요. 그러나 독립된 자아를 유지할 만한 실력이 있을 때의 이야기이고, 집을 팔아 자식들의 사업비로는 절대 쓰지 마십시오. 그리고 며느리나 자식에게 '이년아.' 소리를 듣고 울지 마십시오.

공짜로 얻은 것

세상에 완전한 공짜는 없습니다. 펌프 물을 얻으려고 해도 그냥 펌프질만 한다고 물이 나오는 것이 아니라 마중물을 한 바가지 펌프에 넣어야 물이 나오는 것이고, 아무리 농사가 많이 남는 장사라고 하지만 씨를 뿌려야 싹이 나옵니다. 낚시를 하려면 물고기가 좋아하는 미끼를 던져야 합니다. 많은 경우 미끼만 뺏기고 고기를 잡지 못하는 경우도 있습니다.

세상에는 미끼도 주지 않고 완전 공짜를 잡으려하는 사람들이 많이 있습니다. 물론 우리들도 공짜로 얻은 것이 많이 있습니다. 아침에 일어나면 온 세상을 밝혀주는 아름다운 태양도 공짜이고, 단 한 순간도 없어서는 안 되는 공기도 공짜입니다. 우리들이 태어나서는 어머니가 물려주는 젖을 공짜로 먹고 자랐고, 부모님이 먹여주고 입혀주고, 제때마다 주는 등록금으로 학교를 다녀서 성인이 되었습니다. 세상에서 공짜로 얻은 것은 하나님에게서 받은 자연과 부모님에게서 받은 생명밖에 없습니다.

세상에서 대부분은 공짜가 아닙니다. 아무리 미국이나 서울이 살기 좋다지만, 전기도 물도 돈을 내지 않으면 끊어버립니다. 우리가 필요한 모든 것- 먹는 것, 입는 것, 사는 것-은 대가를 치러야 얻을 수 있습니다.

아무리 로또 상금이 많다고 하지만 티켓을 사는 돈이 필요하고 한 번 샀는데 맞았다고 하는 사람이 있을 수는 있지만 거의 없고 로또 티켓도 돈을 쓰고 공을 들여야 하는 모양입니다. 그런데 거의 공짜처럼 얻는 것이 가끔 있습니다. 그런 사람들 대부분은 자기들이 얻은 것에 대한 감사를 모릅니다. 로또 티켓에 당첨되어 일약 부자가 된 사람은 거의 공짜로 얻은 행운을 지키지 못하여 대부분의 사람들이 몇 해 못 가서 파산을 한다고 보도하고 있습니다.

만델라 남아공화국의 대통령의 이야기는 너무도 많이 알려져 있어서 나 같은 사람이 반복하는 것이 도리어 그에게 허물이 될지 모르지만 그는 27년 동안 강제노동 감옥에 있었고, 강제수용소에서 돌을 캐내면서 돌가루가 폐에 들어가 일생을 폐병으로 고생하다가 그 병으로 죽었습니다. 알칼리성의 돌가루가 눈에 들어가 눈물샘이 막혀 안구건조증으로 고생을 했다고도 합니다. 처음에는 분노하고 원망하고 자기를 가둔 백인들을 미워했지만 만년에 그는 모든 것을 용서하고 화합하고 정말 원수까지도 사랑하는 경지에 이르렀다고 합니다. 그리고 그들이 얻은 자유가 얼마나 많은 희생을 바쳐 얻은 것인가를 항상 마음에 두었다고 합니다. 만델라 대통령은 그들이 얻은 자유가 공짜가 아니라 얼마나 많은 대가를 지불했는가를 국민들에게 가르쳐 주었습니다.

사람들은 힘 들여 얻은 것은 귀하게 여기지만 남이 공짜로 준 것, 부모님에게서 물려받은 것은 가볍게 여깁니다. 그래서 부모님이 남겨주신 재산은 방탕하게 써버리는 사람들이 많습니다. 그래서 부자가 3대를 유지하기 힘들다는 말이 있습니다. 우리 사회에서도 부모님이 이루어 놓은 기업을 말아먹는 자식들, 손자들이 많이 있지 않습니까. 그래서 할아버지기 땀을 흘려 이루어 놓은 기업을 갑질하다가 망쳐버리는 손녀들이 있지 않습니까. 이차대전 때 우리는 공짜로 해방을 맞았고 독립을 받았습니다.

몇 년 전 문재인 대통령은 중국에 가서 또 광복절 기념사에서 우리 독립투사들이 피를 흘려가며 독립을 쟁취했다고 역사책에도 없는 말을 했다지만, 그것은 역사를 몰라도 너무도 모르는 무식한 사람의 말입니다. 물론 한국의 언론에서는 잠잠하지만, 작은 역사의 지식만 있어도 얼마나 허황된 말인지 알 수 있을 것입니다. 2차대전 때, 식민지에서 해방된 것은 우리만이 아닙니다. 대만도 일본의 식민지에서 해방이 되었고, 동남아의 여러 나라들이 식민지에서 해방이 되었습니다. 물론 낚시에 쓰는 미끼 같은 일은 했습니다. 중국에서 독립군들의 운동이나 이승만 박사가 미국에서 한 독립운동 같은 일을 했지만 그것으로 2차대전에서 승리를 하고 한국이 해방이 되었다고 한다면, 해도 해도 너무한 착각입니다.

그런데 우리 선배님들은 공짜처럼 얻은 우리의 해방과 독립이 얼마나 귀한지 모르는 것 같습니다. 마르크스 공산주의에 빠진 사람들은 소련을 등에 업고 러시아 장교이던 김일성을 두목으로 모셨는가 하면, 자기의 권력을 위하여 미국을 등에 업고 3선, 4선 대통령 노릇을 하려던 분도 있었습니다. 지금도 마찬가지입니다.

촛불혁명으로 대통령이 되었다는 문재인 씨는 공짜로 얻은 대통령이라 그런지 나라의 주권이 귀한 줄 모르는 것 같습니다. 중국에 가서는 밥도 제대로 못 얻어먹고도 그것이 괄시인지도 모르고 히죽히죽 웃기만 하고 돌아왔는가 하면, 자기의 아들보다도 어린 김정은에게 곡두재배를 하며 그의 비위를 맞추느라고 새벽에 판문점으로 뛰어가기도 합니다. 유엔에서 결의한 대북제재 결의안이 엄중한데도 북한에다 남몰래 쌀을 퍼다 주고, 전기를 주고, 이제는 시가 몇십 배의 값을 주며 쌀을 퍼주고, 북한산 석탄을 구입하는 등 눈속임을 합니다. 내가 공을 들이고 얻은 것이 아니니 공짜로 퍼주어도 좋다고 생각하는 것일까요?

얼마 전 본 드라마에 나온 이야기입니다. 사람이 자꾸 받으면 감사의 느낌이 둔해지고 마치 당연히 받아야 할 것을 받은 것처럼 생각한다고요. 우리는 미국에서 지난 백여 년 동안 많이 받았습니다. 그들은 우리나라에 와서 학교를 세우고 병원을 세우고 고아원을 세웠습니다. 홀트 양자원에서는 해마다 수천 명의 고아들을 데려다 양자로 삼았고, 그들이 자라 대학교수도 되고 변호사도 되고 정부의 관리도 되었습니다. 그런데 진보라는 분들은 한국전쟁 때 미국 때문에 적화통일이 안 되었다고 맥아더 동상에 불을 지르고 미국이라면 이를 가는 북한 노동당원처럼 행동합니다. 60년대에서 80년대를 지나며 그래도 가난에서 벗어나려고 발버둥쳤던 사람들은 미국의 고마움을 잊지 않았는데, 군대도 안 가고 화염병과 돌을 던지던 운동권에 있던 사람들이 남들이 일으켜 놓은 나라를 망치려고 듭니다.

미국에서도 마찬가지입니다. 사회보장금으로 일을 안 하고 공짜로 먹고 노는 사람들이 사회에 불만이 많고 목소리가 크고 혼자 옳은 척, 혼자 정의구현을 하려는 지사인 듯 행동합니다. 물론 한국에서는 말할 것도 없지요.

무릎 꿇어

옛날 사람들은 왕 앞에서 무릎을 꿇었습니다. 아마 무릎을 꿇는다는 것은 지존의 높은 분에게 완전히 복종하거나 항복한다는 의미일 것입니다. 그러나 지금은 대통령 앞에서도 무릎을 꿇지 않습니다. 모든 사람의 인격이 보장 되며, 그 누구에게 항복하거나 복종하는 시대가 아닙니다.

저의 할아버지는 목사님이셨습니다. 그래서 할아버님 댁에 가면 큰절은 올렸지만 곧 평안하게 앉아서 할아버님의 말씀을 들었습니다. 할아버님은 저에게 무릎을 꿇으면 불편하고 다리가 아프니 하지 말라고 하셨기 때문입니다.

얼마 전에 TV에서 어떤 주얼리 상점에서 한 30대 고객이 점원에게 무릎을 꿇게 하고 행패를 부리는 모습을 보았습니다. 요새 갑질을 하는 사람들은 왜 상대방의 무릎을 꿇게 하는지 모르겠습니다. 오래 전에 백화점에서 주차 도우미 아르바이트 학생을 모녀가 무릎을 한 시간이나 꿇게 하고 갑질을 한 일이 신문에 났었습니다. 그리고 어떤 재벌의 부인은 직원이 못마땅하면 사무실에 불러 무릎을 꿇게 하고는 야단을 쳤다는 말이 있었습니다.

가끔 TV 드라마나 영화를 보면 조폭의 두목은 밑의 똘마니들에게 무릎을 꿇게 하고 머리를 때리는 장면들이 나오곤 합니다. 물론 조폭 사회에서는 똘마니의 인격 같은 것은 생각하지도 않고 절대 복종을 요구하는 사회이니까 무릎을 꿇린다고 하지만 일반 사회에서는 그런 일이 있을 수 없습니다. 절대 복종을 요구하는 군인사회나 경찰에서도 그런 일을 볼 수 없고 상관이 그런 일을 요구했다가는 처벌을 받을 것입니다.

그런데 백화점이나 보석상회의 고객이 종업원에게 어찌 그렇게 가혹하고 잔인하고 비도덕적인 행동을 할 수 있는지 이해가 안 됩니다. 물론 백화점의 점원이나 보석상의 점원의 입장을 이해합니다. 요즘같이 직장을 얻기 힘든 사회에서 모처럼 얻은 직장을 이 고객으로 인해 잃고 싶지 않은 간절함이 있었을 것입니다. 그런 약점을 잡아서 자기의 여동생 같고 아들 같은 사람에게 "야, 너 무릎 꿇어." 할 수가 있을까요?

지금 우리 사회는 반사회적이고 반정부적인 흐름이 젊은이들 가운데 흐르고 있습니다. 있는 놈들은 점점 더 배가 불러터지고 없는 사람들은 평생을 벌어도 강남에 집 한 채 살 돈을 모으지 못한다는 절망감 때문에 3포 청년, 5포 청년, 모포 청년들이 생기고 무슨 기회만 되면 사회를 완전히 부셔 버리고 말겠다는 울분 속에 헤매는 젊은이들이 많습니다. 그런데 갑질을 하는 사람들은 이런 사실을 도무지 알지도 못하는 모양입니다. 그리고 자기들은 마치 하늘에서 내려온 특수층이라도 되는 듯이 착각을 하고 있습니다. 그런 부류 때문에 촛불혁명으로 좌파정부는 태어났고, 좌파정부는 적폐청산이라는 미명 아래 과거 30년 전이나 40년 전의 일이라도 모두 들추어내서 그때의 권력자들과 지배계급들을 감옥에 보내고 싶어 한다는 것을 모르고 있는 것은 아닐까요.

무릎을 꿇었던 점원은 자기들을 모욕한 고객을 죽을 때까지 잊지 않을 것이고, 무릎을 꿇었던 학생은 자기를 차가운 시멘트 바닥에 무릎을 꿇게 한 모녀를 죽을 때까지 잊지 않을 것입니다.

나는 요새 새로운 지배계급으로 등장한 사람들과 졸부들의 갑질이 미래 언젠가 터질 화약고와 같은 것이라는 생각에 무섭기만 합니다. 1950년 한국전쟁 때 지주에게 당한 앙갚음으로 지주들을 뒷산에 끌고 가 인민재판이라는 이름하에 죽창으로 찔러 죽인 소작인들을 보았기 때문입니다. 백화점에서 무릎을 꿇고 울분하던 소년이 공부를 하여 검사가 되고 자기에게 갑질을 했던 모녀를 다룰 기회가 되었을 때 어떤 광경이 일어날지 생각해 보면 무섭기만 합니다.

미국에서는 그런 일이 없습니다. 만일 누가 나에게 부당하게 무릎을 꿇으라고 했다면 그 사람은 수백만 달러를 물어주어야 할 것이고 그 자신의 삶을 망쳐 버릴 수가 있기 때문입니다. 나는 한국 사람들이 순하고 착하고 온순하다고 생각했는데 언제부터인가 한국 사람들의 잔인성에 놀라곤 합니다. 그것이 한국전쟁이 우리에게 남긴 증오의 씨앗 때문일까요. 몇 년 전 광화문 광장에서 벌어졌던 민노총의 데모, 서울역 앞에서 있었던 전교조의 데모는 더 살벌하고 증오심들이 끓어 넘칠 수가 없었습니다. 어디에서 이런 증오심들이 생겨난 것일까요.

인간에게는 잔인한 성품이 깃들어 있다고 순자라는 사람이 이야기했습니다. 그래서 옛날의 폭군들은 사람을 고문하면서 괴로워하는 것을 즐겼고, 로마의 원형경기장에서는 기독교 신자들을 가운데 놓고 야수들을 들여보내 그들의 살점을 물어뜯게 하고 그것을 보면서 박수를 쳤습니다.

지금 자신의 앞에서 무릎을 꿇고 있는 소년을 보며, 또 점원을 보며

서 있는 여자들의 마음은 경기장에서 사자에게 살을 찢기는 기독교인들을 보며 웃음 짓던 잔혹한 폭군의 마음과 무엇이 다를까요.

얼마 전에 한국에서 오신 교수님들과 이야기를 나눌 기회가 있었습니다. 내 옆에 앉아 있던 분이 "한국에 그렇게 좌파가 많습니까?" 하고 물었습니다. 한국에서 오신 교수님은 잠깐 생각을 하시더니 "아닙니다. 좌파가 있는 것이 아니고 반 보수파가 많은 것입니다. 그들은 과거 보수들이 저질러 놓은 많은 적폐를 잊어버릴 수가 없습니다. 재벌은 끝없는 욕심으로 버는 돈을 자손이 또 그 자손이 대대로 물려받으면서 돈이 없는 사람들에게 갑질을 하고 원한을 샀습니다. 삼성도 현대도 롯데도 SK도 전문성이 없지요. 돈을 버는 일이면 무슨 짓이라도 하고 번 돈은 오로지 자기들의 가족만을 위하여 썼지요. 물론 푼돈을 여러 기관에 기부하지만 대개는 정경유착을 위한 미끼였지요. 재벌이 돈을 벌면 끼어들지 않는 곳이 없지요. 중공업, 경공업, 학교, 병원, 연예계, 골목의 콩나물 장사까지 침투를 안 하는 곳이 없어요. 지금 한국의 골목골목에는 Home Plus, GS 칼텍스 등등 재벌들의 편의점이 들어서지 않은 곳이 없지요. 이것은 자유경제체제하의 공산주의나 다름이 없습니다. 그 돈을 다 벌어서 무얼 하느냐구요. 모두 자기 식구들을 위해 쓰지요 우리나라에 빌 게이트, 저커버그 같은 기업인은 없지요. 그런데 갑질이나 말아야지요. 대한항공이나 현대중공업의 부사장, 몽고간장 회장 같은 일은 재수가 없게 여론으로 터져 나온 거지요.

많은 젊은 사람들은 이놈의 세상 망해야 된다고 이를 갈고 있지요. 갑질을 하는 여인이여, 아줌마여, 사장님이여, 당신들을 향한 원한이 느껴지지 않나요?

얼마나 더 잘 살아야 할까

아침에 TV를 켰습니다. TV에서는 새로이 발전되고 있는 택배산업의 이야기를 하고 있었습니다. 직장인들이나 애들이 있는 주부가 아침을 하기 힘드니까 자기가 먹고 싶은 음식을 택배 음식점에 주문을 하고 원하는 아침시간에 음식이 배달이 된다는 내용입니다.

TV에 나오는 음식은 스시에서부터 튀김, 고기요리, 도시락, 볶음밥, 생생한 야채, 생선 구운 것 등등이었습니다. 이런 음식택배회사에서는 새벽 3시나 4시에 출근하여 아침 7시 정도에는 주문한 음식이 고객의 현관에 도착해야 합니다. 그래서 새벽에 생선회를 뜨고, 튀기고, 전을 부쳐서 도시락 곽에 넣고는 스티로폼 곽에 포장을 하고, 드라이아이스를 넣고 택배 기사들이 부지런히 실어 나르고 있었습니다. 아침에 일어나 세수도 안 한 주부들이 기지개를 켜면서 현관 앞에 배달이 된 음식을 들고 들어가 직장에 나갈 남편과 먹습니다.

인터뷰에 나온 사람들은 아침에 일어나 음식을 하기가 힘이 드는데 전화로 주문만 해도 현관 앞에까지 갖다주니 참 편리하고 음식도 먹을 만 하다고 했습니다.

이들을 TV 화면으로 보면서 나는 사람들이 얼마나 더 호강을 하고 잘 살아야 불평이 없어질까 하는 생각이 들면서 왠지 모르게 오싹함을 느꼈고 죄책감도 느꼈습니다.

아마 우리 아버님이나 할머님이, 며느리가 아침을 배달해 먹는다고 하면 실신을 하셨으리라 생각합니다. 우리도 신혼 때 부부가 병원에 근무를 했습니다. 그래도 아침을 간단히 먹을지언정 남을 시키거나 이런 배달 음식을 시켜 먹는 일은 상상조차 못했습니다. 그때는 이런 비즈니스가 없기도 했겠지만…. 물론 비즈니스를 하는 입장에서는 돈을 버니까 다행한 일이지만 이런 아침 한 끼에 얼마나 할까 궁금했습니다. 내가 생각을 해도 나는 정상이 아니구나 하는 생각도 들었습니다.

두 사람의 아침 식사를 위해 두터운 스티로폼 상자에 포장하고, 상하지 않게 드라이아이스를 넣고 퀵서비스로 현관까지 가져다주는 경비는 얼마나 될까요. 잠깐 스치는 화면에 24,000원, 36,000원이라는 가격표가 얼른 지나갑니다. 그러니 부부가 먹으면 7만2천 원이 나갑니다. 무슨 음식이 얼마인지는 알 수가 없지만 집에서 먹거나 식당에 가서 먹는 것보다는 엄청나게 많이 든다는 것은 두말할 것 없습니다. 돈이 많은 젊은이들에게는 일인분이 36,000원이 많은 돈도 아니겠지만….

얼마나 많은 월급을 받기에 저토록 사치한 생활을 할까요? 아마도 돈이 많은 부모님을 두고 돈이 얼마나 귀한지 모르는 젊은이들이겠지요. 그러나 이렇게 사치하고 잘사는 한국에도 모든 사람들이 다 그렇게 사는 것은 아닙니다. 최저임금을 받는 사람은 72,000원의 돈을 벌려면 5시간 이상을 일해야 합니다. 하루에 8시간 일을 한다고 생각하면 하루 임금의 반이 이런 젊은이의 아침 게으름의 대가로 나가는 것입니다.

더 이해가 안 되는 건 이런 TV프로그램이 광고로서 나오는 것이 아니라 새로운 생활의 패턴인 양 방송이 됩니다. 서울에 사는 중산층의 젊은이들이 모두 이렇게 살까요? 한국의 GNP가 아직 3만 불이 넘지 않는다고 하면 한 가정에 평균 수입이 300만원이 되지 않는다는 말입니다. 그런 가정에서 아침을 택배로 시켜 먹을 수가 있을까요? 나는 이런 프로그램을 마치도 서울의 젊은이들이 모두 하는 것처럼 방송을 하는 방송국에 더 문제가 있다고 생각합니다. TV를 보면서 아침을 택배로 시켜먹지 못하는 사람들의 생각은 어떨까요. 빈부 간의 위화감을 부추기는 이런 프로그램을 보면서 그렇게 살지 못하는 사람들은 불만이 생겨나는 것이고, 나라에 대한 불만도 생기는 것이라고 생각합니다.

나는 한국에서도 상류층에 속한다는 의과대학 교수로 일을 했습니다. 그리고 대부분은 혼자 생활을 했습니다. 그러나 나는 그런 택배 음식을 아침에 시켜 먹어보지도 못했고, 그런 택배음식이 있다는 것을 상상도 못했습니다. 아침에 인스턴트커피 한 잔(아마 200원), 토스트 한 쪽(400원), 계란 1개(300원) 하여 천 원 안쪽으로 품위 있는 식사를 하고, 출근했지 36,000원짜리 택배 음식을 시켜 먹지 않았습니다.

황창연 신부님은 세계 56개국을 다니셨는데 한국처럼 잘사는 나라가 없다고 하십니다. 깨끗하고 편한 지하철, 버스 정류장에는 다음 버스가 지금 어디쯤 오고 있으며 몇 분 후 몇 번 버스가 온다고 하는 알림판이 있고, 나라가 작으니 KTX를 타면 서울에서 부산까지 2시간 반이면 갈 수 있고, 고속버스 중에는 편하다 못해 누워서 갈 수 있는 버스도 생기고, 집 앞에 100미터만 가면 어디든지 먹자골목이 펼쳐져 있습니다. 전화만 걸면 짜장면, 해장국이 30분 안에 배달이 되고 맥도날드 햄버거까지 배달이 되는 나라입니다. 외국에서는 시킨 음식만 주고 Soup이나 Salad를 시키면 값을 따로 주어야 하는데 한국의 식당은 밑반찬들이 다 먹을 수 없을 만큼 공짜로 나오고 김치나 콩나물을 더 달라고 하면 "네" 하고 금방 공짜로 가져오고 밥을 먹은 후 수정과나 커피가 나오고 이렇게 인심이 좋은 나라가 세상에 어디 또 있겠습니까.

그런데도 이 나라가 '헬 조선'이라면서 젊은이들은 자기 조국을 폄하하면서 태어나지 말았어야 했을 나라라고 저주한다고 하니 얼마나 더 잘살아야 합니까? 한국전쟁을 치르고 세계에서 가장 가난하던 나라를 일으켜 세운다고 새마을운동을 하고 대학을 졸업한 똑똑한 젊은이들이 서독 광부로 가서 지하 200미터 밑에서 석탄을 캤고, 간호사들 중에서도 엘리트 간호사들이 서독으로 가서 시체를 닦으면서 부쳐준 돈으로 나라가 일어섰습니다. 이들이 일본에 끌려간 징용보다 낫다고 생각을 하는 사람은 별로 없습니다.

36도나 37도만 되어도 덥다, 덥다 못살겠다고 하면서 대통령의 얼굴을 바라보는 젊은이들을 보면서 40도가 넘는 중동의 사막에 가서 집을 짓고 원자로를 건설한 자기들의 부모의 세대를 폄하하는 젊은이들을 보면서 가슴이 아파 울고 싶은 심정입니다. 아마 젊은 세대를 이렇게 교육시킨 전교조 교사님들은 무슨 수를 써서든 군대도 안 가고 고생을 안 해본 운동권 출신 교사님들이 아닐까 생각을 해봅니다.

아침에 TV를 보다가 잠옷을 그대로 입고 현관 앞에 놓인 배달음식을 들고 살랑살랑 걸어가는 젊은 주부의 모습이 곱게 보이지 않는 것은 나만의 삐뚤어진 심사일까요?

사람을 행복하게 하는 직업

사람들은 '사'자 들어가는 직업을 선호합니다. 의사, 변호사, 검사, 판사, 목사 등등. 오래 전에 여자대학에서 바람직한 남자 배우자를 선택하라고 했더니 거의가 다 '사'자 들어간 직업을 가진 사람들이었다지요. 그런데 며칠 전 TV드라마에서 어떤 아주머니가 아들이 선보는 자리에서 "얘야, 요새 강남에서는 '사'자 들어가는 의사, 변호사, 판검사가 모두 한물갔어. 요새는 돈 많은 할아버지가 최고래."라고 말을 했습니다. 그 아주머니 말처럼 부동산 투기를 했든지, 고리대금업을 했든지, 감자탕집을 했든지, 돈을 많이 벌어 아파트도 여러 채 가지고, 땅도 여기저기 많이 있고, 은행 통장도 여러 개 있고, 여기저기 투자해서 돈을 많이 벌어 큰소리 치고 사는 게 제일이겠지요.

대전의 먹자골목 입구에 있는 해장국집 주인은 하루에 몇 번 식당에 들러보고는 매니저 비슷한 여자에게 맡기고 BMW 500을 타고 골프나 치러 다닙니다. 그러니 해장국집 주인이 영업이 잘되지 않는 변호사나, 사무실 값을 내기에 전전긍긍하는 성형외과 의사나, 권력은 있지만 변변치 않은 월급으로 살아가는 판검사보다 훨씬 좋습니다. 그러면 어떻게 하면 강남의 제일 좋은 돈 많은 할아버지가 될 수 있을까요?

두말 할 것 없이 금수저를 물고 나와야 합니다. 할아버지나 아버지가 재벌이면 '아앙' 하고 고고성을 지르면서 이 세상에 태어날 때 벌써 부자입니다. 그것도 맏아들이나 장손으로 태어나면 젊은 나이에 기획실장이나 이사님이 되고 부회장, 회장으로 고속 승진할 수 있습니다. 재벌은 아니더라도 부잣집에 태어나도 됩니다. 냉면집이라고 하더라도 우래옥 같은 유명한 냉면집 아들만 되어도 평생을 거들먹거리며 살 수 있습니다.

그러나 물려받은 재산이 없이 일하여 먹고 살려면 어떤 직업을 가져야 할 것인가 하는 것은 매우 중요합니다.

잡지에 나오는 것을 보면 음악가가 제일 행복하다고 합니다. 무대에 올라 노래를 하거나 연주를 하면 우레와 같은 박수갈채에 하늘을 오르는 기분이고 사람들의 사랑까지 받습니다. 그러나 무대에 오르기까지의 수련은 고난 중에도 고난이라고 합니다. 바이올린 연주자나 피아노 연주자는 매일 최소 6시간에서 8시간 10시간씩을 연습을 해야 합니다. 그래서 스스로 지쳐 쓰러진다고 합니다. 그리고 일류 연주자가 되어도 운이 있어야 하고 뒤에서 후원해주는 사람이 있어야 한다고 합니다. 물론 천부적인 탤런트가 있어야 하니 아무나 도전할 일은 아닙니다.

다음에 운동선수입니다. 경기장에 나가서 골을 넣거나 홈런을 치면 수만 관중이 환호를 하고 천문학적인 돈을 벌 수 있습니다. 그러나 그것도 천부적인 재능이 있어야 하고 경쟁이 몇 백만 명 중의 한두 명이고 비교적 젊은 나이에 은퇴를 해야 합니다. 그러니 아무나 도전을 못하는 게 운동선수 입니다.

요새는 모르지만 한동안은 목사님이 여학생들이 좋아하는 직업 중의 톱에 들어있었습니다. 물론 큰 교회의 목사님이 되면 대통령 부럽지 않습니다. 사랑의 교회. 지구촌교회, 소망교회, 광림교회, 온누리교회, 충현교회, 영락교회 등의 목사님이 되면 임기 5년의 대통령보다 훨씬 좋습니다. 순복음교회의 목사님은 부인을 대학 이사장, 아들은 신문사 사장을 만들어 주었습니다. 그래서 요새 신학교가 인기 있고 경쟁 있는 대학으로 되어 있습니다. 그래서 일 년에 수천 명의 신학교 졸업생들이 쏟아져 나오는데 취직하기가 하늘의 별따기라고 하며 그래도 들어갈 수 있는 부목사자리는 그야말로 노예나 다름이 없다고 합니다. 그리고 큰 교회 목사님도 재벌들처럼 세습을 하기에 이르렀습니다.

스스로 공부하여 직업을 가질 수 있는 직업이 의사, 변호사, 판검사 자리입니다. 그런데 이런 '사'자 직업이 그리 즐거운 직업이 아닙니다. 다른 사람의 불행으로 먹고 사는 직업이기 때문입니다.

의사가 환자에게 "네, 또 오세요."라고 하면 마치 다시 아프라는 말 같아서 다시 오라고 할 수 없어 "안녕히 가십시오."라고밖에 인사를 할 수 없겠지요. 그리고 요새는 병이 낫고도 의사에게 고맙다고 인사하는 사람이 별로 없습니다. 보험회사에서 돈이 나오는데 "뭐, 싫으면 다른 병원에 가면 되지."라는 환자들이 많아졌습니다. 그러다가 환자가 잘못되면 멱살을 잡히거나, 살인자 ××× 의사는 각성하고 사죄하라고 하는 플래카드가 병원에 붙기 일쑤입니다.

변호사나 판검사도 다시 오라고 하든지 단골이라고 하면 마치 범법자들이 하는 인사 같아서 좋지 않습니다. 드라마에 보면 법정에서도 검사나 변호사에게 방청인들이 소리를 지르고 욕을 하는 세상입니다.

절대 "다시 오세요."라고 인사를 못하는 직업이 장의사이겠지요. 다시

오라고 했다가는 뺨 맞을 직업입니다. 그러나 소문에는 그들이 돈을 많이 번다고 하는데 내용은 모르겠습니다.

경찰도 작은 권력은 있지만, 요새는 툭하면 술 취한 사람이나 데모꾼들에게 얻어맞고 권력의 시녀로 놀아나야 하니까 권할 만한 직업은 아닌 것 같습니다.

그럼 돈도 벌고 남에게 싫은 소리 안 듣고 고객에게 고맙다고 인사를 듣는 직업은 무엇일까요. 영화배우? 네, 그렇습니다. 영화배우가 한번 인기를 얻으면 누구도 부럽지 않습니다. 언니, 오빠, 하고 사람들이 따라다니고 인기 있는 영화 몇 편만 촬영하면 부자가 됩니다. 그래서 영화감독이나 PD 주위에는 소년 소녀들이 따라다니고 사기를 당하고 몸을 버리면서도 한사코 매달리는 것이 아닐까요? 그러나 배우가 되는 것도 인물이 있어야 하고 인맥이 있어야 하고 운이 있어야 한다는 말도 있습니다.

그래서 내가 노력을 한다면 할 수 있는 것이 식당주인인 것 같습니다. 갈 때마다 만원이어서 기다려야 하는 우래옥, 함흥 냉면집, 원산집, 하동관 곰탕집, 옥창동 순두부집, 감자탕 집을 하면 손님 끊어질 염려도 없고 손님들은 나갈 때 "잘 먹었습니다. 감사합니다."라고 인사를 하니 그야말로 이보다 좋은 직업이 없는 것 같습니다.

의과대학 입학시험, 전공의 전문의 시험 보듯이 공부하면 냉면이나 감자탕 해장국을 못 만들겠습니까. 늦기는 했지만 아들이 어리다면 그런 것을 가르쳐 보았으면 하는 생각입니다.

머리와 가슴 사이

'머리'라고 하면 우리는 두개골 속에 있는 뇌를 생각합니다. 물론 미용사나 이발사들은 머리카락을 생각할 것이고, 모자를 만드는 사람은 모자를 쓰는 머리 전체를 생각하겠지요. 학생들은 '머리가 좋다, 나쁘다.'를 생각할 것이고 시라소니 같은 분은 머리가 얼마나 단단하여 박치기를 잘할까를 생각할는지도 모르지요. 그리고 철학자는 이성과 사고를 생각할 것입니다.

무슨 생각을 하더라도 머리라고 하면 우리가 손을 들어 만질 수 있는 두부(頭部)이고 그 안에 들어 있는 뇌신경을 의미하는 것이 사실입니다. 또 '가슴' 하면 갈비뼈가 둘러싸고 있는 흉부(胸部)를 말할 것입니다. 그러나 가슴에는 식도도 있고 심장도 있고 폐도 있지만 우리가 이야기하는 마음도 있습니다.

그런데 우리 몸에 마음이라는 기관은 없습니다. 이성도 마음도 모두 형이상학적인 표현이라서 해부학 책을 펴놓고 '이것이 이성이다, 이것이 마음이다.'라고 설명을 할 수가 없습니다. 그렇지만 우리가 생활을 하면서 어려운 일을 당했을 때 머리가 아픈 것은 사실이고, 어려운 문제를 풀 때 머리로 생각하는 것도 사실입니다. 또 우리가 의견이 맞지 않아 싸울 때 "야, 우리 이성적으로 생각하자."라고 합니다. 또 우리가 슬픈 일을 만났을 때는 머리가 아픈 것보다 가슴이 아픕니다. 슬픈 영화를 보아도 가슴이 아프고 사랑하던 애인이 떠나가도 가슴이 아픕니다. 그래서 "당신과 나 사이에 저 바다가 없었다면 가슴 아프게 가슴 아프게." 하고 애절한 노래를 부릅니다. 가슴을 쥐어뜯으며 통곡한다고도 이야기를 합니다. 감정적인 장면을 만나면 머리가 아픈 것이 아니라 가슴이, 즉 마음이 아픕니다. 이성과 마음은 해부학적으로 보이지는 않지만 우리 몸에 중요한 부분을 차지하고 있습니다.

이렇듯 머리가 하는 일과 마음이 하는 일이 분명히 따로 따로 있습니다. 생각을 하는 것은 머리이고, 사랑을 하는 것은 마음입니다.

사실 키가 큰 사람이라도 머리와 가슴 사이는 50센티에서 70센티가 안 되는데 머리와 가슴 사이는 참 멀리 있는 것 같습니다. 머리로 생각하는 것과 가슴으로 느끼는 것이 다르고, 머리의 생각과 가슴의 느끼는 것이 같을 때도 있지만 같지 않을 때가 많이 있습니다. 머리와 가슴이 잘 타협이 되지 않아 갈등을 일으킬 때가 많이 있습니다.

요새 좋은 글이라고 해서 읽어 보면 '따뜻한 마음으로 살자.'라는 말들이 많이 나옵니다. 한마디로 '너무 따지지 말고 사랑하는 마음으로 살자.'라는 말일 것입니다. 며칠 전 친구들과 점심을 먹으면서 나눈 이야기입니다. 그 중에 상처를 한 친구가 있었는데 혼자 사는 게 구질구질하고 힘이 들어 재혼을 하려고 친지들을 통해서 여자분을 소개받아 몇 번 만나보았다고 합니다. 그런데 만난 지 몇 번 되지도 않았는데 여자 쪽에서 가진 재산이 얼마나 되느냐고 묻더라고 했습니다. 너무 충격을 받아서 다시는 그 여자분과 만나지 않았다고 씁쓸하게 이야기를 마쳤습니다. 옆에서 듣던 친구가 "야, 그럼 이 나이에 '사랑합니다.'라고 하면서 들어올 여자가 어디 있냐? 네 재산을 바라보고 들어와 살다가 네가 빨리 죽으면 다행이고 안 죽으면 몇 년 있다가 이혼 소송을 하여 재산 반을 가지고 나갈 생각이지."라고 말하여 주위를 웃겼습니다. 그러나 씁쓸했습니다. 한 친구가 "야, 그러지 말고 여자 로봇을 사라. 요새 일본에서 유행인데 아주 인기가 좋다더라." 하면서 로봇의 이야기를 해주었습니다.

재산을 바라보고 들어오는 여자나 여자 로봇이나 계산된 머리는 있지만 마음은 없습니다. 재산을 바라보고 들어온 여자는 머리와 가슴 사이가 단절된 사람이고, 로봇은 머리만 있지 마음은 없는 존재입니다. 그래서 '따뜻한 마음으로 살자.'라는 말들을 많이 하는지 모릅니다. 그런데 어떤 사람들은 우리가 생각하는 마음이 가슴에 있지 않고 배에 있다고 합니다. 그래서 마음이 맞는 사람을 '배짱이 맞는다.' 하고, 평화롭게 자고 있는 사람을 '배짱 편하게 자고 있다.'라고 합니다. 마음이 강한 사람을 '배짱이 센 사람'이라고 하고, 사촌이 땅을 사면 마음이 편지 않다는 이야기를 '사촌이 땅을 사면 배가 아프다.'고 말합니다. 이웃이 잘되어 질투의 마음이 생길 때 "배가 고픈 건 참아도 배가 아픈 건 못 참는다."라고 합니다. 그러니까 그런 사람들에게는 마음이 뱃속에 있는지 모릅니다. 그런 사람들의 머리와 마음 사이는 머리와 가슴보다 머리와 배 사이가 더 멀기만 합니다.

자주 이야기를 하지만 한국인은 머리가 좋기로 세계의 톱 레벨입니다. 노벨상을 가장 많이 받았다는 유대인보다, 히틀러가 우수 민족이라고 세계에 오로지 하나만 남겨둘 인종이라고 하던 독일보다도, 세계 재패를 꿈꾸고 있는 미국보다도, "조센징와 쇼가 나이."라고 우리를 깔보던 일본보다도 우수한 머리를 가지고 있습니다. 그래서 계산이 빠릅니다.

남대문시장의 상인은 한국에 온 관광객인 대학생, 교수님, 엘리트 회사원을 아주 쉽게 속여 먹고 있으며 택시 운전사도 유럽에서 온 엘리트들을 쉽게 속여 먹고 있습니다. 머리는 아주 좋은데 마음은 좋은지 잘 모르겠습니다. 아마도 마음이 가슴속에 있는 사람들은 사랑이 있고 인정이 있는데, 마음이 뱃속에 있는 사람은 마음이 아름답지 못할지도 모릅니다. 왜냐하면 가슴속에는 피가 흐르는 기관이 있어서 그래도 인정이 있고 사람의 상징인 심장이 있지만, 뱃속에는 우리들이 먹은 음식물과 음식물이 변화되어 배설물을 만드는 기관들이 있어서 세속화되고 냄새나고 오염이 되어 있는지도 모르기 때문입니다. 마음이 뱃속에 있다는 사람들과 마음이 가슴속에 있다는 사람들은 역시 뭐가 달라도 다른 모양입니다

이성과 마음 사이는 좀 가깝게 있어야 하고 가까이 연락이 되는 곳에 있어야 하지 않을까요?

촌설살인(寸舌殺人)

우리 몸에는 9개의 구멍이 있습니다. 눈이 두 개, 귓구멍이 두 개, 콧구멍이 두 개, 입이 하나입니다. 항문이 하나, 오줌을 누는 구멍이 하나가 되어 9개의 구멍이 있습니다.

그런데 문지기가 있고 돌보다 튼튼한 돌담으로 쌓여 있는 구멍은 입밖에 없습니다. 그래서 입으로는 함부로 드나들지 말고 함부로 말을 뱉지 말라고 경비병들이 지키고 있습니다. 그리고 그 안에 아주 연한 혀가 있습니다. 이 혀에는 7천에서 9천개의 돌기가 있어 맵고, 짜고, 달고, 신맛을 비롯하여 고소하고 텁텁한 맛도 가려낼 수 있는 기능이 있습니다.

그것보다도 더 중요한 것은 이 혀로 온갖 언어를 구사할 수 있다는 것입니다. 혀에도 암이 있어 수술을 한 사람은 말도 못하고 음식도 먹을 수 없어서 튜브로 음식을 집어넣어 주어야 하고, 말을 할 수 없으니 글을 써서 소통을 하는 사람을 볼 수 있습니다. 요새는 목에 나팔과 같은 장치를 달아주어 이상한 목소리로 말을 하기는 하지만…. 이렇듯 혀는 우리 몸의 아주 중요한 기관의 하나입니다. 눈은 하나 없어도 살고 귀는 하나 안 들려도 살 수가 있지만 혀가 고장이 나면 먹지도 못하고 말도 못하니

혀가 얼마나 중한지 알 수 있습니다. 간혹 혀에 혓바늘이 돋거나 혀가 헐었을 때 음식을 못 먹을 뿐 아니라 온 얼굴이 아프고 머리까지 지끈지끈 아팠던 기억들이 있을 것입니다. 그래서 아주 말을 잘 듣는 사람을 입안의 혀처럼 말을 잘 듣는다고 했습니다.

옛날 우리 부모님은 말 잘하는 아들이 힘센 아들보다 낫다고 했습니다. 아름다운 노래도 감동적인 시도 목사님의 설교도 혀가 완전하지 못하면 아무 소용이 없습니다.

삼국지에 보면 조조군에게 쫓기던 유비가 친척인 유기의 형주에서 손님 노릇을 하다가 신야라는 작은 땅에 머물며 한번 일어나 보려고 안간힘을 씁니다. 그래서 동오의 손권과 손을 잡고 조조와 일전을 벌여 보려고 계획을 세웁니다. 그런데 손권이 순순히 군사를 동원하여 유비를 도와 조조와 싸움을 하겠습니까. 이때 유비의 군사인 제갈량이 동오로 갑니다. 그리고 손권과 주유를 설득합니다. 동오에서는 제갈량을 가리켜 "네가 감히 세 치 혀를 놀려 우리 주군을 격노하게 하여 전쟁을 일으키려나?" 하고 제갈량을 죽이려 하지만 제갈량은 조조가 읊었다는 동작부의 일부를 조작하여 손권을 격동하게 하고 전쟁을 일으키니 그 유명한 적벽대전입니다. 유비는 아주 작은 군사로 조조를 무찌르고 전쟁을 이용하여 모든 이권을 챙깁니다. 그래서 삼국지에는 세객(說客)들의 활약상이 많이 나옵니다.

정말 말을 잘하면 큰 나라의 전쟁도 일으키고 또 전쟁을 막기도 합니다. 이렇게 말이 중요합니다. 그래서 '말 한마디에 천 냥 빚을 갚는다.'라고 하지 않습니까.

역사책을 읽어 보면 말 한마디 잘못하여 죽임을 당하고, 말 한마디 잘하여 죽을죄를 면한 사람들의 이야기가 많이 나옵니다. 우리가 위대하다고 하는 사람들의 행동도 중요했지만 그들이 남겨 놓은 말 때문에 존경을 받는 일이 얼마나 많습니까. 더욱이 말을 하는 사람들이 정치가나 목사님들, 선생님의 말일수록 무게가 더 많이 나갈 것이 아닙니까.

지금 우리나라의 정치인들이 국회에서나 선거유세에서 하는 말은 교과서에 담아둘 말이 하나도 없습니다. 그리고 시정잡배들도 쓰지 않을 막말, 독설, 유언비어들을 하며 상대방을 죽이려고 하지 않습니까.

오늘 목사님의 설교에 우리가 하지 말아야 할 말들을 말씀하셨습니다. 과격한 말과 찌르는 말, 삐뚤어진 말은 상대방을 상하게 하고 격노하게 하고 마음을 닫게 하고 원수로 만든다고 하셨습니다. 정말 말 한마디 잘못하면 평생 원수가 되고, 한마디 따뜻한 말이 그 사람을 훌륭한 사람으로 만들 수도 있습니다. 그런데 세상에는 남을 칭찬하는 말보다는 할퀴는 말들이 많이 있고, 남을 격려하는 말보다는 사람을 짓밟는 말이 더 많이 있고, 사람을 살리려는 말보다는 사람을 죽이려는 말들이 더 많이 있고, 은혜를 입히는 말보다는 원수를 만드는 말들이 더 많습니다. 말을 잘하는 사람이 남의 가슴에 상처를 내는 말도 잘하고 남을 격려해 주는 말도 잘합니다.

만일 여자 친구와 데이트를 하면서 "영아, 저 달도 영아의 얼굴을 보고는 부끄러워 구름 속에 얼굴을 감추었네."라고 말을 한다면 여자의 마음을 확 잡을 수 있었을 것입니다. 좀 느끼하기는 하지만 칭찬해 주는 남자를 싫어하는 여자는 없을 것입니다. "하늘에 있는 무지개를 볼 때 나의 마음은 설렌다. 내가 어렸을 때 그리하였고, 어른이 된 지금도 그러하다"라는 시처럼 "나는 영을 생각할 때마다 가슴이 설렌다. 생각할 때 그러하고 너의 얼굴을 볼 때 그러하다. 노인이 돼도 그러할 것이고, 죽을 때도 그러하리라. 원컨대 나의 생의 하루하루가 그대의 가슴에 기쁨과 행복을 안겨주기를 바란다."고 하면 바보 온달보다도 못한 남자라도 낙랑공주를 꼬실 수 있을 것이라고 생각합니다. 우리 주위에 보면 남의 마음을 할퀴기를 좋아하는 사람들이 많이 있는데, 소위 똑똑하다는 사람에게서 많이 보게 됩니다.

오래 전 대학생 때입니다. 보광동 교회에서 주일학교 선생들이 배를 타고 잠실로 참외를 먹으러 간 일이 있습니다. 그런데 참외를 먹으면서 어떤 여학생 하나가 "나는 키 작은 남자를 보면 재수가 없어."라고 말을 하지 않습니까. 물론 저를 지목해서 한 말을 아니지만 키 작은 나에게 한 말이나 다름이 없었습니다. 나는 아무 말도 못하고 먹던 참외를 놓고 뒤로 물러갔습니다. 50년이 지났는데도 그때 들은 말이 잊혀지지 않습니다.

1974년 5월이었습니다. 디트로이트의 한인연합장로교회의 김득열 목사님이 어머니날에 저에게 설교를 시켰습니다. 저는 준비를 해 가지고 열심히 했습니다. 목사님을 비롯하여 많은 교인들이 눈물을 흘렸고 감동을 받았다고 칭찬해 주었습니다. 여러 사람이 저를 둘러싸고 이야기를 하는데 어떤 분이 "이 선생은 말씀하시는 게 김형석 교수님을 닮으셨어요."라고 했습니다. 나는 "네, 제가 제일 존경하는 교수님입니다."라고 했더니, 그 옆에 있던 분이 "나는 누구를 모방하여 말하는 사람을 보면 역겨워요."라고 하는 것이 아닙니까. 많은 사람들에게 둘러싸여 있는데 나는 그분을 보고는 자리를 피했습니다. 그리고 그때 받은 상처가 아직도 가슴에 선명하게 남아 있습니다.

한번은 의사들이 저녁을 먹으면서 이야기가 오갔습니다. 어떤 분이 "성형외과 하기가 힘이 들었지요." 했더니 옆에 있던 K라는 친구가 "그게 뭐 힘들어요? 아무나 갈 수 있는 게 성형외과예요. 나는 레지던트를 할 때, 성형외과 과장이 나를 붙들고 성형외과를 하라는 것을 뿌리치고 비뇨기과를 했는데."라고 말했습니다. 나는 그 사람의 마음을 모릅니다. 알려고 하지도 않습니다. 다만 그는 남의 마음을 할퀴어 피가 나는 것을 보아야 속이 시원한 종류의 사람일 것입니다.

혀는 튼튼한 이빨들이 문지기를 하고 있습니다. 마음대로 말을 하지 말라고…. 좋지 않은 말을 막 하는 것은 수문장들인 이빨의 수문규칙을 어기는 것이 아닐까요?

먹고 놀고 춤추고

황창연 신부님은 강연에서 일생을 돈 돈 돈 하면서 살지 말고 인생을 즐길 줄도 알아야 한다고 말씀하십니다. 황 신부님의 강연을 듣는 사람은 거의가 60대 이후의 노년들입니다. 정말 60대 이후의 노년들은 놀 줄을 몰랐습니다. 우리는 세계에서 가장 가난한 나라에 태어났고, 역사에 가장 비참했다고 전해지는 한국전쟁을 겪었고, 전후의 굶주림을 겪었습니다.

이 시기를 알지 못하는 세대들에게 김일성의 주체사상만 읽지 말고 황순원의 〈나무들 비탈에 서다〉와 〈소나기〉를 읽어 보면 우리가 어떤 시대를 살아 왔는지 짐작이 갈 것 같습니다. 우리는 필리핀, 태국, 에티오피아보다도 못 살았습니다. 그들이 우리를 도와주고 원조를 했습니다. 장충체육관도 필리핀이 지어주었고, 태국에서 쌀을 보내주어 알랑미(안남미)를 먹고 살았습니다. 대학에 다니면서도 도시락을 싸가지고 간 날이 몇 번 되지 않았습니다. 가정교사를 하면서 도시락을 싸달라고 하는 것은 지나친 사치였고, 집에는 도시락을 쌀 쌀도 없고 반찬도 없었습니다. 배고프면 수돗물을 잔뜩 마시고 배를 채우는 날도 많았습니다.

내가 의대생이었을 때 생화학의 송정석 교수님과 Thomas 박사님이 의과대학생들의 영양 상태를 본다고 피검사를 하셨는데 많은 학생들이 비타민 B의 정도가 낮은 것으로 나타났습니다. 그런 우리들에게 먹고 춤추고 노는 것은 바랄 수 없는 사치였습니다. 가끔 영화구경을 가거나 잠실로 참외를 사먹으러 가는 것이 우리가 부리던 사치였습니다.

우리들은 새마을 운동을 한다고 삽과 괭이를 들고 나섰으며, 대통령도 논에서 벼내기를 시범하고 경부고속도로를 건설할 때 삽을 들었습니다. 우리는 돈을 쓸 줄 모르고 그저 일하여 번 돈을 모아 자식들 대학에 보내느라고 모두 바쳤습니다. 머리를 잘라 가발을 만들어 팔고 공순이와 공돌이는 비둘기 집에서 하루에 14-16시간씩 일을 했습니다.

이렇게 이 나라를 건설했다고 하면 허풍이라고 할까요. 그렇게 번 돈으로 자식들을 학교에 보내고 시집 장가를 보냈습니다. 이제는 우리의 자식들이 내가 쏟은 정성만큼 효도를 안 해준다고 슬퍼하고 불행해 합니다.

황창연 신부는 그렇게 살지 말고 좀 자기들을 위하여 쓸 줄도 알라고 강조합니다. 아버지 생일에 자식들이 와서 맛있는 음식들 대접하지 않는다고 불평을 하지 말고, 스스로 나가 자기 돈으로 갈비를 사서 먹고 여행도 다니고, 자기가 사고 싶은 것을 사보라고 말씀하십니다. 자식들에게 돈을 남겨줄 생각을 하지 말고 생전에 다 쓰고 500만 원만 남겨 두어 장례비로 쓰라고 하십니다. 그런데 우리 세대는 그 짓을 못합니다. 지금 통장을 들여다보며 비록 나를 업신여기는 자식들이지만 그들에게 돈을 남겨 주어야지 하고 주머니를 꼭꼭 닫습니다. 그렇게 길러놓은 자식의 세대는 우리와 생각이 너무도 다릅니다.

한국에는 빈부의 차이가 심하듯이 인생을 즐기는 것도 차이가 심한 모양입니다. 요새 젊은이들은 일할 생각은 별로 없고 놀기 위해 사는 것 같습니다. 가끔 TV를 틀어 놓으면 먹고 놀고 춤추는 것 이외에는 볼 채널이 별로 없어 보입니다.

하루 종일강의를 할 수도 없고 하루 종일 비싼 돈을 들여가며 드라마만 만들 수는 없겠지만, 해도 해도 너무한다고 느껴집니다. 그렇게 많은 오락프로에서 하루 종일 연예인들이 모여 낄낄거리고 먹고 춤추고 즐기는 것밖에는 별로 없을 지경입니다. 미운 우리새끼, 나 혼자 산다, 런닝맨, 골목식당, 집사부일체, 도시어부, 하트시그널, 한국이 처음이야, 인생술집, 1박 2일, 라디오스타, 동치미, 맛있는 녀석들, 비디오스타, 하룻밤만 재워줘, 같이 삽시다, 내 딸의 남자들, 해피투게더, 한끼 줍쇼, 백년손님, 삼시세끼… 엔터테인먼트 프로그램을 모두 올리자면 아마 중편소설은 될 것 같습니다.

한국인은 노래를 잘합니다. 누구에게나 마이크를 대고“한 곡 부탁합니다.”라고 하면 자기가 부르는 18번을 한 곡 뽑을 수 있습니다. 오래 전에 홈커밍을 하여 미국에서 동창들이 많이 나갔습니다. 그리고 파티를 했는데 한국에 사는 동창과 그의 부인들은 누구나 노래를 잘 부르는데 미국에서 간 우리들과 부인들은 정말 촌닭이 서울 시청에 들어 간 것처럼 노래 하나 제대로 부르지 못했습니다. 우리는 죽어라 일하느라고 노래방이 무엇인지도 몰랐습니다. 그래서 그런지 한국 TV채널에는 음악 프로그램이 많습니다. 열린 음악회, 전국 노래자랑, 복면가왕, 가요무대 콘서트, 7080 노래가 좋아, 판타스틱 듀오, 인기가요, 국악 한마당, 올댓 뮤직, 우리 동네 예체능 등등 하루 종일 노래를 들을 수 있습니다. 더욱이 M채널에 들어가면 젊은이들이 춤을 추며 노래를 하는데 이름도 기억을 못할 가수 그룹들이 수백 개는 있습니다. 싱글 뱅글이나 방탄소년단, 구구단 같은 아이돌 그룹은 있는데 몇몇 그룹은 세계에서도 유명하여 빌보드차트 상위에 기록이 된다고 합니다.

〈아침마당〉이라는 프로에 옛날에는 교수님들을 불러 인문강좌를 하더니 이제는 〈아침마당〉도 먹고 춤추고 노는 채널로 변했습니다. 내가 틀린 생각이겠지만 이렇게 온통 놀고 먹고 춤만 춘다면 나라가 어찌될 것인지 은근히 걱정이 됩니다.

얼마 전에 정부에서 노동시간을 줄여서 주중 40시간만 일을 하고 연장근무를 해도 52시간은 넘지 않아야 한다고 했습니다. 물론 민노총이나 한노총에서 정부에 압력을 가했겠지요. 그들이 밀어주어 탄생한 정권이니까. 그런데 그 방송이 나가자 바로 그럼 저녁에 많이 남은 시간에 먹고 마시고 놀 돈이 있어야 하지 않으냐 하는 불평이 나오기 시작했습니다.

정말 나는 실소를 했습니다. 그렇습니다. 정부가 젊은이들에게 시간을 주었으면 그 시간에 먹고 마시고 놀 돈도 주어야겠지요. 우리 노년세대는 가난에서 헤어나려고 다시는 굶지 않으려고 다시는 자식들의 입에서 '엄마 배고파, 추워' 하는 소리를 듣지 않으려고 이를 악물고 월남의 밀림에서, 사우디의 사막에서, 미국의 브로드웨이에서 노동시간의 제한이 무엇인지도 모르고 법정공휴일이 무엇인지도 모르고 연중무휴로 일했습니다. 경북고속도로를 깔고 현대자동차, 포항 제철, 조선사업을 일으켰습니다. 그리고 수출이 세계 8위, 경제력 11위라는 위업을 달성했습니다.

그런데 우리의 자식들이 이를 말아 먹으려고 합니다. 의사보다도 월급을 많이 받는 노조 간부들은 자식들을 외국에 유학을 시키면서 회사야

망하든지 말든지 돈을 더 달라, 휴가를 더 달라, 휴식시간을 더 달라고 머리에 띠를 두르고, 각목으로 회사를 부수고 삼성, 현대, 롯데, 대한항공, 부영, KT의 총수들을 감옥에 보내라고 데모를 하고 있습니다.

이러고도 나라가 발전이 되고 부강해진다면 이건 정상이 아닙니다. 정신을 차려야 합니다. 트로이 전쟁에서 트로이는 전쟁에 승리를 했다고 목마를 성안에 들여다 놓고 잔치를 벌이고 술을 마시다가 목마에서 나온 오디세이군에게 망했으며, 2차 포에니전쟁에서 난공불락이던 시라쿠사는 아르테미스 여신의 축제날 술을 먹고 잔치를 하다가 로마군에게 함락이 되었습니다.

전교조의 선생님들이 나더러 정신 나간 노인이라고 할지 모르지만 일하지 않고 먹고 놀고 춤만 추다간 나라가 거덜이 난다는 걸 선생님들이 모른다고 해서야 말이 됩니까.

삼복더위

덥다, 덥다. 연일 쪄내는 날씨가 마치 불가마 속에 들어앉아 있는 기분이다. 친구에게 전화를 걸면 워싱턴에 있는 친구나 플로리다에 있는 친구, 서울이나 대전에 있는 친구들 모두가 한결같이 "덥다, 덥다" 비명이다.

언론에서도 연일 폭염이 계속 된다고 호들갑이고 툭하면 꺼내드는 110년만의 최고 더위라고 야단이다. 집집마다 에어컨을 틀어 전기가 부족해서 비상저축 양이 줄어들었다고 하고, 전기 부족으로 공장가동도 줄여야 한다. 폭증된 전기 수요 때문에 변압기가 고장이 나고 단전이 된 아파트에서는 냉장고의 음식이 상하고 에어컨이 안 돌아가는 방에서는 더워 못살겠다고 한다.

한강가나 청계천 물가에는 시민들이 몰려들어 시장터 같은 모습이고 한강 다리 밑, 공원의 그늘에도 사람들이 몰려 있다. 쪽방에 사시는 노인들이 더위 때문에 생명을 잃었다는 소식도 들리고, 대통령이 국무회의를 열어 계속되는 더위를 비상사태로 간주하여 정부에서 보조를 한다고도 한다.

그런데 이런 더위가 금년에 처음일까. 아니다, 내가 생각하기에는 금년이 처음 맞는 더위는 아니다. 거의 매년 여름이면 이런 더위가 왔고 언론들은 호들갑을 떨었다. 눈이 오면 몇십 년만에 오는 폭설이라고 했고, 추위가 좀 오면 몇 십 년 만에 오는 혹한이라고 했다. 물론 내 손바닥에 지난 수십 년의 기온 통계를 들고 있는 게 아니라서 반박은 못하겠지만, 미디어가 호들갑을 떨고 엄살을 부려 사람들의 체감온도를 올리기도 하고 내리기도 하는 게 아닐까.

옛날에도 더웠다. 오래 전 학교에 다닐 때도 온도가 38도, 39도, 40도까지 올라갔다는 기사를 신문에서 읽은 기억이 나고, 한강 백사장에는 마치도 공중목욕탕처럼 사람들이 가득했었다. 그때는 에어컨디션이라는 괴물이 있는 줄도 몰랐고, 부잣집 대청에서나 선풍기를 볼 수 있었다. 나는 고등학교 때 신문배달을 한 일이 있다. 동아일보를 배달했는데 삼각지 보급소에서 신문 200부를 받아 가장 뜨거운 오후 4시부터 이태원고개와 북 한남동 언덕을 뛰고 나면 땀으로 목욕을 한 듯 했고, 집에 가서 입었던 셔츠를 쥐어짜면 땀이 주르륵 흘렀다. 그래도 살아남았다. 그때는 TV가 없었으니까 요새처럼 아나운서가 호들갑을 떨지도 않았고, 우리는 우이동 산골짝으로 갈 줄도 몰랐다. 그저 찬물로 등목이나 하고 부채질이나 하는 것이 고작이었다. 요즈음 애들에게 그런 이야기를 하면 또 옛날이야기를 한다고 구박이고 한 번 더하면 백 번이라고 하고는 도망을 간다.

지금은 한국이나 미국이나 모두 풍요롭고 안락한 사회에서 산다. 집은 일 년 내내 화씨 76도에서 78도에 맞춰놓고 살면서 더운 길은 걸어 다닐 필요도 없이 에어컨이 달린 승용차로 다닌다. 또 한 세대 전의 사람들보다 키도 커지고 몸도 건강해졌다. 그런데도 엄살은 노인들 세대보다도 훨씬 더 심해졌다. 고생을 안 해 보아서일까. 거리에 나가면 이 삼복더위에 기를 보충하겠다며 인삼과 한약을 넣은 삼계탕을 먹는다. 무교동 입구 삼계탕집 앞에는 줄이 길게 늘어서 있고, 식당 안도 전쟁터 같아서 삼계탕이 입으로 들어가는지, 코로 들어가는지 모를 정도로 혼잡하다. 또 정부의 허가가 되었는지 안 되었는지 모르지만 보신탕을 먹는 사람들도 있다.

안락하게 사는 것은 좋다. 그러나 인간들은 과거 수만 년 동안 자연재해와 날씨와 싸우며 우리가 사는 문명된 사회를 발전시켜 왔다. 이제 조그마한 불편도 이기지 못하고 날씨가 좀 더우면 재난이라고 하여 정부에서 도와주고, 좀 추우면 또 재난이라고 하여 정부에서 돈을 준다면 인간의 저항력은 어떻게 될지 걱정이다. 옛날 사람들보다 몸도 커지고 건강해지고 영양 상태도 좋은 현대인이면 제대로 먹지도 못해 자라지도 못하고 연약했던 과거의 사람들보다 더위를 이기는 힘도 강해야 되지 않을까. TV에 나와 큰일이나 난 듯이 "햇빛이 너무 뜨거워 죽을 것 같아요."라는 싱싱한 젊은이들을 보면 "놀고 있네."라고 한마디 해주고 싶은 내가 잘못된 것일까.

며칠 전 한국에서 온 손님을 모시고 뉴욕시내 관광을 나갔다. 해가 내리쬐는 이층버스에 앉아 하루 종일 지냈다. 자유의 여신상을 본다고 한 시간 이상 줄을 서 있었고 또 자유의 여신상 가장자리를 걸었다. 물론 나만이 아니다. 많은 사람들이 그 뜨거운 햇빛 아래서 하루 종일 버스를 탔다. 쓰러진 사람도, 죽은 사람도 없다. 물론 물은 두서너 병 마시고, 땀을 훔쳐내느라고 작은 타월이 젖기는 했지만….

오래 전 한여름에는 더우면 참외밭의 원두막에 올라가 부채질을 하며 참외를 깎아 먹으며 더위를 달랬다. 물론 그때의 참외가 요새 냉장고에서 나온 과일보다 시원하고 부채질이 에어컨보다 시원했을 리가 없지만 그래도 우리는 행복하게 살았다. 아마 요새 젊은 사람들 같으면 후덥지근한 원두막에서 뜨뜻미지근한 참외를 먹지 않을 테지만….

지금 대한민국은 세계에서도 아주 잘사는 나라이다. 여러 나라를 다녀보았지만 대한민국처럼 잘사는 나라를 보지 못한 것 같다. 버스 정류장에 서있으면 다음 버스가 지금 어디를 지나고 있으며 몇 분이면 도착한다는 안내가 게시판에 뜨는 나라이다. 아마 그래서 '대단한 민국이다'라고 하여 대한민국인지도 모른다. 그런데 국민의 성질은 급하고 참을성이 없고 툭하면 남을 비난하고 정부를 욕한다. 이처럼 잘사는 나라를 만드느라고 고생한 부모들을 천대하고, 이런 나라를 만드느라고 고생한 과거의 정부를 모두 부정하는 국민이다. 아침에 나오는 뉴스에 폭염이 계속되어 비상대책위원회를 만들고 정부 보조를 해야 한다는 소식을 들으면서 나는 또 고개가 갸우뚱해진다.

대한민국에 여름이면 폭염대책위원회, 겨울이면 혹한대책위원회를 만들어 장관, 차관을 임명하고, 추우면 국민이 춥지 않게끔 무료난방, 더우면 모든 가정에 에어컨을 지급하고, 세금을 감면하고 하루에 한 깡통씩 아이스크림을 보급하는 정책을 선거공약으로 내거는 사람을 대통령으로 뽑는 나라가 되지 않을까 생각한다.

장맛비

몇 십 년 만에 처음이라던 뜨겁고 긴 날들이 지나가는 듯하더니, 폭우가 쏟아지기 시작했습니다. 하룻밤에 450㎜가 왔다느니 시간당 120㎜가 왔다느니 하니 이것은 비가 아니라 하늘에서 물을 퍼붓는 거나 마찬가지의 물난리입니다. 제주도, 강릉, 대전, 서울에는 물난리가 나서 침실의 침대까지 물이 차오르는가 하면, 서재에 한글대사전이 꽂혀있는 책장까지 물이 차올라 온 것이 TV 화면에 나왔습니다. 반지하에 사시는 분들은 대책 없이 갑자기 방안이 물웅덩이로 변했고 아까운 책들이 물 위로 둥둥 떠다니는 화를 입었습니다.

황망해 하는 이재민들을 보면 나도 막막한 생각이 듭니다.

사람들은 이런 기상이변이 올 때마다 제때 알려주지 않았다면서 기상청을 원망하지만 한국의 기상청은 그래도 잘하는 편이라고 칭찬을 해주어야 합니다. 한국의 기상청은 세계에서 몇째 안 가는 우수한 기상청입니다.

작년 9월 초에 허리케인 어마가 바하마 군도에서 생겨났습니다. 처음에는 미국의 기상청에서 이 태풍의 진로가 쿠바를 휩쓸고 미국의 동해안을 따라 동북쪽으로 해서 태평양으로 빠져 나갈 것이라고 그림을 그려가며 예상했습니다. 그러다가 다음날은 플로리다의 동쪽 끝으로 해서 미국의 동해안을 휩쓸고 갈 거라고 아나운서들은 마치 자기의 손바닥을 보며 이야기하는 듯이 떠들어댔습니다. 다음날은 이 태풍이 마이애미와 플로리다의 동쪽을 지나 캐롤라이나 쪽으로 간다고 했고, 태풍이 플로리다에 가까이 오자 방향을 바꾼 바람은 플로리다의 중부를 강타를 하여 템파를 친다고 피난을 가라고 했습니다.

그런데 실제로 이 태풍은 플로리다의 서쪽이 네이풀로 상륙하여 보니타 스프링을 강타하고는 템파로 왔을 때는 힘이 줄어 태풍의 위력이 아주 약해져 아무런 피해를 주지 않았습니다. 네이풀과 보니타 스프링이 강펀치를 얻어맞은 것입니다. 미국의 기상청의 말 바꾸기는 한국 정치인들이나 수다스러운 아줌마의 말 바꾸기보다 더하면 더했지 믿을 만하다고는 할 수 없었습니다.

미국사람들도 기상청을 조크로 '하늘에서 물이 떨어지면 비가 오는 것이고 물이 안 떨어지면 비가 그치는 것'이라고 조크는 하지만 원망을 하거나 비난을 하지는 않습니다. 하긴 플로리다에는 푸른 하늘에 햇빛이 쨍쨍한데 그 옆의 동네에서는 물을 쏟아붓는 것 같은 폭우가 올 때가 많으니 아무리 과학적인 기상청이라고 하더라도 정확히 맞출 수는 없을 것이기 때문입니다. 물론 대통령에게 책임을 묻는 사람도 없지요. 바람이 돌아가는 것, 비를 싣고 오는 구름이 하늘에서 춤을 추듯이 돌아가는 것을 아무리 인공위성을 띄워서 본다고 하지만 구름 위에서 보나 구름 안에서 보나 구름 아래서 본다고 한들 분명히 알 재간이 없을 테니까요.

그런데 KBS나 MBC에 나온 이재민들은 기상청을 원망하며 미리 이런 폭우가 쏟아진다고 예고를 했으면 대책을 마련했을 것이라고 합니다. 아마 아직도 박근혜 대통령이 재임하고 있었다면 민노총이나 전교조에서는 광화문에서 대통령 책임져라 하고 데모를 했을는지도 모릅니다. 참 남 원망을 잘하는 사람들이라고 생각했습니다. 다행히 이번에는 폭우가 쏟아져 내 재산 망쳤으니 문재인 대통령 나와라 하는 데모가 없는 것을 보면 이번 정부는 데모대와 한편이 되어서 그런지도 모르겠습니다. 무너진 집들을 보면 산사태가 날 만하게 집을 지었고, 비가 많이 와서 물살을 타면 축대가 무너지게 아슬아슬하게 지었습니다. 그리고 물이 내려가는 길목 반지하에 방이 있으니 어찌 이 방에 물이 들어오지 않을 수가 있겠습니까.

2000여 년 전 성경말씀에 건축전문가가 아닌 예수님도 반석 위에 집을 지으라고 했지, 저 밑의 모래위에 집을 지으면 비가 올 때 무너진다고 하지 않았습니까. 대전의 내가 살던 아파트에도 한 사람이 겨우 다닐 정도의 좁은 길이 있고 그 밑에는 축대가 쌓여 있었습니다. 그리고 축대 밑에는 집이 있고… 물론 비가 약간 왔을 때는 골을 따라 물이 흘러가겠지만 폭우가 쏟아져 물이 골로 가지 않고 위로 흐르면 축대는 위험해 보였습니다. 기상청 원망을 하면, 기상청이 한 시간에 120㎜ 이상의 폭우가 쏟아진다고 할 때 그 축대를 고쳐 줄까요?

우리는 자기가 할 일은 안하고 무슨 일이 생겼을 때 어떻게 남을 원망할까부터 찾는지도 모르겠습니다. 오래 전에는 서울에 장마가 나면 이촌동, 서빙고, 잠실은 항상 물에 잠기고 해마다 이재민들이 생기곤 했습니다. 그러나 지금의 진보들이 그렇게 미워하는 박정희와 전두환 대통령 때 둑을 쌓는 한강의 기적을 이루고서 이촌동, 천호동, 서빙고 등 잠실의 물난리는 없어지고 이재민도 없어졌고 이 동네는 아주 집값이 비싼 동네가 되었습니다.

미국의 일기 채널을 보면 허리케인 시즌이라고 할 수 있는 8월 하순부터 10월 말까지 거의 매주 태풍이 몰려옵니다. 그리고 10년 전 태풍을 맞은 뉴올리언스는 아직까지도 완전히 회복이 되지 못했다고 합니다. 카테고리 4나 5의 태풍은 시속 150마일이 넘는 바람이고 이런 태풍은 아직 한국에 상륙한 일은 없습니다. 만일 이런 태풍과 폭우가 한국을 덮쳤다면 한국은 어떻게 되었을까를 생각하면 정말 아찔합니다. 150마일이면 야구선수의 피칭보다는 빠르고, 테니스 선수의 서브보다도 훨씬 빠른 속도입니다.

건물에 불이 나서 조사를 해보면 화재 예방이 되지 않았거나 비상구가 준비되지 않아서 희생자가 많이 나왔다고 하고, 건물이 무너지면 건축법을 어긴 건물이고, 축대가 무너지면 부실공사라고 하지 않습니까. 이런 나라에서 카테고리 4나 5가 온다면 견디어 내지 못할 건물들이 많을 것이고 희생자도 많이 나올 것입니다.

지구온난화로 바다의 온도는 올라가고 이로 인한 고기압과 저기압의 차이가 심하게 생겨나고 여기서 일어나는 태풍과 폭우들이 앞으로 더 많이 생긴다고 합니다. 일본에는 지진만 아니라 태풍과 폭우 때문에 지난 몇 년 동안 많은 피해가 일어났습니다. 이제 우리나라도 자연재해에 안일하게 대처해서는 안 된다고 생각합니다. 우리도 유비무환이라는 표어를 다시 세우고 언제 올지 모르는 태풍과 폭우에 미리 준비하여서 기상청을 원망하고 대통령을 원망하는 그런 일이 없어야 되지 않을까요?

흑인들의 위력

미국 독립선언서를 기초하고 또한 헌법을 기초하고 대통령을 지낸 토마스 제퍼슨은 "All humans are created equal(만민은 평등하게 창조되었다)."고 선언을 했습니다. 그러나 그는 흑인에게는 영혼이 없는 것으로 생각을 했고 많은 흑인을 노예로 고용하였습니다.

≪뿌리≫라는 책을 보면 흑인은 소보다는 값이 비쌌지만 마음에 안 들면 팔아버리거나 죽여 버려도 법에 위반되지 않았습니다. 남북전쟁으로 흑인 노예들이 해방이 되었다고 하지만 흑인들에게 인간의 권리가 주어진 것은 아니었습니다. 우리가 일제시대에 일본사람과 차별대우를 받았지만 우리가 받은 차별대우는 흑인들이 백인에게서 받은 차별대우에 비할 바가 못 됩니다. 1955년까지 흑인들은 투표할 권리도 없었고 기차나 버스에서도 같은 자리에 앉을 수도 없었습니다.

친구 중 하나는 한국전쟁 때 미군의 도움으로 1953년에 미국으로 와서 공부한 사람이 있습니다. 그는 조지아에서 공부를 했는데 산길에 흑인의 목을 매달아 놓은 것은 일을 몇 번이나 보았다고 합니다.

저는 오하이오에서 인턴을 했습니다. 오하이오는 앨러바마나 조지아,

테네시보다는 개방된 지방입니다. 그런데 어느 날 수술을 하는데 외과의사 제1조수도 백인이었고 인턴인 내가 제2조수였습니다. 흑인 환자를 수술했는데 백인 의사가 "Nigger를 쨌는데도 빨간 피가 나오네. It is not fair." 하면서 웃는 것을 보았습니다. 그때는 우리 병원에 흑인 의사는 군의관으로 있다가 제대한 한 사람만 있었을 뿐 흑인 의과대 학생은 보지 못했습니다.

흑인들이 할 수 있는 것은 트럭 운전사, 쓰레기 청소, 병원의 청소를 하는 일들이었습니다. 가끔 보고서에서 흑인은 몸집에 비해 뇌의 크기와 무게가 적으니 지적 능력이 떨어진다는 보고서를 본 일이 있습니다.

그런데 세월이 갈수록 달라졌습니다. 처음에는 모하메드 알리, 리스턴, 조지 포맨 등 주먹이나 쓰는 운동선수만 있는 줄 알았는데 농구에 시카고 불 팀에 마이클 조던이 나오더니 농구는 흑인들의 무대가 되어 버렸습니다. 한 팀에 백인 선수가 한두 명 끼어있을 정도이고 90%이상이 흑인 선수들로 채워졌습니다. 올림픽의 드림팀을 만들었는데 백인은 보스턴의 래리 버드 하나이고 나머지는 전부 흑인입니다. 미국인들의 운동이라는 풋볼선수들도 거의가 다 흑인이고 백인들은 쿼터백이나 한두 명 나올 정도입니다. 축구장에도 흑인들이 몰려들기 시작하더니 불란서 축구팀은 거의가 다 흑인들로 구성되어 있고 영국이나 네덜란드, 미국 등이 흑인과 히스패닉 선수로 구성이 되어 있습니다.

지금 뉴욕에서는 US Open 테니스가 한창입니다. 얼마 전까지만 해도 테니스는 백인들의 운동처럼 되어 있어서 흑인들이 얼마 보이지 않았습니다. 그런데 금년 여자 준결승에 오른 선수들 4명 중 3명이 흑인입니다. Osaka라는 여인은 흑인인데도 일본선수로 나와 이제 결승에서 역시 흑인인 세레나 윌리엄즈와 대결을 하여 우승했습니다.

육상에서는 미국과 아프리카, 자메이카의 흑인들이 경기장을 휩쓸고 복싱은 흑인선수가 나왔다고 하면 볼 것도 없이 흑인이 승리를 하곤 합니다. 골프에는 타이가 우드가 전설적인 골프 황제로 되어 있고 Sex스캔들로 일선에서 물러났다가 몇 년 후 다시 돌아와서 성적이 부진한데도 그가 시합장에 나오면 수많은 관중들이 따라 다닙니다.

그뿐 아닙니다. 음악도 록 뮤직이나 팝 뮤직은 오래 전부터 흑인들의 무대였고 그 큰 음량으로 오페라나 클래식에도 흑인의 물결이 몰려오고 있습니다. 공항에 가면 안전경찰(Security Police)은 거의 흑인들이고 운전면허를 타러 가도 흑인 경찰들이 대부분입니다. 지난번 흑인인 오바마 대통령도 근래의 훌륭한 대통령이었다는 평을 받고 있습니다. 이제는 흑인들의 DNA가 백인보다 모자라느니 두뇌의 크기가 작아 흑인은 열등하다느니 하는 학설들이 부끄러워 명함도 내놓지 못합니다.

나는 가끔 힐턴이나 메리어트 호텔에 가서 흑인들의 가방을 끌고 가며 굽실거리는 백인들을 볼 때마다 상전벽해와 같은 감정을 느낍니다. ≪바람과 함께 사라지다≫를 쓴 스티븐 여사가 그런 광경을 보았다면 아마 소설을 다시 쓰게 될는지 모릅니다.

얼마 전의 일입니다. 성형외과 학회에 가서 만찬 때 여러 의사들과 같이 앉아 이야기를 하는데 내 옆의 의사는 필라델피아에서 온 젊은 의사였습니다. 그 친구가 하는 말이 몇 년 전 집을 사려고 필라델피아의 부촌을 찾아갔습니다. 아이들 교육도 있고 하여 좋은 동네를 찾아간 모양입니다. 복덕방 사람과 함께 집을 보러 갔는데 문에서 경비가 "어디를 가느냐? 집을 사려고 하는 사람이 누구냐?"고 물었습니다. 성형외과 의사라고 했더니 이 동네에 의사는 없고 성형외과 의사의 수입으로는 이 동네에서 살기가 힘이 들 거라는 말을 하더랍니다. 그래서 그럼 이 동네에는 어떤 사람들이 살고 있느냐고 했더니 필라의 야구 선수들, 농구선수들이 사는데 집이 대개 5백만 불 이상이라면서 이곳에는 모두 흑인 부자들이 살고 있어 백인은 없다고 하더랍니다.

이제 어떤 곳에서는 흑인들이 백인들을 차별하는 곳도 생겼습니다. 오하이오에서 사업을 할 때도 백인이라는 것만 가지고 오만하게 굴며 유색인종들을 경멸하는 사람들이 있었습니다. 그런데 그런 분들은 신통하지도 않고 개업이 잘 안 되는 분들이 많았습니다. 오래 전 TV에서 기자가 LA의 한 청년을 붙들고 왜 일을 안 하고 사회보장 보조금으로 사느냐고 했더니 나는 일을 안 해도 먹고 살 권리가 있다고 당당하게 말하는 것이었습니다. 나는 미국 시민이고 백인이다라면서….

재래식 변소에 우리는 로마제국이 어찌 멸망했는지 잘 알고 있습니다. 로마 시민들은 일을 안 하고 속주들이 바치는 조공으로 먹고 살며 힘든 일은 노예들을 시키고, 향락에 빠졌다가 노예들의 반란과 속주들의 침략으로 천년 로마는 멸망했습니다.

이제 언제 또 사회가 어떻게 바뀔는지 모릅니다. 흑인들이 백인을 노예로 부리고, 백인들은 흑인들보다 열등한 족속이라는 논문이 나올지도 모르겠구나 하고 생각을 해봅니다.

중국과 일본 사이

아시아 대륙을 이루는 중국과 일본의 기다란 섬들 사이에 쭈그리고 앉은 토끼처럼 생긴 반도가 한국입니다. 사실 한국과 만주 사이에 압록강과 두만강이 흐르고 있느니 섬이라고 해야 옳을지 모르지만 두만강과 압록강이 짠 바닷물이 아니라서 그냥 반도라고 부르는가 봅니다.

우리는 지정학적으로 북쪽으로 대륙과 붙어있어서인지 수천 년 동안 중국의 지배를 받아왔습니다. 한사군을 비롯하여 위만조선의 역사가 모두 중국과 연결이 된 역사이고, 고구려 시대에 수나라와 당나라의 침략을 받아 국민들이 고생을 했습니다. 신라가 삼국통일을 했다고 하지만 당나라의 도움으로 이루어졌고, 청천강 이북의 땅은 모두 당나라가 차지했습니다. 고려말기에 겨우 압록강까지 올라갔지만 조선시대에 들어와서는 명나라의 식민지 정책이 가혹했습니다. 왕위를 계승할 태자를 정하려면 명나라의 승인을 얻어야 했고, 왕이 혼인을 하려고 해도 명나라의 허가를 받아야 했습니다.

해마다 많은 양의 조공을 바치고 전국에서 예쁜 처녀들을 몇 백 명씩 뽑아서 명나라에 바쳐야 했습니다. 중국판 위안부나 마찬가지였고 끌려간 처녀들은 부잣집의 첩이나 기생, 여종이 되거나 창녀가 되었습니다. 전교조 선생님들이 이런 것을 학생들에게 가르쳐 준다면 한국인의 중국 짝사랑이 없어질 텐데, 좌편향적인 선생님들은 중국 공산당에 애정이 있어서 그런지 이런 역사는 가르치지 않는 모양입니다.

동쪽의 일본은 섬나라가 되어서 그런지 문화가 발달이 되지 않아 백제나 신라의 문화를 많이 빼앗아 갔습니다. 해안을 침범한 해적 같은 놈들이 백제의 사람들을 잡아다가 황룡사를 짓게 하고 일본 백자를 만들게 했습니다. 그러나 옛날에는 그리 대대적으로 전쟁을 일으키지는 못하고 지금의 소말리아 해적 수준이었습니다. 그러다가 오다 노부나가가 일본의 통일의 기틀을 다지고, 도요토미 히데요시가 일본을 강국으로 만들고는 임진왜란을 일으켜 우리나라를 침범하고 명나라까지 넘보았습니다. 7년이나 끈 전쟁에서 우리나라의 이순신 장군이나 서산대사들이 잘 싸워주기도 했지만 도요토미 히데요시가 죽는 바람에 전쟁을 끝이 나버렸습니다.

도쿠가와 이에야스가 문호를 개방하고 서양문화를 받아들인 뒤 일본은 중국과 한국보다 발전을 했고 섬나라이던 일본은 분에 넘치는 야욕을 품게 되었습니다. 한국을 침략하고 만주를 식민지로 삼더니 중국 전체를 먹겠다고 했습니다. 욕심은 욕심을 낳고 그 욕심을 주체하지 못하여 동남아 전체를 침략하고 미국과도 한번 붙어 보겠다고 세계전쟁을 일으켰던 일본의 욕심은 꺾어져 버렸습니다.

자기 나라도 주체를 못하던 중국은 미국의 도움으로 이차대전이 끝이 나고 나서 전승국은 아니지만 준전승국으로 대우를 받더니 모택동이 나라를 통일하자 대국 노릇을 하기 시작했습니다. 소련이 해체되고 붕괴되자 대국으로 행세를 하더니, 이제는 세계 패권을 노리면서 주위 나라들의 주인행세를 하고 미국과 맞짱을 뜨려고 합니다.

중국의 힘이 강해지자 고대나 중세나 현대사에 있어 항상 중국과 일본에게 압박만 받던 우리나라는 중국의 압박 속에 시달리고 있습니다. 아마 중국의 지배를 받던 역사가 오래여서 그런지, 아니면 우리 몸속에 중국의 피가 많이 들어 와 있어서 그런지는 몰라도 한국 사람들은 중국에는 관대합니다. 명나라에 그렇게 많은 여자들이 잡혀가 유린을 당했는데도 한 번도 위안부 보상을 이야기 못했고, 많은 노예들이 끌려갔는데도 징용 문제를 제기하지 못했습니다.

지금은 국력이 세계 11위의 수출국이라고 하고 경제력으로는 세계 8위라고 큰소리를 치는데도 중국 문제만 나오면 꼼짝을 못하고 한국의 정치인들은 중국의 눈치를 살피기에 급급합니다. 문재인 대통령이 중국에 가서 총리와 회담을 하자고 했더니 외부로 출장을 간다고 따돌리고서는 국무회의를 열고 문재인 대통령은 혼자 밥을 먹고, 수행 기자가 매를 맞고 왔어도 한국의 정치인과 언론은 조용합니다. 아마 이런 일이 일본에서 일어났거나, 미국에서 일어났다면 단박에 일본대사관 앞이나 미국대사관 앞으로 몰려가 머리에 띠를 띠고 촛불을 들었을 것이고 신문에서 야단을 쳤겠지만 언론은 중국에 대해서는 아무 말도 않했습니다.

몇몇 국회의원이 떠들었지만 매를 맞고 온 사람이 조용한데 무슨 말을 하겠습니까. 북한은 자기를 지지해 주는 가장 큰 세력이니까 중국의 비위를 맞추고 그들의 뜻을 따르겠지만 한국의 정치인들은 무엇 때문에 중국의 비위를 맞추고 중국의 눈치를 보려고 애를 쓰는지 모르겠습니다.

오래 전 중국이 내란으로 정신을 못 차릴 때 많은 한국 사람들은 일본을 드나드느라고 정신이 없었습니다. 재일 교포인 신격호 씨가 롯데호텔을 짓고 자본을 들여올 때 그 주위에는 벌통 주위에 몰려든 벌들처럼 한국의 사업가 정치인들이 왕왕대었습니다. 그리고 발전된 일본 산업을 먼저 들여온 사람들이 돈을 벌었습니다. 소니나 파나소닉, 산요 같은 전자제품은 물론이고 라면이나 Fast food 등 일본을 본 딴 기업들이 많았습니다. 이제는 우리의 아이디어를 삽입하여 우리 기업이 일본을 앞선 기업들이 나타났습니다.

원래 아첨을 하는 사람들은 의리가 없습니다. 아첨하다가 상대가 약해지면 등에 칼을 꽂거나 목을 따다 바치는 것이 아첨꾼의 행태입니다. 이제 우리나라가 일본에서 덕을 볼 것이 없으니 그렇게 차갑게 돌아섰습니다. 지금 서울에서 일본을 좋게 이야기하면 맞아죽을 정도로 반일정신이 범람합니다. 그래도 직장을 구하지 못한 젊은이들이 그 반일정신을 속이고 일본기업에 취직을 한다고 하지 않습니까.

나는 친일을 하자는 것도 아니고 친중을 하자는 것도 아닙니다. 다만 우리의 Identity를 바로 하자는 것입니다. 우리는 중국에게도 학대를 당했고 일본에게도 많은 피해를 입었습니다. 그렇다고 중국과 일본에 대해 영원히 원수라고 등을 돌리고 살 수는 없습니다. 세계정세가 이를 허락하지 않습니다. 우리는 무엇이 우리의 실익이 될 수 있으며 누가 우리를 더 해하려고 하는가를 바로 살펴야 할 것입니다.

우리는 태평양으로 나가야 합니다. 서쪽 바다 쪽으로는 중국에 막혀 있기 때문입니다. 중국을 아직도 우리를 자기들의 준식민지로 생각하고 있습니다. 그러나 일본은 미국의 견제 때문에 우리를 우방으로 만들고 싶어 합니다. 우리는 중국과 일본 사이에서 외교 이익이 될 수 있는 교류를 해야 하고 태평양으로, 세계로 나가야 할 것입니다.

욕심

욕심이 없는 사람이 어디 있겠습니까. 누구나 배가 고프면 먹고 싶은 식욕이 생기고, 먹기 시작하면 배가 부르게 먹고 싶은 것이 사람이나 동물이나 마찬가지겠지요. 갓난애도 먹을 것을 손에 쥐면 주먹을 꼭 쥐고 입에 갖다 넣으려고 하지요. 그런데 그 욕심이 얼마나 강하냐 하는 것이 문제이겠지요. 성경에서 이야기하는 것처럼 부자라는 사람이 풍년이 되어서 창고에 가득히 곡식을 쌓아놓고도 모자라서 창고를 더 크게 지어야겠다고 생각합니다. 그러나 문 앞에 서있는 거지에게는 떡 한 조각 던져주지 않을 정도로 인색합니다.

이렇듯 넘쳐흐르는 욕심이 문제입니다. 어려서 어른들이 욕심이 많은 애를 보고 "아하, 그놈 욕심이 대국 놈이네."라고 하시던 말이 생각이 납니다. 중국 사람의 욕심은 아마도 세계에 어느 나라 사람들과 비교가 되지 않을는지도 모릅니다. 서울이나 평양에 살던 중국 사람들의 집은 밖에서 보면 허술한 것 같지만, 안은 아주 튼튼하고 화려하게 짓습니다. 옷은 검고 기름 냄새가 나는 허름한 옷을 입고 안에 돈을 감추어 두고 산다고 합니다. 세계 어느 곳에 가든지 중국 사람들은 음식점을 차리고 돈을 버는 데 정신이 없습니다. 동남아의 여러 나라들, 태국이나 월남, 싱가포르의 상권들은 중국 사람들이 모두 쥐고 있다고 합니다. 그런데 이런 나라들에 재난이 나든가 어려운 일이 있을 때 제일 많이 찾아 가서 도와주는 나라가 중국이 아닌 미국이고 독일이나 영국, 불란서 등의 유럽의 나라들입니다. 한국도 어려운 사람들을 돕는데 나섭니다. 중국에서 남의 나라를 도와주러간 예를 별로 보지 못했고 일본도 남을 돕는 데는 인색하기 짝이 없습니다.

20세기에 들어와 세계대전을 겪으면서 많은 식민지 국가가 해방이 되었습니다. 한국은 물론이고 필리핀, 월남, 인도네시아, 인도, 중남미의 많은 나라들이 영국, 스페인, 포르투갈의 식민지에서 해방이 되었습니다. 그러나 중국은 자기들의 식민지를 풀어주지 않았습니다. 도리어 네팔이나 티베트, 내몽골을 소수민족이라고 칭하면서 꿀꺽 먹어 버렸습니다. 물론 러시아도 마찬가지 입니다. 우크라이나, 루마니아, 불가리아, 헝가리, 체코슬로바키아, 우즈베키스탄 등을 뭉쳐서 속주국으로 삼고는 소련연방국이라고 이름을 붙였습니다. 물론 1989년에 풀어주고 말았지만….

욕심을 말하자면 단연 진시황이겠지요. 6국을 통일하여 진나라를 세우고 황제가 되었습니다. 그리고는 그 영화를 잃을까 봐 영원이 죽지 않는 약, 불로초를 구해 오라고 동남동녀들을 뽑아 보내는가 하면 죽더라도 영화를 누리겠다고 얼마나 크고 화려한지 아직도 밝혀지지 않은 묘를 건축하고 자기를 보호할 호위병들을 두려고 병마총까지 만들었습니다. 그리고 중국의 황제들의 화려함은 이루 말할 수 없을 정도였습니다. 그것이 모두 욕심에서 나온 것입니다.

그럼 인간의 욕심은 어느 정도가 채워지면 만족을 할까요. 그런데 성경은 이야기를 합니다. 세상의 모든 강이 바다로 흐르되 바다를 채우지 못하고…. 그러고 보면 세상의 모든 것을 가져도 인간의 욕심은 채워지지 않는다고 솔로몬이라는 현명한 사람이 이야기를 했습니다.

그리스에 오나시스라는 부자가 살았습니다. 그는 무대 위에서 화려한 스포트라이트를 받으며 만인이 우러러 보는 가수 마리아 칼라스와 결혼을 했습니다. 그런데 그것으로는 성에 차지 않았습니다. 1960년대 세계에서 가장 멋있고 예쁘고 지성적인 여인 재클린 케네디와 결혼을 했습니다. 세계에서 제일 영향력 있고 미국인의 자랑인 케네디 미국 대통령의 부인이었고, 드골 대통령이 미국에서 가져갈 것이 있다면 '재클린 케네디다'라고 한 여인, 미국 국민의 우상이고 엘리자베스 영국 여왕과 엘리자벳 테일러라는 미녀 배우만이 그 여자와 견줄 수 있다고 평을 받던 여인을 차지 했습니다. 그런데 오나시스는 행복하지 않았다고 이야기를 합니다. 그럼 그 남자의 욕심은 어느 정도로 가야 만족할까요. 아마 세상의 어떤 여인을 갖다 바쳐도 그는 행복하지 못했을 것입니다.

톨스토이의 단편소설, 가난한 어부의 이야기가 생각납니다. 바닷가에서 고기를 잡다가 큰 금붕어를 잡은 어부는 금붕어가 살려달라고 청을 하며 무슨 소원이든지 들어주겠다고 하자 집의 깨진 바가지가 생각이 나서 바가지를 하나만 달라고 합니다. 집에 가니 새 바가지가 마루 위에 놓여 있었습니다. 어부는 자랑스럽게 아내에게 자초지종을 이야기를 합니다. 아내는 "이 바보야, 그래 바가지 하나를 달래. 큰 집이나 부자가 되게 해달라고 하지 않고." 어부는 바닷가로 나가 금붕어에게 아내가 큰 집과 부자가 되기를 원한다고 말을 합니다. 금붕어는 "네." 하고 들어갑니다. 어부가 집에 와 보니 큰 집에 화려한 옷을 입고 하녀들을 거느린 아내가 큰소리를 치며 호령합니다. "이 바보야, 그 금붕어를 잡아가지고 와서 집안에 놓고 마음대로 부려먹도록 해야지." 어부는 다시 바닷가로 가서 금붕어에게 아내의 이야기를 합니다. 금붕어는 고개를 숙이고 있다가 아무 말도 하지 않고 바다 속으로 들어가 버립니다. 어부가 집에 와서 보니 큰 집은 사라지고 옛날 작은 집 마루에 새 바가지만 한 개 있더라는 이야기입니다.

그 누구도 인간의 욕심을 만족시킬 수 있는 방법은 없습니다. 우리나라에도 부자들이 많이 있습니다. 그리고 세계의 부자들 속에 속하는 사람들도 있습니다. 그런데 우리나라 부자들은 남에게 베풀 줄을 모르고 좀 더, 좀 더 하고 돈을 더 벌려고 기를 씁니다. 골목의 콩나물 장사들이나. 두부 장사들의 삶의 터전까지 몽땅 빼앗아 버립니다. 그래서 골목마다 Home Plus, GS 25, Hyun Dai 잡화상과 식료품점이 생깁니다. 심지어 대학도 만들고 병원도 만들어서 나라의 돈벌이가 될 만한 것은 모두 삼켜 버립니다. 영화도 자기들이 만들어 CJ Entertainment가 아니면 설자리가 없게 만듭니다. 큰 항공사의 회장은 자기 어머니까지 회사의 직원으로 올려서 월급을 줍니다. 그 욕심이 언제 채워질까요. 언제 그 욕심이 채워져서 남에게 나누어 줄 수 있을까요 세계를 다 가지면 우주를 가지려고 하겠지요.

항공사의 횡포

요새는 여행을 한다고 하면 거의가 다 비행기를 타고 여행을 하는 것으로 생각합니다. 그래서 추석 연휴나 정월 연휴 때는 인천공항이 60년대 서울역을 상상할 만큼 북적북적합니다. 미국도 추수감사절이나 정월 명절 때는 공항이 남대문시장처럼 번잡합니다.

자동차로 가도 5시간이면 가는 서울–부산 간도 비행기를 타고 여행을 하는 사람들이 많으니 이제 비행기를 탄다는 것은 돈이 있는 특별한 사람만이 타는 것이 아니라 누구나 탈 수 있는 시대가 되었습니다. 그러니까 비행기에는 개도 타고 고양이도 타고 얼마 전에는 새장을 들고 타는 사람도 보았습니다. 그러다 보니 소위 Curtacy라는 것이 없어지고 항공사의 직원들이 손님을 대하는 것이 60년대 철도국원이 손님을 대하는 것처럼 거칠어졌습니다. 물론 아직도 그렇지 않은 나라들이 있기는 합니다.

얼마 전 유튜브에 세계에서 가장 친절한 항공사 20개를 골라서 발표를 했습니다. 나는 그래도 미국인데 하는 기대를 가지고 뒤져 보았으나 미국의 항공사는 하나도 명단에 오르지 못했습니다. 옛날 하워드 휴즈가 살아있을 때, 명성을 날린 Pan Am은 사라진 지 오래되었고

Continental, U.S. Airway, Northwestern Air line도 자취를 감추었습니다. 이제는 우후죽순 새로운 항공사들이 생겼는데 직원들의 서비스가 내 돈을 주고 타는 비행기인데도 마치 공산국가에서 배급을 타는 것처럼 관료적이고 고압적입니다.

2017년 8월입니다. 플로리다의 FT, Myer에서 뉴저지의 뉴왁으로 가는 비행기를 타려고 공항에 나갔습니다. 아침 10시 비행기여서 8시에 공항에 나가보니 지연이 되어 오후 2시에 떠난다는 표시가 붙어 있습니다. 왜 늦어지는지 이유는 물론 설명도 되어 있지 않습니다.

카운터에 가서 물어보았더니 뉴저지에 비가 와서 그렇다는 것이었습니다. 나는 태풍이 분다든가 뇌성이 친다면 모르지만 비가 와서 비행기가 못 뜬다는 말을 들어 본 일이 없습니다. 집에 갔다가 돌아오는 것도 번거롭고 하여 공항에서 기다리기로 했습니다. 그런데 2시가 되도록 아무 말이 없더니 저녁 5시에 떠난다는 것이었습니다. 다른 곳에서 비행기가 와야 하는데 그 비행기가 일기가 나빠 못 와서 다른 비행기로 교체를 한다는 것이었습니다. 벌써 공항에서 9시간을 서성거리고 사람들은 짜증이 내기 시작했습니다. 5시 하고도 30분이나 지나서 비행기에 타라고 하여 비행기를 탔습니다.

그런데 비행기를 타고 한 시간 이상이 지났는데 무슨 일인지는 모르겠으나 비행기가 못 뜨니 모두 내리라는 것입니다. 그리고 비행기는 9시에 이륙하기로 결정이 되었다는 것입니다. 손님들은 비행기에서 내려 다른 비행기를 알아본다고 줄을 길게 늘어서 있었습니다. 나도 할 수 없이 내려서 물어보니 자기도 무슨 일인지는 정확히 모르지만 9시에 떠난다고 하니 좀 기다려 보라는 이야기입니다. 할 수 없이 공항에서 맛도 없고 비싸기만 한 저녁을 먹고 기다리다가 9시가 훨씬 넘어 비행기에 탑승을 했습니다. 다시 비행기를 타고 한 시간 이상을 기다리고 있는데, 기장이 이 비행기는 오늘 못 뜨게 되었으니 다시 모두 내리라는 것입니다. 자기는 무슨 일인지 모르지만 회사에서 전화가 왔다는 것입니다.

사람들은 화를 내며 내려서 카운터에 줄을 길게 늘어서 조치를 기다렸습니다. 한 시간이 지나 11시가 되어 내 차례가 되었는데 나더러 차를 타고 1시간 반이나 2시간 반을 가는 샤롯이나 템파 비행장에 새벽 4시에 떠나는 비행기가 있으니 그곳으로 가라는 것입니다. 이미 밤 11시가 지났는데 차도 없이 어찌 가라는 거냐고 했더니 택시를 타고 가면 되지 않느냐 그럼 택시 값이 만만치 않을 텐데 그 돈을 누가 내느냐고 하니까 직원은 냉소에 찬 얼굴로 그걸 내가 어찌 아냐는 듯이 그저 컴퓨터에 나온 대로 다음 비행기를 알아보는 것입니다.

그래 좋다, 비행기 표를 물러 달라고 했더니"네가 비행기 표를 산 곳에 가서 물어 봐라 나는 모른다"라고는 "다음 사람." 하고 다른 손님을 불렀습니다.

밤 12시가 가까워서 할 수 없이 집으로 돌아왔습니다. 다음날 아침 공항으로 나가 물어 보았더니 오늘 비행기는 모두 만석이 되어 오늘 가는 항공기를 마련해 줄 수 없다는 말인데 하나도 미안한 기색이 없이 당당하고 고압적입니다. 그럼 언제 갈 수 있느냐고 물으니 2일 후 오후 5시에 자리가 하나 있으니 가려면 가고 말려면 말라는 투였습니다.

이런 일을 가지고 나 혼자서 큰 항공사하고 싸우는 것은 계란이 아니라 메추리알로 바위를 치는 것이나 마찬가지이니 할 수 없다고 생각을 하고, 2일 후의 비행기 표를 받아가지고 다시 공항으로 2일 후에 나갔습니다.

그랬더니 5시 비행기가 다시 오후 10시로 지연이 된다는 것입니다. 그런데 가만히 보니까 화를 내는 것은 나 혼자이고, 미국 사람들은 그냥 응하는 것이었습니다. 할 수 없이 10시까지 기다려서 비행기에 올랐습니다. 비행기에 오른 지 한 시간이 지나서야 비행기는 이륙을 하고 뉴저지의 뉴왁공항에 새벽 2시가 되어 도착했습니다. 물론 그 후에 어찌되었는지 모릅니다. 손님들이 모두 항의 한마디 안했는지 모르지만, 그 항공사는 오늘도 고압적인 직원들이 카운터에 나와 서비스를 하고 승객에게 마치 스페인 군인들이 멕시코 농민들을 취급하던 것처럼 응대하면서 운영을 하고 있습니다.

옛날에는 미국의 항공사가 친절하고 시간을 잘 지키고 안전하다고 했습니다. 그런데 지금은 세계의 20개 항공사에 하나도 끼지 못하는 후진국가가 되었습니다. 가장 친절하고 깨끗한 항공사는 싱가포르 항공사, 에메레이트 항공사, JAL, 루프트한자 등등 이름이 올랐는데 그전에 친절하기로 이름이 났던 대한항공도 이름이 빠져 있습니다.

나는 이것이 노조의 세력이 커질수록 손님에 대한 친절도는 떨어지고 서비스가 나빠지고 일의 능률이 떨어진다고 생각합니다. 직원이 무슨 짓을 해도 노조가 뒷받침을 해주니 일을 대강대강 하고 손님에게 갑질을 할 수도 있다고 생각합니다. 이제 미국 사람도 할 수만 있다면 외국을 갈 때 미국 국적의 항공사를 이용하지 않고 싱가포르 항공, 에메레이트 항공, JAL, 루프트한자를 이용한다고 하니 미국의 항공사도 미국의 자동차 산업이 망하고 미국에 외국산 자동차들이 미국의 도시에 범람하는 것처럼 미국 공항에 미국 항공사들이 자취를 감추는 날이 올 것 같아 염려스럽습니다.

부자들

서울에는 부자들이 정말 많이 있습니다. 신세계 백화점, 롯데백화점, 현대백화점에 가면 북한의 김정은이 부르조아라고 할 만한 의과대학 교수들도 깜짝 놀랄 만한 가격표들이 붙어 있는 상품들을 보며 내 일생에 저런 옷들을 사서 입으며 흥청거리고 살 수 없을 거라는 생각이 듭니다.

성형외과 개업을 하면서도 뉴욕의 티파니나 노드스트롬, 티파니, 블루밍데일, 디라드에 가보고 그 곳에서 세일을 하는 옷을 한 벌 사와서는 비싼 옷이라고 무슨 행사 때나 입고 다니는 쪼다인 나는 서울의 백화점의 물건을 함부로 만질 수도 없습니다. 나는 그저 동쌀롱이나 남쌀롱에 가서 '골라, 골라' 보다는 좀 고급이라는 삼익빌딩 정도에 가서 옷도 사 입고 신발도 사 신곤 했습니다. 그런데 롯데나 신세계백화점에 가면 젊은 여자들이 겁 없이 물건을 사서 종이백을 몇 개씩 들고 다닙니다. 나는 넥타이도 20불 이상 주고 산 일이 거의 없고, 내 생일 때 아내가 사준 160불짜리 타이를 아끼다가 어디다 모셔 둔지 몰라 잃어버렸습니다.

그런데 롯데백화점을 어슬렁거리다가 '야! 저 넥타이 예쁘다.' 하고 가격을 보았더니 28만원이라는 가격이 붙어 있었습니다. 내가 아내더러

"여보, 저런 넥타이를 매고 다니면 누가 내 목을 자르고 넥타이를 뺏어갈 거야." 하고 웃었습니다. 여기서는 백만 원 이하짜리 옷은 찾기가 힘이 들고 여기서는 정말 백만 원은 껌 값입니다. 같이 간 친구에게 "야, 서울에 참 부자들 많다. 비싼 백화점에 사람들이 많이 몰리고 물건을 사는 사람들이 이렇게 많구나. 뉴욕의 티파니나 쌕스백화점도 가보면 사람들이 이렇게 많지 않거든." 했더니 친구가 하는 말이 "야, 너 밖에 나가 봐라. 서울에 큰 빌딩들이 얼마나 많으냐. 저런 빌딩 하나만 있으면 부자야. 저런 부자들은 너나 내 월급은 하루 용돈도 제대로 안 돼." 하고 내 기를 팍 죽였습니다.

정말입니다. 서울에 저 많은 건물들 중에서 건물 하나만 있으면 임대료가 방 하나에 내 월급이 된다고 하면 건물에서 한 달에 쏟아져 나오는 돈을 세려면 머리가 아플 정도일 것입니다. 또 그런 비싼 임대료를 내면서 장사를 하고 사업을 하는 사람들은 얼마나 돈을 벌기에 수입차가 비싸다는 서울에서 메르세데스, 렉서스, BMW, 랜드로버들을 타고 다니고, 자식들은 신세계백화점의 물건을 내가 시장에서 두부나 콩나물을 담듯이 주워 담는가 하고 생각하니 우울해졌습니다. 그러나 생각을 해보면 자기들이 돈을 벌어 자기들이 쓰는데 우리가 할 말이 없습니다. 그렇게 억울하면 돈을 벌면 될 것 아닙니까.

우리가 못 살던 시절 한진의 조중훈 사장님도 트럭을 몰고 다니며 기업을 일으켰고, 정주영 회장님도 떨어진 작업복과 신발을 신고 다니면서 사업을 일으켰습니다. 우리는 모두 그들은 존경했고 열심히 일을 해 기업들을 일으키는데 보탰습니다. 그런데 기업이 돈을 버니 그 번 돈이 모두 자기들의 돈이고 그들을 위해 일을 한 사람들을 위하여 쓰는 돈이 없습니다. 점점 돈을 더 벌기 위하여 골목의 콩나물 장사들까지 압박했습니다. 삼성이나 현대는 병원까지 세워서 돈을 벌었고 대학을 사서 투자를 했습니다. Home Plus라는 것을 곳곳에 세워 골목의 콩나물 두부 장사들을 몰아냈고, JC는 아이스크림, 캔디 장사들까지 독점했습니다.

이제 한국에서는 골목에서조차 장사도 할 수 없습니다. GS칼텍스나 세븐일레븐 같은 큰 기업의 편의점 속에 들어가야 골목의 장사도 하게 되었습니다. 그리고는 돈이 많은 집의 자제들은 돈이 없는 사람들에게 갑질을 합니다. 마치 자기들은 하늘에서 정해준 선민으로 생각하여 자기들의 기업에서 일하는 사람들을 마치 옛날에 노예 부리던 것처럼 취급하려고 합니다.

좀 더 조사 결과를 기다려 보아야 하겠지만 한진의 이명희 부인이 작업모를 쓰고 가는 직원을 때리고 그 머리 위에 서류를 집어 던지는 영상이 나왔습니다. 현대의 정몽구 사장님의 아들은 24개월 동안에 운전사를 십여 명이나 바꾸고 성질이 나면 운전사의 따귀를 때리곤 했다고 합니다. 조현아 대한항공 부사장은 땅콩을 은접시에 받쳐주지 않고 봉지째 주었다고 이륙하려고 움직이는 비행기를 멈추게 하고 사무장을 내어 쫓고 승무원에게 갑질을 하지 않았습니까. 또 동생 조현미는 광고회사 직원들과 회의를 하다가 마음에 맞지 않는다고 자기보다 나이가 많은 광고회사 직원에게 물컵을 집어 던졌다고 TV에서 떠들고 있습니다.

큰 사업을 하여 돈을 버는 것에는 자기가 아이디어를 내는지 모르지만, 혼자서 일을 해서 버는 것이 아닙니다. 모든 직원이 같이 일하고, 노력하고, 고생하여 이루어낸 것입니다. 조중훈 사장님이 비행기와 항공사를 혼자 만들었습니까. 그 부문의 전문가들과 기술자들이 함께 일하여 세계적인 대한항공을 이룩해 놓았는데 그 손주들은 마치 자기가 하늘에서 따온 모양으로 행동을 합니다.

사람에게서 제일 추하고 무서운 것이 오만입니다. 우리는 사회에서 오만한 사람들을 많이 봅니다. 대통령에 당선이 되고 감사인사를 할 때의 걸음걸이와, 대통령이 되고 2년 정도 후의 걸음걸이, 대통령 말년의 걸음걸이를 비교해 보면 어떻게 변했는지를 알 수 있습니다. 자기에게 아첨하는 사람들 속에서 점점 자라나는 오만함, 나는 저 사람들과 다르다는 생각 속에서 굳어져 가는 교만과 허물어져 가는 인간성 때문에 대통령의 말년에는 지지도가 떨어지고 인품은 망가져서 대통령이 끝난 후 아름다운 끝을 본 전직 대통령이 별로 없습니다.

우리나라 부자들도 마찬가지입니다. 아버지와 할아버지가 처녀들의 머리를 잘라 가발을 만들어 팔고, 비둘기장 같은 작은 공장에서 공남이 공녀들의 피나는 노력을 통해서 번 돈을 사회를 위해 쓰고 또 노동자들을 위해 썼으면 사회가 이렇게 변했겠습니까? 노동자들이 벌어준 돈을 마치 자기가 혼자서 만든 것처럼 권세를 하면서 가난한 사람들에게 갑질을 하기 때문에 반 재벌의 감정이 자라고, 사람들은 돈 많은 사람들을 미워하게 되는 것입니다. 물론 배고픈 것은 참기 힘이 들지요. 그러나 배 아픈 것도 참기 쉬운 일은 아닙니다. 더욱이 갑질을 하는 재벌들을 보면서.

총기규제보다 중요한 것

며칠 전 내가 사는 플로리다 남쪽에서 19세의 청년이 자기가 다니던 학교에 들어가 기관총을 난사하여 17명을 죽게 하였습니다. 그 청년은 얼마 전 어머니를 여의고 학교에 적응하지 못하여 몇 번이나 유급을 하여 대학에 갈 나이가 지났는데도 고등학교에 다녔던 모양입니다.

또다시 TV에서는 총기규제를 해야 한다고 떠들고, NRA의 지지를 받는 공화당과 공화당 출신의 트럼프 대통령을 때리느라고 CNN과 MS NBC에서는 신이 났습니다. 그러나 총기법을 만들어 통과시켜야 할 의회도 또 무슨 법으로든지 규제를 하여야 할 정부도 아무런 움직임을 보이지 않습니다. 미국의 NRA가 강한 힘을 가지고 있고 로비를 잘하니까 총기규제법이 통과되지 않는다고 말하는 사람도 있고, 미국에 개인들이 가지고 있는 총의 숫자가 2억이 넘는다고 하니 개인들이 가지고 있는 그 많은 총을 정리할 수도 없을 것입니다. 두 명에 한 명 꼴로 총을 가지고 있으니 그 총을 정부가 다 회수할 수 없을 것이고 또 총을 좋아하는 많은 사람들을 통제하기도 지극히 힘이 든 것이 사실입니다.

사실 미국에서는 총을 구입하기가 너무도 쉽습니다. 우리 집에서 걸어서 10분도 안 걸리는 거리에 Rural King이라는 가게가 있습니다. 농기구와 잡화를 파는 큰 상점인데 여기서도 총을 살 수 있습니다. 아주 손아귀에 들어오는 작은 것부터 클린트 이스트우드가 사용하던 큰 권총, 경찰들이 가지고 다니는 권총, 큰 카빈총들이 진열안에 많이 전시되어 있습니다. 돈을 내고 신분증만 보이면 그 자리에서 총과 총알을 건네줍니다. 그러니 총기 규제를 어떻게 하겠다는 것인지 알 수가 없습니다.

만일 오늘 오후에 누구를 해치려고 한다면 한 시간 내에 총을 사서 사람을 해할 수 있습니다. 그러나 총뿐이 아닙니다. 사람이 사람을 해하려면 총이 아니더라도 얼마든지 할 수 있습니다. 총 진열장의 옆 진열장에는 수많은 칼들이 있습니다. 작은 칼에서부터 영화에 나오는 람보가 가지고 다니는 칼들이 날이 시퍼렇게 서서 전시되어 있습니다. 그리고 날이 선 칼은 보기에 총보다도 무섭습니다.

매주 주말마다 열리는 Flea Market에 가면 옛날 바이킹이 쓰던 도끼도 있고, 일본 무사들이 쓰던 일본도도 두 개씩 세 개씩 짝을 이루어 전시되어 있고, 이런 것들은 신분증을 제시하지 않아도 얼마든지 살 수 있습니다. 값도 몇십 불에서 아주 예쁜 것은 몇백 불이면 살 수 있습니다. 그리고 한국 방송에 잘 나오는 흉기인 망치나 방망이를 가지고도 사람을 해할 수도 있고 TV드라마에서처럼 우리가 매일 타고 다니는 자동차도 무기가 될 수 있습니다.

얼마 전 친구와 작은 냉장고를 하나 사려고 Lowes에 갔던 일이 있습니다. 상점을 돌아보면서 그 친구는 "우리가 무기를 만들려면 이 상점에서 파는 물건만 가지고도 전쟁을 할 수 있을 정도의 무기를 만들 수가 있어요. 그리고 핵폭탄을 만드는 것도 인터넷이나 도서관에 가면 얼마든지 정보가 있어요. 북한 사람들이 뭐 그리 대단해서 핵무기를 만드는 것이 아니지요. 오래 전에 보스턴에서 고등학교 학생이 원자탄을 만들었다고 난리가 난 일이 있지 않아요. 그러니까 아무리 정부가 총기를 규제해도 집에서 총이나 수류탄 기관총까지도 얼마든지 만들 수가 있어요. 정부가 총을 못 팔게 하면 집에서 총을 만들어 마약처럼 뒷골목 시장에서 총을 사고, 총기가 암거래되면 더 복잡해지지 않을까요. 문제는 사회가 점점 복잡해지고 인간이 악해지고 지능적이 되어 간다는데 문제가 있어요. 아마 옛날 텍사스나 캔자스처럼 누구나 다 총을 가지고 다니게 하면 총 문제가 해결이 되지 않을까요?" 해서 웃고 말았습니다.

제가 처음 미국에 왔을 때는 일요일에 모든 상가는 문은 열지 않았습니다. 일요일 아침에는 모든 직장이 문을 닫았기 때문에 길에 나가면 조용했고, 식당도 문을 여는 데가 별로 없어서 당직을 하고 늦게 나오면 저녁을 사먹을 곳도 없었습니다. 그래서 꼭 일요일에 사야할 물건이 있으면 Seven eleven이나 약국으로 갔습니다. 모든 학교에서는 아침에 공부를 시작하기 전에 기도를 하였고 국기 앞에서 서약을 했습니다. 일요일에는 교회에 신도들이 가득했고, 시골이어서 인지는 몰라도 사람들이 친절했습니다. 지금처럼 총기사고는 들어보지 못했습니다.

클린턴 대통령과 오바마 대통령 때 학교에서는 기도가 없어지고, 국기 앞에 서약도 없애는 등, 종교의 자유라는 말로 기독교의 의식을 없이 했습니다. 필그림으로 시작이 된 나라에서 기독교를 없애버리고 누구나 기회의 나라 미국에서 살 권리가 있다고 카터, 클린턴, 오바마 대통령이 이민의 규제를 없애자 많은 사람들이 몰려들었습니다. 내가 이민을 올 때는 신원조사를 그렇게도 철저하게 하던 나라가 쿠바의 형무소 범죄자들을 다 받아들이고 중남미의 범죄자들을 다 받아들이더니 제2의 파라다이스라고 하던 플로리다의 마이애미는 범죄가 뒤끓는 도시가 되어 돈 있는 많은 노인들이 도시를 떠났습니다.

얼마 전 오하이오의 중 · 고등학교에서 학생이 하도 말썽을 피워서 선생님이 학생 손을 붙들고 기도를 했습니다. 그런데 학생의 부모가 고발을 하여 선생은 학교에서 강압적인 종교행사를 했다는 이유로 교육위원회에 회부되고 해고되었습니다.

나는 미국의 총기규제도 중요하지만 그것보다 교육이 중요하다고 생각합니다. 미국 정치계의 진보세력이 너무 자유 자유, 인권 인권을 떠들다 보니까 마약도 자유, 동성연애도 자유, 어떤 종교도 자유라고 하니까 사회가 혼돈스럽게만 됩니다.

클린턴 대통령님 그리고 오바마 대통령님, 이교도를 보면 죽일지어다라는 쿠란을 들고 있는 이슬람과 우상을 섬기지 말라고 하는 기독교와 사이좋게 살아라 하고 한 빌딩에 살게 하면 평화로운 사회가 되겠습니까.

나는 이슬람 교인들은 이슬람 교인 대로 기독교인은 기독교인들끼리 살아야 평화가 유지가 될 것이라고 생각합니다. 마음대로 총을 살 수 있는 거리에서 이질적인 문화와 극도로 증오심을 가진 집단들이 살게 되면 싸움과 전쟁이 날 수밖에 없다고 생각합니다. 총기규제도 중요하지만 지혜로운 정치 그리고 국민의 도덕 재무장을 위한 학교의 교육이 절실하다고 생각합니다.

정장(正裝)

옛말에 잘 입은 거지는 상에서 얻어먹고, 헐벗은 거지는 바가지에 얻어먹는다는 말이 있습니다. 그리고 '옷이 날개다'라는 말도 있습니다. 옷을 잘 입어야 날 수가 있고 옷을 잘 입어야 대접을 받는다는 말입니다.

저는 어려서 좋은 옷을 입어 보지 못했습니다. 나서 얼마 안 있다가 이차대전이 났으니 모든 물자가 궁핍하였습니다. 우리 집에서 나는 형이 입던 옷을 물려 입어야 했는데 형과 나는 나이차이가 7년이나 되니 형이 입던 옷은 항상 헐렁하고 커서 마치 자루 속에 들어 간 것 같았습니다. 내가 형의 옷을 입다가 다 해졌으니 동생에게는 물려줄 수가 없으니 동생은 새 옷을 입게 마련이었습니다. 그래서 형님과 동생은 새 옷을 입었지만 나는 새 옷을 입어 본 일이 별로 없습니다. 더욱이 해방이 되고 북한에서 살 때는 옷이 없어 학예회에 나가지 못한 일도 있고, 일 년에 한번 정도로 얻어 입는 광목으로 만든 옷이 왜 그리 빨리 해지던지 찢어져 궁둥이가 보이는 옷 때문에 남의 앞을 지나가기가 창피할 때도 있었습니다.

대구로 피난을 와서는 모두 군복을 염색해서 입는데 사지군복을 염색하여 다려 입으면 최고였습니다. 그 사지양복을 하나 입으면 그것이 외출복이고 작업복이고 잠옷이어서, 그 튼튼한 천이 일 년이 못 되어 해어지곤 했습니다. 대학에 들어가서도 예과 때는 작업복을 입고 다녔지만 상급학년이 되어 병실이나 외래 실습을 하게 되면서 신사 옷에 넥타이를 매야 하는데 고민이었습니다. 같은 교회의 최명섭 장로님이 계시는 세계기독교 봉사회에서 주는 구제품을 받아서 고쳐 입곤 했습니다. 그런데 문제는 구제품이 나에게 맞는 옷이 없습니다. 나는 한국 사이즈로도 Small인데 미국인의 옷이 맞을 리가 없습니다. 그래서 바지를 줄여 입으면 요새 흑인 소년들이 입고 다니는 헐렁바지 같고 저고리는 옷 따로 몸 따로 놀았습니다.

학교를 졸업하고는 병원에서 유니폼을 주니까 웬만한 데는 흰 바지에 셔츠만 입으면 되었습니다. 그러다가 약혼을 하고 결혼하여 아내가 해준 옷으로 비로소 신사가 되었습니다. 군대는 군의관으로 갔는데 군에서 주는 장교복이 좋았고, 병원에 있으면 군수과에서 무슨 부탁을 할 때 새 군복으로 바꿔주니까 항상 깔끔한 옷을 입을 수 있었습니다.

그때부터 내게는 보상심리가 작용했는지 모릅니다. 나는 정장을 좋아해서 육사 마크가 달린 장교복을 입고 극장도 가고 교회도 가고 음식점도 다녔습니다. 미국에 올 때 미국에는 옷값이 비싸다고 하여 은사님, 병원장님, 장인, 친구들이 정장을 한 벌씩 해주어 전공의를 하면서도 신사로 지낼 수가 있었습니다.

전공의가 끝이 나고 개업을 하여 돈을 버니 그전에 가졌던 욕구 불만을 해소하려는 심리의 발로였는지 옷을 많이 샀습니다. 친구와 같이 버팔로 근처의 아울렛 몰에 가서 옷을 몇 벌씩 사가지고 온 일도 있습니다. 그래서 지금 옷이 많아 옷장에 다 넣어두지 못하고 상자에 넣어 쌓아 두기도 합니다. 다행히 체중이 많이 늘지 않아 30년 전의 옷을 아직도 입을 수 있습니다.

나는 교회에는 꼭 정장을 하고 갑니다. 정장을 하지 않고 교회에 간 일이 기억에 안 날 정도입니다. 교회에 청소를 도와주러 갔을 때나 페인트를 칠하러 갔을 때, 야유예배 갔을 때에도 정장을 캐주얼로 입고 갔을 것입니다. 친구를 만날 때도 정장을 하고 가고, 심지어 극장에 갈 때도 쇼핑을 갈 때도 정장을 하는 일이 많습니다. 아마 키가 작고 인물이 없어 정장으로 치장을 하지 않으면 대접을 받지 못하기 때문이기도 할 것입니다.

그리고 내가 느끼기에는 아무 옷이나 입고 나갔을 때와 정장을 하고 나갔을 때 대접을 받는데 차이가 있는 것 같습니다. 아내가 가끔 "여보 오늘은 캐주얼로 입어요."라고 해도 나는 정장을 할 때가 많습니다. 비행기를 탈 때도 정장할 때가 많은데, 정장할 때가 캐주얼차림으로 갔을 때보다 부탁을 들어 주는 일이 거절을 당하는 일보다 훨씬 많은 것이 사실입니다.

요새는 교회에도 캐주얼차림으로 오는 분들이 많습니다. 그런데 그 정도가 좀 지나친 분이 있습니다. 대형교회에서 열린 예배를 볼 때 앞에서 복음성가를 인도하는 청년들을 보면 '이건 아닌데'라고 생각할 때가 많습니다. 청바지를 입고 무릎에는 구멍이 나고 헐렁한 티셔츠가 언제 빨아 입었는데 후줄근합니다. 물론 새 옷을 입고 왔는데 앞에서 하도 열을 내고 찬송을 부르니까 땀이 나서 꾀죄죄해졌는지도 모르겠습니다. 여자들도 그냥 티셔츠에 청바지를 입었거나 이상한 층층치마를 입었습니다.

내가 사는 플로리다의 컨트리클럽에는 청바지를 입고 들어 갈 수 없는 식당이 많습니다. 그리고 윗 양복을 입지 않으면 못 들어가고, 어떤 식당은 넥타이를 안 매면 못 들어가는 식당이 있습니다. 그래서 넥타이가 없다고 하면 식당에서 쪼글쪼글한 넥타이를 빌려 주기도 합니다. 복음성가를 인도하는 저 친구들처럼 차리면 식당에도 못 들어갈 텐데 교회에 저런 차림으로 오다니….

얼마 전 교회에서 예배를 보고 점심을 먹으면서 오간 이야기들입니다. 어떤 장로님이 교회에 올 때는 비싼 옷을 입고 오라는 이야기가 아니라 자기가 가지고 있는 옷 중에서 좋고 깨끗한 것을 입고 와야 한다고 하니까 어떤 젊은 분이 "교회에 편하게 입고 와야지 까다롭게 굴면 교인들이 떨어지지요. 요새 서울의 교회에서도 일부러 그렇게 입고 오는 사람들이 많아요. 그래야 젊어 보인다고요. 예수님이 가난한 사람들에게 전도하실 때 옷에 대하여 말씀하셨나요? 나는 자기 편한 대로 입고 오면 된다고 생각합니다."라고 의견을 피력했습니다. 나는 그분에게 "우리가 옷을 입는 것은 내가 만나는 사람들에 대한 예의라고 생각합니다. 내가 만날 사람들이 점잖은 사람이면 그에 맞게 옷차림을 하고, 면접을 갈 때는 그에 맞는 옷차림을 하고, 총장님을 만날 때는 총장님께 대한 예의를 차리고 가고, 하나님을 만날 때는 그렇게 차려 입고 가야 한다고 생각합니다. 성경에는 너희가 마음과 뜻과 정성을 다하여 하나님을 경배하라고 하셨고 신령과 진리로 예배를 하라고 하셨습니다. 그냥 우리끼리 모여 성경 공부를 한다든가, 친교를 한다면 내가 만날 사람들의 격을 따져 입겠지만 예배는 하나님께 드리는 거라고 생각하기 때문에 정장을 해야 한다고 생각합니다. 그리고 선생님도 내가 존대하기 때문에 선생님을 대접하기 위하여 존대하는 의미로 정장을 합니다."라고 웃으면서 이야기를 했습니다.

TV를 보면 미국의 하원과 상원의원들은 거의 정장을 하고 넥타이를 매었습니다. 한국은 청와대를 비롯하여 국회에도 타이가 없이 나온 사람들이 많습니다. 정장을 입으면 마음이 정돈이 되고 긴장이 됩니다. 그리고 몸가짐을 조심하게 됩니다. 물론 옷 입는 것까지 잔소리를 하느냐고 하겠지만 성경에도 너희는 투구를 쓰고 끈을 조이라는 말은 너무 긴장을 풀고 마음이 흐트러지지 않게 하라는 말이라고 생각합니다.

문학상 유감

오래 전 김형석 교수님의 강연에서 들은 이야기입니다.

일본의 대학에서 독일인 교수님이 강의를 하셨습니다. 강의가 끝나고 질의 시간이 되자 학생 하나가 손을 들더니 "교수님, 독일 사람으로서 괴테와 베토벤 중 누가 더 위대하다고 생각하십니까?"라고 질문을 했습니다. 교수님은 어리둥절해서 한참 있다가 지금은 답변을 할 수가 없으니 좀 시간을 달라고 하고 3년 후 다시 강연을 하게 되었을 때 이렇게 답변을 했습니다. "나는 괴테와 베토벤을 비교할 수 없습니다. 왜냐하면 괴테는 시인으로서 훌륭한 사람이고, 베토벤은 음악인으로서 위대한 사람인데 이를 어떻게 나란히 세워놓고 비교할 수가 있겠습니까?"라고 대답했다는 것입니다.

오래 전에 스페인을 여행을 하고 왔습니다. 마드리드의 박물관에 갔더니 고갱의 그림들이 많이 걸려 있었습니다. 얼마 후 뉴욕에 와서 어느 수필가와 같이 점심을 먹으면서 마드리드에서 고갱의 그림들이 많이 있어 감상을 하고 왔다고 했더니 이 여자 수필가는 콕 쏘는 투로 "촌스럽게 고갱의 그림을 보고 감탄을 해요? 반 고흐의 그림을 봐야지." 하고 면박을 주었습니다. 나는 원래 말싸움을 잘 못하는 얼렐레한 사람이라 제대로 말대답도 못하고 "그런가요?" 하고 입을 닫았지만 속으로 불편했습니다. 오래 전의 이야기입니다. 누가 나에게 "선생님도 음악을 좋아 하시죠? 어느 작곡가를 좋아 하세요?" 하고 물었습니다. 나는 그저 "슈베르트를 좋아하고 그의 가곡을 즐깁니다."라고 했더니, "그래요? 고등학생 수준이네요. 음악은 헨델이나 구스타브 말러의 작품을 들어야 하거든요." 라고 쏘아 댔습니다. 나는 멍청하게 "그런가요?" 하고 말았지만 '참 이상한 사람들도 있구나.' 하고 생각했습니다. 아마 그런 사람은 소고기는 스테이크를 만들어 먹어야지 국을 끓인다거나 불고기를 만들어 먹는다면 촌스럽다고 핀잔을 줄지도 모르겠습니다.

해마다 신문사에서는 신춘문예 작품을 선정하고 당선작들을 발표합니다. 시, 수필, 소설, 희곡, 아동문학 등 장르별로 당선작 우수작들을 발표하는데 나는 항상 이 행사에 약간의 거부감을 가지고 있습니다. 신춘문예 작품을 모집하는 12월에는 신문사마다 수천 편의 응모자들이 일 년 아니 몇 년씩 애를 써서 만든 작품들을 응모합니다. 그런데 몇 명의 심사위원들이 수천 편의 시, 수필, 수백 편의 소설을 읽고 감상을 하고 또 다른 작품들과 비교를 하고 또 심사위원들이 같이 앉아 토론을 한다는 것은 사실상 불가능합니다. 나는 머리가 나빠서 그런지 시집을 들고 20편만 계속 읽으면 무슨 시가 얼마나 잘 써졌는지 혼란스럽습니다. 물론 느낌을 주고 감동적인 작품은 눈에 뜨이게 마련이지만 그것 또한 심사위원의 색깔이고 향기일 뿐 객관적인 타당성과 보편성이 있다고 주장할 수는 없습니다. 그런데 천여 편의 시를 읽고 '이 시가 최고다!'라고 하고 평을 한다는 것은 무리입니다. 마치 셰익스피어가 제일이냐 톨스토이가 제일이냐고 묻는 것과 같습니다. 솔직히 심사위원님이 천여 편의 시를 다 읽어 보셨는지도 의문입니다. 읽어 보셨다고 하더라도 어떻게 그 많은 시들을 감상하고 비교할 수 있었는지는 더더욱 의심스럽습니다. 요새는 학교의 시험도 시험자의 주관이 관여할까봐 객관적인 시험문제를 내고 컴퓨터가 채점을 하는 시대가 아닙니까. 물론 시나 수필을 읽고 평하실 때 작가의 이름이나 출신 학교를 보시지는 않겠지만….

어느 꽃이 아름다운가를 물었을 때 나는 우아한 국화, 나는 장미, 나는 요염한 칸나, 나는 백합… 저마다 다른 색깔이 있을 것이고 장미를 좋아하는 사람이 국화를 좋아하는 사람을 촌스럽다고 매도할 수는 없습니다. 나는 가끔 신춘문예 작품에서 당선작보다 가작이 더 마음에 드는 때가 많이 있습니다. 아마 당선작을 고를 때 심사위원들의 색깔과 취향에 맞는 시를 뽑는 경우가 많이 있으리라고 생각합니다. 어떤 분은 박목월이나 박두진 선생님 같은 분의 시를 좋아할 것이고, 어떤 분은 유치진이나 김현승 같은 시인의 시를 좋아할 것입니다. 어떤 분은 이상 같은 난해한 시를 좋아하는 분도 계실 것입니다.

그러니까 그 해에 심사위원들이 누가 되느냐가 문제이고, 심사위원들의 색깔과 향기에 맞는 시가 뽑혀지는 것이고, 또 운이 좋아 심사위원들의 눈에 띄어 읽어주는 시가 되어야 할 것이라고 생각합니다. 먼저는 작품이 좋아야겠지만….

시도 인맥을 따라서 춤을 춘다고 하면 나의 지나친 편견이 아닐지 모르겠습니다. 가끔 몇 년도 신춘문예작품에 당선작이라고 하는 시를 읽어보아도 시문학교실에 나오시는 분들의 습작이나 별로 차이를 느끼지 못하는 것은 나의 문학수준이 고등학교 수준밖에 안되어 그럴지도 모르겠습니다.

시간의 여유가 있어 서점에 들어가 이 책 저 책을 펼쳐보면 우리사회에는 문학상도 많고 문학상을 주는 기관도 많이 있습니다. 그리고 웬만한 시인이나 수필가는 문학상 한두 개 안 받아본 사람 없기도 합니다. 어떤 사람은 이를 문학상의 남발이라고 이야기하지만 이런 현상은 좋은 현상이라고 생각합니다. 시를 사랑하는 사람, 수필을 사랑하는 사람, 소설을 읽고 쓰는 사람이 많아진다는 것은 사회가 그만큼 문화적 이라는 이야기이고 사람들의 마음이 아름다워진다는 말입니다.

그러나 문학상이 응모했던 사람의 마음을 상하게 하고, 문학상을 받은 사람의 화장품으로 사용이 되고, 문학상을 마치도 인맥으로 학연으로 사용이 되며 자기가 좋아하는 제자나 사람에게 미리 정해서 주는 그런 행사가 되어서는 안 될 것이라고 생각합니다. 서점에 들러 무슨 문학상을 받았다고 하는 작품을 읽어보아도 이게 왜 수상작인지를 알 수 없는 작품들이 너무나 많고 문학상 수상작이 아닌데도 아름다운 문장 가슴에 와 닿는 작품들이 많이 있습니다. 하기는 노벨 평화상도 로비를 하여 받은 사람이 있다는 소문이 있는 세상인데 한국의 수많은 문학상에 로비가 없겠습니까.

이런 문학상을 주는 기관과 심사위원들, 그리고 받는 사람들이 존경을 받지 못하다는 것은 문학상 심사가 그리 공정하지 못하다는 소문이고, 상을 받는 사람의 작품이 그저 그렇다는 이야기도 됩니다.

오늘도 신문에 무슨 문학상을 받은 작품이라고 광고가 난 글을 읽어보면서 마음이 허해지는 것은 나의 삐뚤어진 성격 때문일까요.

백세시대

백 살까지 사는 것은 우리들의 꿈이었고 크나큰 축복처럼 생각했습니다. 요새는 '백세시대'라고 합니다. 그렇다고 누구나 백 살까지 사는 것은 아니고 정말 선택된 사람만이 살 수 있는 것도 사실입니다. 그래서 부모님이 백 살을 사셨다고 하면 "정말 장수하셨네요. 축복 받으셨습니다."라고 덕담을 합니다.

TV에서는 백세시대이니 노인들이 건강하게 살아야 한다고 우메탄, 홍삼액을 판다고 야단이고, gym에 가도 나이 드신 분들이 땀을 흘리며 운동을 합니다. 요새는 낮에 식당에 가도 나이 드신 어른들이 꽤 많이 보이고, 교회에 나가도 나이 드신 어른들이 대부분입니다.

그런데 장수시대라고 모두 축복을 받은 것 같지는 않습니다. 다른 채널을 틀면 고령화시대로 돌입하여 국민건강보험과 국민연금이 고갈이 되고 노인들의 복지정책을 펴느라고 국고가 바닥이 날 것이라고 아우성을 칩니다. 65세 인구가 15%정도이면 예비고령화시대라고 하고, 15%가 넘으면 고령화 사회라고 하는데 한국의 65세 인구가 16%가 넘었다고 합니다. 그래서 노동을 할 수 없는 어린애들을 빼고 노동을 할 수 있는 사람을 50% 가량이라고 계산한다면 일을 할 수 있는 세 명이 노인 한 사람을 돌보아야 하니 자기들도 먹고 살기 힘든 세상에서 젊은이 세 명이 어찌 노인 한 사람을 먹여 살릴 수가 있느냐고 야단입니다.

요새 65세는 너무도 젊습니다. 일본 사람들의 말대로 인생은 60부터라고 한다면 65세에 은퇴를 하는 것은 일할 수 있는 젊은이들을 거리로 내모는 것이나 다름이 없습니다. 옛날 다섯 사람이 일하던 것을 한 사람이 컴퓨터로 처리하니 젊은 사람들도 일자리를 찾기 어렵습니다. 그래서 젊은 실직자들이 거리에 넘쳐나니 늙지도 않은 65세의 가짜 늙은이들을 직장에서 밀어내고, 그 자리에 앉으려는 젊은 세대들이 호시탐탐 자리를 노리고 있습니다. 그 젊은 힘에 밀려난 노인 아닌 노인들은 앞으로 남은 35년이 너무나 힘이 듭니다. 옛날처럼 자식들이 봉양을 한다는 이야기는 박물관에서도 없어졌고, 자기들의 노후를 자기들이 책임져야 하는데 우리 세대는 우리 생각대로 자식들 기르느라고 노후에 쓸 돈을 저축하지도 못했습니다. 철없는 자녀들은 부모를 봉양하기는커녕 도와달라고 손을 내미니 어찌해야 할지 막막하기만 합니다. 우리 세대의 대부분은 부모님에게서 받은 것은 없고 자식들 교육시킨다고 제대로 모아 놓은 돈도 없는데…. 우리가 허리띠를 졸라매고 조금 모아 놓은 돈을 자식에게 주고 얼른 죽으라는 의미인지도 모릅니다.

대중강연을 많이 하시는 황찬연 신부는 100세 시대가 축복이냐, 재앙이냐고 묻는다면 이것은 축복이 아니라고 말씀을 하십니다. 그렇지 않아도 슬픈데, 몸에 병이라도 나면 오래 사는 것은 축복이 아니라 재앙인 것은 사실입니다. 나이가 들면 몸에 병이 생기고 여기저기 아프기도 합니다. 물론 우리나라는 복지정책이 좋아 건강보험이 잘 되어 있습니다.

그러나 병원에 가면 비보험 약과 검사, 치료들이 많아서 돈이 없으면 제대로 치료를 받을 수 없습니다.

몇 년 전 저의 친구가 암으로 죽었습니다. 착한 친구였는데 젊어서 사업을 하다가 실패하여 빚을 많이 졌습니다. 그리고는 평생 가난하게 살았습니다. 그러다가 암에 걸린 것입니다. 항암치료가 잘 듣는 병이어서 치료만 하면 76%가 치유될 수 있는 병이었습니다. 그러나 그는 돈이 없으니 비보험인 항암치료를 받을 수 없었습니다. 그는 삶을 포기하고 몇 개월 후에 세상을 떠났습니다. 돈이 없으면 치료를 받을 수 없는 것은 어느 나라나 마찬가지입니다.

그렇다면 우리는 얼마나 살아야 할까요. 서울대학교 신입생들이 원하는 것처럼 부모님의 수명은 63세 정도이고, 우리는 모두 그 나이에 죽어야 할까요? 그러나 과학과 의학이 발전하여 전염병도 돌지 않고 웬만한 병은 정기검진으로 조기에 발견하여 치료를 하니, 인간의 수명은 점점 길어지기만 합니다.

몇 년 전 읽은 불란서 작가의 소설에서는 1930년대의 나치가 유대인들을 색출했던 것처럼 70세 이상의 노인들을 색출하여 요양원으로 보냅니다. 요양원에서는 먹여주고 입혀주고 방도 마련해 주는데 밤에는 방에 가스를 분출하여서 서서히 죽게 합니다. 마치 아우슈비츠 유대인 수용소처럼. 물론 10분이나 한 시간 안에 죽는 게 아니라 몇 개월 내에 죽어가는 그런 장치를 한 요양원입니다. 그래서 그 요양원에 가면 6개월 이내에 모두 죽게 됩니다. 그걸 아는 노인들은 그 요양원에 안 가려고 도망가서 숨고, 자식들은 부모를 그 요양원에 보내려고 숨은 부모를 찾아다닌다는 이야기였습니다.

이제 미국의 돌출행동을 잘하는 그 누구 대통령처럼 이런 정책을 시행하는 대통령이 나올지도 모릅니다. 물론 동방예의지국인 대한민국이나 인권을 중하게 여기는 미국에서는 그런 일이 없겠지만, 솔직하게 이야기를 하면 겉으로 위하는 척 지하철 승차권을 주고 노인석을 마련해 주었지만 노인들을 푸대접하는 것이 현실입니다.

젊은이들이 가는 커피점이나 카페에 가면 문에서 자리가 없다고 내쫒고, 식당에서도 젊은 사람들처럼 많이 시켜먹지 않는 노인들은 구석자리로 안내를 하거나 푸대접을 하는 것이 사실입니다. 여당의 당의장은 "어르신네들이 투표는 해서 무엇합니까? 집에 가서 쉬시지요." 하고 투표소에서 등을 떠미는가 하면, TV 뉴스마다 채널마다 고령화가 되어서 나라가 가난해진다고 입에 거품을 품습니다. 그런데 국민연금을 만들어 누가 돈을 넣었습니까. 국민연금을 넣은 것이 우리 돈이고 우리가 저축한 돈입니다. 그것을 정치인들과 권력을 가진 사람들이 축을 내고는 마치 자기들의 돈을 주는 것처럼 노인들을 곱지 않은 눈으로 쳐다봅니다.

미국에서는 직장을 가지면 당연히 월급에서 국민연금을 세금으로 공제합니다. 그러니 25세부터 월급을 타서 65세까지 저축을 했으면 40년을 저축한 셈이고 그동안의 이자까지 합산을 하면 꽤 큰돈이 될 것입니다. 그런데 그 돈에서 가난한 사람들을 도와준다고 불법 이민으로 들어온 사람들에게 인심을 쓰고 65세 이후에 최저생활도 힘든 돈을 주면서 마치 선심이나 쓰는 것처럼 정치인들이 이야기하는 것을 들으면 약이 오릅니다.

이제 노인들은 자기가 번 돈의 주머니를 놓지 말아야 합니다. 자식들에게 사업자금을 준다고 집을 파는 날이 불행과 구박을 맞이하는 날이고,

자기 집을 팔아 자식들 집을 사주는 날이 노숙자의 신세가 되는 날입니다.

그래서 요새 노인들이 주머니를 움켜쥐고 '쓰죽자(쓰고 죽자)'라고 중얼거리는지도 모릅니다.

02

나 혼자 산다

소띠 아내

제 아내는 소띠입니다. 그리고 나는 띠 중에 가장 작은 동물인 쥐띠입니다. 그러니 체중으로 보아도 매치가 안 되는 게임이었습니다. 아마도 토끼띠나 개띠 정도라도 되었으면 매치가 되었을지도 모르지만 소대 쥐는 차이가 엄청 납니다. 그러나 만일 뱀띠나 돼지띠나 개띠에게 걸렸으면 쥐의 운명은 더 기가 막혔을는지도 모릅니다. 소는 자기 여물통에 쥐가 앉아 여물에 섞인 콩을 골라 먹어도 별로 화 내지 않고 쥐와 싸우는 법도 없습니다. 외양간에 쥐가 드나들어도 상관하지 않습니다.

제가 철없는 외과 전공의 때 아내는 약국장이었습니다. 그러니 누가 보아도 게임이 안 되는 매치였습니다. 아내는 20대에 큰 병원 약국장이 되어 병원의 기관장 회의에 참석을 하는 지위였지만 전공의는 제 아무리 설치고 다녀도 학생이고 훈련병이었습니다. 물론 월급의 격차는 말할 것도 없고.

아내는 도도했습니다. 무남독녀로 자란 데다가 병원에서의 위치가 그러니 웬만해서는 말도 붙여보기가 쉽지 않았습니다. 새침하여 말도 없고 허튼 이야기를 했다가는 얼음 같은 칼날로 싹 쳐버리는 성격이었습니다.

그런데 아내의 이모인 병원 전도사님이 어찌해서 나를 잘 보았던지 주선을 하여 우리들은 엮어졌고 결혼을 했습니다. 친구들은 나더러 대어를 물었다고 칭찬인지 질투인지를 했습니다.

우리는 결혼 초기에는 충돌이 많았습니다. 무남독녀로 오냐, 오냐 하고 자란 데다가 우월감을 가진 여자들이 자기만 옳다고 하는 주장은 나의 신경을 곤두세웠고, 소의 기세로 나를 눌러 보려는 아내와 눌려지지 않으려고 도망을 다니며 기를 쓰는 나는 열전과 냉전을 거듭하였습니다. 다른 사람들이 저 친구들이 저러고도 오래 같이 살 수 있을까 하고 염려를 할 정도로 충돌했습니다.

그런데 오늘 목사님의 설교의 말씀대로 소는 온순한 짐승입니다. 작은 채찍을 든 7살 먹은 어린애가 등에 타고 풀을 뜯으러 가도 말을 잘 듣고 반항하는 일이 없습니다. 아무리 긴 밭을 갈아도 힘들다고 투덜대는 법도 없습니다. 제 아내도 아들을 하나 낳고서는 그 도도함과 쌀쌀함이 사라져 버렸습니다. 그리고 애를 위해서, 가정을 위해서는 무슨 일도 어떤 고생도 불평 없이 이겨냈습니다. 소는 생활에 보탬이 되지만 쥐는 생활에 보탬이 별로 되지 않습니다. 전공의로 군의관으로 있으며 쥐꼬리만한 월급으로 내 코도 제대로 닦지 못할 때 아내는 서울의 제일병원 약국장으로 있으면서 주말 당직을 자진해 서가면서 집안을 꾸려나갔습니다.

나는 생활력이 강하지 못합니다. 고생을 하고 공부를 했지만 현실적이지 못하고 가정교사를 해서 받은 월급이라도 친구에게 집어 주는 바보입니다.

그런 남편을 오늘까지 이끌어 온 것이 아내입니다. 한국에서 또 미국에서 전공의의 작은 월급을 갖다 주면 불평 없이 그 돈으로 애들을 키우고 살림을 꾸려 나갔습니다.

그러면서도 철이 없는 나에게 잔소리는 할망정 큰일을 일으키지 않고 오늘까지 받들어 주었습니다.

딸이 수술을 받고 방사선 치료를 받는 동안 병원에 2시간을 가고 2시간을 치료 받고 2시간을 되돌아오는 통원치료를 매일 빠지지 않고 다녔습니다. 딸애는 집에 오는 길에 토하기도 하고 어지럼증을 일으켜 오다가 쉬기도 하여 저녁 늦게 서야 집에 도착하는 일도 많았습니다. 퇴근하여 아내가 오기까지 안절부절한 나를 보고는 도리어 "저녁이 늦어 어떻게 하지?" 하고 걱정을 하곤 했습니다. 누구나 어머니는 다 그렇겠지만 아내는 애들이 필요하다면 심장까지도 꺼내 줄 만큼 헌신적입니다. 그래서 가끔 소외감을 가진 내가 투정을 하면 내 비위까지 맞추느라고 늙은 소가 아양을 떨곤 합니다.

요새도 아내는 막내딸과 단짝이고 나는 왕따입니다. 무슨 일이든지 둘이 의논을 하고 나에게는 통고 정도합니다. 이빨 빠진 호랑이 이야기는 들어 봤지만 이빨 빠진 쥐의 이야기는 들어 본 일이 없습니다. 하여간 돈을 버는 힘을 잃은 나는 웬만한 일은 모른 체 합니다. 그러면 딸과 의논하여 일을 해결하곤 합니다. 차고 문이 망가져도, 화장실이 고장이 나도, 냉장고가 불이 나가도 나는 그저 엉거주춤하고 있다가 내 방에 들어가 컴퓨터만 두드리면 자기들이 해결을 합니다.

정말 아내는 부지런합니다. 나를 아침 4시경에 깨워 준비를 하고 운동을 나가면 5시 전입니다. 그런데 아내는 딸이 가져갈 점심과 내가 운동을 하고 들어와 먹을 아침을 준비하느라고 3시면 일어납니다. 그리고 잠시도 쉬는 일이 없습니다. 마당을 쓰는 것도, 화분에 물을 주는 것도 아내가 하고 하루 종일 부엌에서 덜거덕거리다가 조용하다 싶으면 수를 놓고 있습니다. 그가 놓은 수는 기도하는 손, 부활, 손자들에게 줄 그림 등등 방안에 가득하고, 지금은 미켈란젤로의 천지창조를 수 놓고 있습니다.

나는 가끔 혼자서 웃습니다. 처녀 때 그렇게 도도하고, 쌀쌀 맞고, 김치를 씻어 먹을 정도로 깔끔하다고 할까 괴팍하던 사람이 이렇게 변할 수가 있을까. 그리고는 너무 일을 하는 게 미안하여 "좀 쉬지 무슨 할 일이 그렇게 많다고 하루 종일 일을 하오."라고 하면, "나는 놀면 병이 나는 사람이에요."라고 대답을 합니다. 나는 속으로 누가 소띠가 아니랄까봐 하고 피식 웃습니다.

성형외과 의사로 수입은 다른 사람보다 많았지만 내 성격 때문에 지키지를 못했습니다. 친구가 꾸어 달라고 하면 꾸어주고, 사업한다고 투자하라고 하여 주었다가 돈 잃고 친구 잃고 친구가 스키장에 투자하자고 하여 투자했다가 손해를 보고, 친구 목사님이 집을 사는데 다운 페이를 도와 달라고 하여 주고…. 그래서 아내한테는 신용을 잃었고 지금 우리가 먹고 사는 것도 아내가 저축했던 돈으로 먹고 사는 것인지도 모릅니다. 많은 남자들이 늙어서 아내에게 "고생시켜서 미안하오."라고 한다지만 나는 그런 말을 할 용기가 없어 그저 "나도"라고 말을 할까 합니다.

제가 결혼하고서 얼마 후 아버님은 아내를 불러서 "얘야, 네 남편은 고생을 하고 자랐지만 경제관념은 제로이다. 네가 잘 챙겨야지."라고 했다면서 아내는 웃으면서 이야기했습니다.

아무튼 체급은 다르더라도 소띠하고 결혼을 한 것이 행운이라고 생각합니다.

나 혼자 산다

예전의 우리 부모님들은 자식이 말썽을 부릴 때 "무자식 상팔자라더니…." "이 없으면 잇몸으로 살지."라는 말씀을 했습니다.

물론 나의 편견일지는 모르겠으나 혼자 사시는 노인들이 외롭기는 하지만 삶이 여유로운 것 같습니다.

오늘 아침 친구에게서 이메일이 왔습니다. 친구의 선배님 이야기였는데 그는 경기고등학교를 졸업하고 서울의대를 나왔습니다. 젊어서는 개업을 하여 돈을 많이 벌었고 사회에서 명망이 있고 존경받는 인사였습니다. 그런데 10여 년 전에 부인을 여의고 현직에서도 은퇴했습니다. 한국에서는 미국에 사는 사람들처럼 Trust를 만드느니 IRA를 만드느니 하는 일이 적기 때문에 가지고 있던 부동산을 자식들에게 나누어 주었습니다. 그분은 젊어서 살던 큰 집도 팔고 서울로 올라왔습니다. 가진 돈을 슬슬 다 까먹고 바닥이 나자, 할 수 없이 죽음 대기소인 국립요양원에 들어갔습니다. 달동네의 쪽방 노인의 신세와 다름 없게 된 것입니다. 그분의 자식들은 의사와 대학교수, 국회의원도 하나 있는데 얼굴을 본 지가 너무 오래되어 기억도 잘 나지 않는다는 내용이었습니다.

이분의 문제가 무엇일까요? 두 가지입니다. 하나는 자식들이 원하는 것보다 너무 오래 살고 있다는 것이고, 또 하나는 언제 죽을지 모르는데 자신의 재산을 너무 일찍 자식들에게 모두 준 것이 문제입니다.

유행하는 이야기가 있습니다. 얼굴이 미인이 아닌 여자에게 작업을 걸면 쉽게 넘어 온다는 착각, 나는 절대 늙지 않을 것이라는 젊은 여자들의 착각, 우리 남편은 절대 다른 여자를 쳐다보지 않을 것이라는 착각, 우리 애는 머리는 좋은데 공부를 열심히 하지 않으니 좋은 학교에 밀어만 넣으면 공부를 잘할 것이라는 착각, 남의 자식들은 모두 그렇다지만 우리 자식들은 효자가 되어 절대 나를 버리지 않을 것이라는 착각을 가지고 집을 팔아 자식들에게 주고는 나중에 괄시를 받으면서 도장을 찍은 자기 손가락을 깨물어 봤자 이미 물은 저만큼 흘러가버리고 만 것입니다.

또 한 친구가 있습니다. 고등학교 때 공부도 잘하고 착실한 친구였습니다. 착실한 친구들이 그렇듯이 학교선생이 되었습니다. 학교에서도 착실하여 교무주임도 되고 교장이 되어 은퇴를 했습니다. 35년을 근무를 했으니 퇴직금이 많았겠지요. 그런데 아들이 "그 돈을 은행에 맡기느니 내가 좋은 사업이 있으니 해보겠습니다. 물론 부모님의 생활비는 내가 책임을 지지요." 해서 퇴직금을 일시에 받아 아들에게 주었고 그 아들은 사업을 시작했습니다.

나는 부모님의 퇴직금을 빼앗아 사업을 하는 젊은이가 성공한 일을 별로 보지 못했습니다. 한 이삼 년 호기를 부리다가 그 아들이 파산을 했습니다. 자기가 살던 집도 은행으로 넘어가고…. 그리고는 가족을 끌고 부모님 집으로 들어왔습니다. 이 친구는 결국 자식 때문에 두 달에 한 번씩 친구들이 모이는 점심 모임에 점심값이 없어서 나오지 못한다는 이야기였습니다. 나는 착하고 성실하던 그의 젊은 시절이 생각나서 안타까웠습니다.

그들뿐이 아니라 자식들에게 재산을 물려주고 고생하는 친구들을 많이 보았습니다. 그런 친구들이 미국에 사는 친구들보다 한국에 사는 친구들이 많은 것은 역시 문화의 차이가 아닐까 생각해 봅니다.

결혼을 하지 않고 혼자 사는 친척도 있고 친구도 있습니다. 물론 그렇기 때문에 혼자 살겠지만 그들은 독립정신이 강합니다. 찾아가 보면 대개의 경우 큰 집은 아니지만 깔끔하게 차려 놓고 삽니다. 그들의 저금통장이랄까 은퇴자금은 두둑합니다. 자식들이 없으니 사업을 한다고 자식들에게 돈을 줘야 할 일도 없습니다. 누구에게 의지하지 않는 그들은 자기들의 노후를 알뜰하게 계획해 놓고 삽니다.

제가 아는 친구는 평생 결혼을 하지 않았습니다. 그리고 성격도 깔끔하고 남들이 까탈스럽다고 할 만큼 사람들과 사귀는 데에도 신중했습니다. 그의 집에 몇 번 가보았지만 정말 그림에 나오는 것처럼 깨끗하게 정리가 되어 있었습니다. 일주일에 두 번 도우미가 와서 청소와 빨래를 해주고 간다고 하지만 부인들이 있는 집보다도 청결했습니다. 그는 사회사업도 많이 하고 가난한 학생들을 돕기도 했습니다. 그는 고액의 장애보험도 들어있어 장애인이 되어도 지금의 수입보다도 많은 돈을 받을 수 있는 장치를 해놓고 있었습니다. 오랜만에 만난 나에게 맛있는 저녁도 사주고….

물론 일생을 일을 안 하고 남의 구호만 받고 사는 사람들을 이런 부류의 독신에 포함을 시키면 안 되겠지요. 어떤 이들은 내 말에 토를 달고 누구는 자식들이 효도를 하여 잘 산다고 하면 할 말이 없지요. 제 말은 많은 사람들이 그렇다는 말이나, 나의 말에 토를 달고 가정생활의 파탄을 주장하는 패륜아라고 한다면 할 말이 없습니다.

요새 젊은이들은 결혼이 필수과목이 아니라 선택과목이라고 이야기를 합니다. 요새 상영이 되는 〈나도 엄마야〉라고 하는 드라마에 나오는 여의사도 "결혼은 싫다 혼자 산다." 그러다가 계산을 다 해본 후 자식은 하나 정도 낳아도 될 만하다. 그러나 남편이다 시어머니다라고 하는 것은 싫으니 나 혼자서 인공 수정으로 애를 낳겠다고 시행을 합니다. 그가 자란 후 자식에게 재산을 물려줄 건지 아닌지는 모르겠지만. 지금 그의 성격으로 보아서는 아니 아니올시다 할 것 같습니다.

옛날에는 남자 혼자 살기 힘이 들었고 여자 혼자서도 살기 힘들었습니다. 남자는 밖에 나가 농사를 짓거나 돈을 벌어 와야 했고, 여자는 집에서 방아를 찧고 채소를 다듬고 밥을 짓고 빨래를 해야 했습니다. 그런데 지금은 그런 시대가 아닙니다. 아무리 빨랫감이 많아도 세탁기로 두 통이나 세 통이면 되고 대개는 한 통으로 해결이 됩니다. 마늘도 까놓은 정도가 아니라 갈아서 통에 넣어주고 생강도 갈아 넣어줍니다. 양파도 까서 씻어서 포장을 해주고 콩나물도 다듬어 줍니다. 심지어는 전골이나 된장찌개를 만들어 집에 와서 끓이기만 하면 됩니다. 물론 거기에 자기의 입맛에 맞게 좀 더 가미를 하면 됩니다.

요새는 심심하지도 않습니다. TV에 비디오에, 오디오에, 컴퓨터 등 거기에 딸려진 엔터테이너들이 쌓이고 쌓여서 단추 하나만 누르면 됩니다. 인터넷의 카톡이나 페북, SNS에는 친구도 많이 있습니다. 오락, 스포츠, 음악, 연극, 영화 등등, 하고 싶은 것들이 옆에서 대기하고 있습니다. 그런데 왜 혼자 못 사느냐고요. 글쎄요. 나는 머리가 나빠서 모르겠습니다.

사나워지는 여자들

저는 여자 공포증이 있습니다. 어려서 목사님이고 사랑채에 계시는 할아버지보다는 안방의 주인이고 집안의 대소사를 주관하셨던 할머니가 무서웠고, 새색시처럼 얌전하기만 하셨던 아버님보다는 집안 살림을 모두 하시고 욕도 잘하시는 어머님이 무서웠습니다.

제가 자랄 때 처음 나온 나일론 양말은 면양말에 비해 질겼습니다. 한 일주일만 신고 나면 구멍이 뚫어지는 면양말을 신다가 나일론 양말을 신으니 몇 달이 되어도 해어지지 않았습니다. 어른들은 요새 점점 강해지는 것은 나일론 양말과 여자들의 기세라면서 웃으시던 일이 생각납니다. 물론 외국에도 여자들의 힘이 강해져서 영국은 엘리자베스 여왕이 반세기를 넘어 지배하고 그 밑의 수상도 여자들이 줄줄이 오르고, 독일이나 오스트리아도 여자 수상들이 나라를 지배하고 있습니다. 사실이야 그랬겠습니까만 나폴레옹은 세계를 지배하고 조세핀은 나폴레옹을 지배한다는 유머가 있기는 했습니다.

그런데 요새 서울시내에 나가면 남자들은 모두 어디 가고 여자들이 나라를 점령한 것 같습니다. 백화점에 가도 여자들이 대다수이고, 낮에 식당에 가면 남자들은 가뭄에 콩 나듯이 드물게 보이고 여자들이 대다수입니다. 지하철을 타도 그렇고, 내가 좋아하는 영화관에 가도 여자들이 다수입니다. 그렇습니다. 물론 시장에 가면 남자들은 장사하는 사람 몇 명이 남자이고 부인의 뒤를 따라 어슬렁거리는 남자들이 몇 명 있을 뿐 여자들의 세계입니다. 여자들이 많다고 무슨 불편한 일이야 있겠습니까만 점점 사나운 여자들이 많아 마치도 우범지대를 걷고 있는 것 같아 불안하기만 합니다.

대한항공의 일만 하더라도 회장인 조양호 회장이 갑질을 했다는 말은 없고 부인 이명희 씨와 맏딸 조현아, 막내딸 조현민 씨가 소리를 지르고 갑질을 했다는 소문이 지배적입니다. 아마 조양호 회장은 아내가 하는 말은 '부은(婦恩)이 망극하여이다.'라고 머리를 조아리는 일급 공처가인 모양입니다. 그러니까 부인과 딸들이 활개를 치고 남자 알기를 일회용 페이퍼 타올로 취급을 하는 모양입니다.

하기는 요새 공처가 아닌 남자들이 거의 없습니다. 나이가 좀 들어 남자들의 기운이 쇠하면 공처가가 되지 않는 집이 없습니다. 친구들이 만나자고 해도 부인의 결재를 받아야 되고, 부인의 결재가 없으면 친구들을 만나 점심도 할 수 없습니다. 우리는 정치에서도 남자 일당백을 하는 여자들을 봅니다. 서울대학을 우수한 성적으로 나왔다는 이정희 씨는 통진당 대표로 남자들을 이끌고 말도 잘하지만 경찰과 싸움도 잘하고 사납기가 조폭 저리 가라였습니다. 지금 더불어 민주당의 추미애 여사도 그 사나움이 남자들을 꿈쩍도 못하게 하며 거친 발언과 행동이 더불어 민주당 남자 국회의원 백 명을 합친 것보다도 세력이 강합니다. 그리고 그의 발언이 문제가 된다고 해도 끄떡도 않습니다. 물론 심상정 의원도 진보

세력의 큰 기둥이고 남자 의원들이 그의 눈치를 보느라고 슬슬 긴다고 합니다. 평창올림픽 때도 현송월이라는 여자와 김여정이라는 여자들이 오더니 남북한의 휴전선은 깨지고 정상들끼리 좋아라고 끌어안고 야단을 했습니다.

저는 남대문시장에 가는 일이 많습니다. 그런데 싸움이 나면 여자들의 싸움이 대부분이고 남자와 여자가 싸우면 남자들은 백전백패입니다. 한 번은 남대문시장에서 외화 교환을 해주는 아주머니와 남자가 싸움이 났습니다. 자세한 내용은 모르지만 외화 환율 때문에 난 시비 같았습니다. 여자가 남자에게 "이××야, 너는 네 에미에게도 그렇게 말을 하냐? 당장 이리 와서 무릎 꿇고 사과해."라고 소리를 지르는 것이었습니다. 그 남자는 돌아서서 몇 마디 하다가 도망치듯이 가버렸습니다. 가끔 남대문시장에 가서 그 여인이 앉아 있는 곳을 지나면서 그 사나운 얼굴 밑에서 사는 남자를 그려 보곤 합니다.

그래서 저는 시장에 가도 가능한 한 남자 상인에게 가고, 우체국이나 은행 관청에 가도 할 수 있으면 남자에게 가려고 노력을 합니다. 제가 인물이 못나서 그런지 여자 직원에겐 공포감도 있지만 여자가 한마디 톡 쏘면 기가 죽어 답을 할 수가 없기 때문입니다. 공항에서도 무엇을 물으려고 하면 "여자 직원은 안 되는데요. 다음 손님—!" 하고 끊어 버리면 머리로 벽을 박은 기분이니까요. 그래도 남자는 좀 여유가 있고 융통성을 보일 때가 많습니다.

병원에서 제가 간호사와 여직원들에게 공손하니까 나더러 여자에게 친절하다고들 하지만 사실은 친절한 게 아니라 겁을 먹은 겁니다. 제가 근무하는 병원에서 저는 원로교수이고 직원들 특강도 많이 하여 알려진 교수였습니다. 그런데 어느 날 안과 진료를 받으려고 안과 접수에 갔습니다. 한 여자 직원은 "K교수님은 오늘 예약이 꽉 차있는데요. 저 밑의 층 접수구에 가서 다른 날 예약하세요." 그리고는 다음 손님 하고 돌아서 버렸습니다. 나는 한 스무 걸음 갔다가 돌아와서 그 옆의 접수원에게 "오늘 K교수님의 진료를 받고 싶은데요."라고 말했더니 "네, 오늘 1시 45분에 오시면 됩니다."라고 선선히 예약을 해주었습니다. 아까 나를 보았던 여직원은 아주 싸늘한 얼굴로 나를 한번 흘깃 보고 돌아섰습니다. 나는 그 눈길이 오싹할 정도로 싫었습니다.

우리는 ≪여인천하≫라는 드라마를 보았습니다. 명종 때 문정황후라는 여인이 천하를 주무르고 왕도 자기 집 머슴처럼 부려 먹었다는 역사이야기입니다. 그래서 그런지 요즘 여자들은 무서운 것이 없습니다. "뭐 이런 게 있어." 하고 막말만 몇 번 하면 웬만한 남자들은 물러갑니다. 여자가 남자를 찍어 넘기려면 미소를 띠고 다가가서는 밥 한번 먹자고 이상한 농담을 던지고는 미투로 걸어 버리면 그만입니다. 아무리 권력이 있고 능수능란한 남자라도 미투에 걸리면 가정이 파탄 나고 명예는 쓰레기통에 처박히고, 앞길은 낭떠러지입니다. 차기 유력한 대통령후보도 미투에 걸리자 그대로 무너져 버렸고, 대통령의 동기동창도 머리를 깎고 감옥으로 갔으며, 잘은 모르지만 노벨문학상 후보자라고 떠들던 시인도 묻혀 버렸습니다.

남자는 미투가 되지 않는가 봅니다. 이제는 법도 사회도 모두 여자 편이고 힘 있는 남자들은 그저 머슴꾼으로 전락되지 않을까 걱정입니다. 원래 여자 공포증이 있는 나는 점점 더 사나워지는 여자들을 보면서 앞으로 어떻게 살까, 걱정이 되곤 한다면 엄살이 지나친가요?

외아들 기질

옛날 가부장적인 시회에서는 아들을 귀하게 여겼습니다. 그래서 딸을 낳으면 죄인취급을 받았고 심지어는 남편이 아들을 낳는다고 첩을 얻어도 아무 말도 못했습니다.

얼마 전 전두환 전 대통령의 부인인 이순자 여사의 자서전을 읽었습니다. 순자 여사의 어머니가 딸만 낳아서 집안에서 얼굴을 들지 못하고 살았다는 이야기와, 자기는 결혼하여 아들을 낳아 얼마나 기뻤는지 모른다는 이야기였습니다. 우리 집안에도 작은아버님 댁에는 아들이 없었습니다. 어쩌다가 아들을 낳았는데 낳은 지 일주일도 못되어 죽었습니다. 작은아버지와 작은어머니는 이것이 평생 한이 되었습니다. 하기는 따님들이 모두 효녀들이어서 부모님을 미국에 모셔 와서 고생을 안 하고 사셨는데도 아들, 아들 하고 탄식을 하시곤 했습니다.

아들 중에서도 맏아들이나 외아들이 되면 집안의 보물이 되어 누이나 동생들이 기를 펴지 못할 때가 많았습니다. 우리 집에도 형님은 아버지나 할아버지 상에서 식사를 했고, 우리들은 다른 상에서 먹었는데 할아버지나 아버님 상에는 우리 상에 없는 계란이 오를 때도 있고, 김이 오를 때도 있었습니다. 할아버지와 아버지, 형님이 식사를 다하시고 상을 물리면 남은 김이나 계란을 얻어먹지만 형님은 우리의 눈치를 모르는지 남기는 일이 별로 없었습니다.

그런데 외아들이 되면 그 대접이 보통이 아닙니다. 우리 외가에 외삼촌이 두 명이 있었는데 큰외삼촌이 일찍 돌아가시고 한 분만 남았습니다. 그 외삼촌의 외아들 기질이 보통이 아니었습니다. 할아버지는 지주여서 땅도 많고 소작농도 많아 살림이 부유했습니다. 동네에서 소를 잡으면 갈비 한 짝과 중요한 부분을 할아버지 집에 드리고 나머지로 잔치를 할 정도였으니까요. 할아버님은 한의사이고 목사님이셔서 작은 교회를 손수 짓고 목회 일을 보시고 나머지 시간에 한의사로 진료를 하셨습니다. 그런데 해방이 되고서 외삼촌은 동네의 한량들을 모아서 연극단을 만들고 지방으로 돌아다니면서 공연을 했습니다.

시골의 극단이 수입이 있겠습니까. 그저 할아버지의 땅을 몰래 팔아 경비를 대곤 했습니다. 나중에 발각이 나면 할아버지께 꾸중을 듣고 할머니는 외삼촌의 편이 되어 역성을 들고….

그 외삼촌은 일생을 외아들 기질로 살았고 할아버지의 선산까지도 다 팔아 먹었습니다. 저의 어머니와 이모가 있었지만 외아들의 위세와 법 앞에 어쩔 수가 없었습니다.

자라면서 친구들이 많이 있었습니다. 그런데 친구들 중에 외아들은 숨길 수 없는 외아들 기질이 있었습니다. 외아들 기질이란 자기중심의 생각과 생활이었습니다. 여럿이 식당에 가도 자기가 제일 비싸고 맛있는 것을 먹어야 하고, 누구나 자기를 위해 주어야 한다는 생각입니다. 미지왕(미친× 지가 왕인가)의 생각이지요.

한국에서 교편을 14년 잡았습니다. 그런데 요새는 자식을 많이 낳지 않아서 학생들은 반 이상이 외아들이고 외딸입니다. 그러다보니 교실이 이기적인 학생들의 장소가 되고 사회가 이기적인 사회가 되었습니다. 한번은 농담을 하느라고 실습 나온 학생 5명에게 여기 외아들과 외딸인 사람이 몇 명인가 물어보았더니 5명이 모두 외아들이거나 외딸이었습니다. 또 전공의가 4명이 있는데 두 명은 형과 동생이 있고 두 명은 외아들이었습니다. 이들을 데리고 외식을 하면서 가만히 보면 형이나 동생이 있는 전공의는 분위기를 살피고 적당한 것을 시키는데 외아들이나 외딸은 누가 음식 값을 내든지 제일 비싸고 맛있는 음식을 택하고 맛있는 것을 골라 먹습니다. 그렇다고 사람이 나쁜 것이 아니라 20여 년 동안 가정에서 그렇게 대접을 받고 자란 것입니다.

물론 요새는 대학도 학생 중심의 조직입니다. 옛날에는 문제가 있는 학생을 교수가 꾸중도 하고 체벌도 주었지만, 지금은 학생과 교수가 문제가 생기면 학장님이나 총장님은 당연히 학생 편을 듭니다. 교수는 지원자가 얼마든지 있고 신임교수를 채용하면 월급을 적게 주어도 되지만 학생이 학교를 그만 두면 등록금이 들어오지 않기에 학교에 손해가 나기 때문일 것입니다. 특히 사립학교에서는 더욱 그렇습니다. 그래서 외아들이 많은 세대의 교수님들은 과거의 선생님보다 힘이 듭니다.

솔직히 저도 외아들을 두었습니다. 우리 아버님이 3형제인데 아들을 둔 것은 우리 아버님뿐이었습니다. 우리는 3형제인데 형님은 북한에서 김일성에게 희생이 되고, 나와 동생뿐인데 동생도 아들이 없습니다. 그리고 나만 아들이 하나 있습니다. 이 애를 낳았을 때는 온 집안이 떠들썩했고, 할아버지 할머니 우리 형제들과 친척들이 황제처럼 떠받들었습니다. 할아버지와 할머니는 이 손자를 다른 사람이 만지지도 못하게 할 정도로 위하고 손자가 하자는 것은 무엇이든 다 들어주었습니다. 그래서 고모와 삼촌이 네로 황제라고 별명을 지어주었습니다. 미국에 와서 인턴과 레지던트를 할 때도 그애만은 특별 취급을 해줬었고, 나는 15불짜리 구두를 사 신으면서도 그애에게는 100불짜리 구두를 사주곤 했습니다. 집에서도 제 아내는 나보다 아들 녀석을 더 위하고, 딸들은 아들보다 소홀하게 생각했습니다. 물론 농담이겠지만 자기는 우리 집안의 Royal Prince라고 한다나요. 대학에 들어간 후 주말에 왔던 이 녀석은 내가 새로 산 BMW차를 몰고 가 버렸습니다. 그래서 그는 대학 1년생 때부터 BMW를 몰고 아파트 생활을 했습니다. 그리고 할아버지 할머니의 기도덕이었던지 MBA를 하고 법학공부를 하고는 변호사가 되었습니다.

다행히 승승장구하여 좋은 직장에 다복한 살림을 하고 있습니다. 그런데 자라면서부터 외아들의 기질을 가지고 살아간다는 것입니다. 그렇다고 누구에게 갑질을 하는 것은 아니지만, 자기는 좀 특별한 사람으로 생각합니다. 부모나 누나들 생각보다는 자기 생각이 앞서는 태도가 역력합니다.

나의 실패작입니다. 외아들 기질을 길러주지 말아야 했을 것을 할아버지, 할머니, 외갓집, 아내가 전부 편을 드니 나도 따라갔는지 모릅니다. 내가 외아들이라고 그렇게 키웠으니 남더러 외아들 기질이 있어 나쁘다고 비판할 자격이 없군요.

세상에는 외아들이 점점 많아지는데 세상이 점점 더 이기적이 되어갈까요? 아니면 모두가 외아들이니 언젠가는 외아들이 평가절하돼서 평등한 사회가 될까요.

광고 테러

자본주의 사회에서 살고 있는 사람들의 대부분은 넘쳐나는 광고에 시달림을 받을 것입니다. 서울이나 뉴욕 시내에는 도시 전체가 광고로 도배가 되어 있어 건물의 본체를 볼 수 없고 건물의 주소를 찾으려면 한참 셜록 홈즈가 탐정하듯이 건물 앞뒤를 살펴보아야 합니다.

서울 시내를 돌아다니다 보면 한 식당 건물에 식당 간판이 세 개 네 개가 건물의 앞뒤 벽과 아래 위에 붙어있고 이층이나 삼층의 창문들이 모두 간판으로 가려져 있습니다. 게다가 벽보들까지 여기저기 붙어 있어 건물이 누더기처럼 보이기도 합니다. 이 큰 간판들 덕에 길을 찾는 사람들에게 도움을 주기도 하고 광고를 보면서 걷다보면 심심하지 않게 길을 갈 수도 있습니다. 간판도 남의 눈에 잘 뜨여야 하니까 온갖 색깔이 변화무쌍하고 상표도 인상에 남도록 별의별 이름이 다 나열되어 있습니다. 그런데 간판 광고는 아무것도 아닙니다. 자기 건물에 붙여 놓는 것이니까 한 건물에 다섯 개를 붙이건 열 개를 붙이건 나와는 상관이 없습니다.

여기 미국에서는 광고 전화가 나를 괴롭힙니다. 이제는 은퇴를 하여 병원이나 환자에게서 전화가 올 일이 없고, 친구들도 멀리 있어 연락이 잘 안 되어서 전화 올 일이 없는데도 하루에 열 번 이상 스무 번 정도의 전화가 걸려 옵니다. 전화를 받으면 "Hi, Yong is there." 하고 마치 친한 친구처럼 말을 겁니다. 그리고는 너희집 동네의 소방서라느니 경찰서라느니 하면서 찬조금을 달라고 물고 늘어집니다. 그래서 얼마나 수고를 하느냐고 한번 돈을 보내면 돈을 받자마자 다시 전화가 옵니다. 찬조를 해주어서 고마운데 다시 또 부탁하곤 합니다.

상이용사회, 재외전상자용사회, 소방대원후원회, Team USA라는 올림픽후원회, 공화당이나 민주당위원회, 어린이구호회 같은 곳에 성금을 후원해 달라는 전화입니다. 이런 전화에 모두 응하다 보면 한두 달 안에 파산 신청을 해야 할는지도 모릅니다. 다음으로 건강보험, 생명보험을 들라는 전화가 많습니다. 어떤 건강보험 회사에서는 매일처럼 같은 사람에게서 전화가 걸려옵니다. 물론 언젠가는 갈 테지만 장례식 보험이나 죽은 후 화장을 예약하라는 전화를 받으면 기분이 많이 나쁩니다. 요새는 광고회사 사원들이 심장에 털이 날 정도로 용감해졌는지 이런 전화까지 합니다. 또 지붕을 고치라느니 집 청소를 하라느니 자동차 보험을 싸게 들라느니 하는 전화들이 수없이 걸려옵니다.

전화를 거는 사람도 회사에서 하라는 거니까 하는 것이고, 전화를 받는 사람이 불쾌하게 전화를 받거나 전화를 끊으면 마음이 상하겠지요. 얼마 전 목사님이 설교에서 우리 기독교인의 사랑은 그런 전화를 거는 사람의 마음을 상하지 않게 하는 것도 중요하다고 말씀하셨습니다. 그래서 가능한 한 친절하게 전화를 받다보면 전화를 받는 즉시 녹음케이프에 연결을 해버리고 마는 경우가 많이 있어 속고 나면 불쾌해지기 마련입니다.

아예 전화를 받지 않으면 어쩌다 반가운 친구가 전화를 하는 경우도 있어서 무조건 전화를 안 받을 수도 없습니다. 그래서 걸려오는 전화를 계속 받다보면 어떤 때는 신경질이 나서 정신건강에도 좋지 않고 어떤 때는 교통경찰이나 상이군인회, 지역 소방서후원회에게 걸리면 마음이 약하고 남의 이야기를 잘 듣는 나는 전혀 후원을 안 한다고 할 수 없어서 후원하겠다고 하면, 아내에게 왜 전화는 받았으며 돈도 못 버는 주제에 후원금을 보낸다는 약속을 했느냐고 핀잔을 받곤 합니다.

가장 지독한 것은 TV의 광고입니다. TV를 틀어 놓으면 방송이 주인인지 광고가 주인인지 모르게 광고가 화면을 덮습니다.

좀 인기 있는 연속극이 시작하기 전에는 아마 15분 이상 광고를 하는 것 같습니다. 그리고 어떤 때는 중요한 축구경기 중계를 하면서 광고를 하는 바람에 꼴 넣는 장면을 놓친 일도 있습니다. 물론 방송사에서는 기업주들의 광고비를 받아 운영하는 것이나 마찬가지이니까 광고를 해야 하겠지만 어떤 때는 해도 해도 너무 한다는 생각이 듭니다.

미국의 TV는 한국보다 훨씬 더한 것 같습니다. 하기는 장사라면 미국 장사꾼을 당할 나라가 어디 있겠습니까.

AMC이나 TCM 같은 영화 전용 채널에서도 광고가 쏟아져 나오는데 1시간 50분짜리 영화를 3시간 반이나 4시간을 하는 것을 보면 광고 시간이 얼마나 많은지 짐작이 갈 것입니다. 영화를 한 10여 분 보여주고 광고를 다시 10분 하고, 영화를 10여 분 보여주다가 다시 광고를 합니다. 그래서 영화를 보다가 신경질이 나서 끄고 나면 그래도 아쉬운 마음이 생겨서 다시 틀게 됩니다. 그것도 아주 중요한 대목에 가서 광고가 끼기 때문에 더욱 약이 오릅니다. 그래서 케이블 방송을 보면 광고를 삭제한 채

볼 수 있다고 하는데 광고를 안 보는 대신 한 달에 19불 99전을 내라고 합니다. 그렇다고 욕은 못 하겠고 이런 도적(놈)이 어디 있습니까. 그래서 광고비를 냈는데도 약속을 어기고 광고가 나오더라고요. 화가 나서 다시 그 케이블을 끊고 원상복귀를 했습니다.

친구들과 이야기를 할 때 광고 때문에 영화도 못 보겠다고 불평하면서 "야, 그 이가탄이라는 거 있지. 왜 그 광고는 정말 얄미울 정도로 광고하더라."고 하면 친구는 "그렇게 얄미운 짓을 많이 해야 사람들이 기억을 더 잘한대. 그래서 광고는 영화에서도 아주 중요한 대목에 집어넣고 또 두 번 세 번 연속으로 광고를 해서 '아유 저놈의 광고.' 하고 사람들의 미움을 사야 광고를 잘하는 거래."라고 하여 웃었습니다.

사람은 좋은 사람 이름보다는 나쁜 놈의 이름을 더 잘 기억한다고 하지 않습니까. 그래서 우리나라의 과거 훌륭했던 사람의 이름은 기억하지 못해도 김일성, 김정일, 김정은의 이름은 자다가 일어나도 잊어먹지를 않지요. 그래서 아름답고 착한 광고를 점잖게 하다가는 밀려나고. 사람들이 약을 올라 '아이고 저놈의 광고'라고 해야 사람들의 기억 속에 남는다지요.

오늘도 운동을 마치고 피곤해진 몸을 좀 쉬려고 TV를 틀었더니 채널마다 광고로 꽉 차서 "아이 저놈의 광고…." 하고 눈을 감아 버렸습니다.

아마 티베트나 북한에 가면 광고 테러가 없을까요?

골프광들

오하이오에서 제가 나가던 교회는 아발론이라는 유명한 골프장에서 반마일도 안 되는 거리에 있었습니다. 그런데 몇 년 동안 아발론에서 LPGA가 열리곤 했습니다. LPGA가 열리면 작은 도시에 잔치가 열리는 것처럼 소란했습니다. 작은 도시여서 평소에는 주차할 곳이 많은데도 골프시즌에는 주차할 곳이 없어 골프장 주위의 집들은 자기 집 잔디밭을 주차장으로 내어 주고 돈을 받기도 했습니다. 우리 교회에서도 이때는 주위도 소란하고 교회의 넓은 주차장을 빌려주고 우리는 야외 예배를 가면 한 번에 여러 가지 이익을 볼 수 있지 않을까 하여 야외예배를 가곤 했습니다.

야외예배를 보면서 목사님은 자기는 골프를 치지 않으니까 농담이라고 하면서 골프라는 경기가 정말 Silly하다고 생각한다고 했습니다. 옷도 울긋불긋 이상하게 입은 사람들이 공을 쳐 내고서는 다시 공을 찾아가 또 때리고…. 골프장에는 연못들이 있고 숲이 있어서 잘못 치면 한 개에 2불 3불하는 공을 잃어 먹기도 하면서도 그렇게 잘 치지도 않았는데 상대방이 공을 치면 잘 쳤다고 거짓말로라도 칭찬을 해주어야 하니 시합에서 경쟁을 하면서 상대방을 칭찬해 주는 위선적이면서 신사인 척하는 참 이상한 운동이라고 하여서 모두 웃었습니다.

이제 골프 시즌이 되었습니다. 4월 첫 주까지 눈이 내리던 뉴저지에도 꽃이 활짝 피고 밖에서 걷거나 운동을 하는 계절이 돌아왔습니다.

그동안 움츠리고 있던 골퍼들이 골프채를 닦고 골프장을 찾아다닙니다. 남자들이 모이면 골프이야기이고 동창회에서 교회에서 지역 모임에서 무슨 핑계든지 만들어 골프모임을 하고 있습니다. 그리고 남자들이 모이면 골프이야기만 하니 골프를 안 치는 사람은 왕따를 당하여 말 자리에 끼지도 못합니다. 우리 연세대학동창회에서는 일 년에 한 번씩 동창회를 하는데 동창회의 가장 중요한 행사가 골프입니다. 골프장이 좋은 데서 하면 동창들이 많이 모이고 골프장이 신통치 않으면 그 해에는 참석자가 적습니다.

저의 친구 중에 골프 마니아가 있습니다. 이 친구가 겨울에 플로리다에 놀러 왔는데 와서 있는 동안 골프를 친 것밖에는 한 일이 없습니다. 아침에 한 번, 점심 먹고 한 번, 4일 동안 8번을 쳤습니다. 돌아가는 비행기가 5시에 있는데 오후에 골프를 치다가 점심은 공항에서 샌드위치를 먹겠다고 3시까지 골프를 치다가 갔습니다. 이 친구는 밤에 누우면 골프장의 푸른 들이 눈에 아른거린다고 합니다. 이 친구는 죽기 전에 한 홀만 더 쳐야지 하는 것이 삶의 표어라고 하고 골프를 치다가 심장마비로 죽은 사람들이 가장 행복한 죽음이라고 합니다. 하기는 골퍼들의 조크를 모아 놓은 책에서 본 조크를 해 주었습니다. 남자들이 골프를 치는데 영구차가 저 앞의 길로 지나갔습니다. 골퍼 중의 한 명이 아주 정중하게 절을 했습니다. 옆에 있던 친구가 "자네는 참으로 예의 바른 사람이네. 영구차에 그렇듯 정중히 절을 하니" 하니까 그가 하는 말이 "저 차가 바로 아내의 영구차라네." 하더라는 말입니다. 또 한 친구는 "내가 죽으면 화장을 하여 아무도 몰래 내가 옛날에 홀인원 했던 그린에다 뿌려 달라."고 했다는 말도 있습니다.

제가 근무하던 건양대학 총장님의 연세가 91세입니다. 그런데 아직도 일주일에 한두 번씩 골프를 치십니다. 그분이 가끔 교수들을 불러서 "내일 모레 아침 나하고 골프를 치지."라고 말씀하시면 아침 5시 30분에 티오프를 합니다. 그리고는 9홀을 치고 아침에 출근하여 병원 일에 지장이 없어야 합니다. 그런데 총장님은 꼭 내기를 하자고 하십니다. "내기를 해야 정신 차려서 공을 치고 특히 퍼딩을 할 때 집중을 하지. 내기를 안 하면 정신을 집중하지 않는다."는 말씀입니다. 그런데 잘 치는 친구들도 총장님과 골프를 치면 대개는 돈을 잃습니다. 총장님은 공이 멀리는 안 가는데 자로 잰 것처럼 정확하게 또박또박하게 쳐서 들쑥날쑥하는 젊은 교수들이 돈을 잃습니다. 그러면 그렇게 부자이신 총장님이 딴 몇 만 원을 세어 보시고 그렇게 좋아하실 수가 없습니다. 그 돈 몇 배로 우리를 사 먹이시면서….

하기는 골프만이 아닙니다. 군의관으로 있을 때 바둑을 좀 배웠습니다. 그런데 나와 같이 바둑을 배운 친구는 곧 바둑에 빠져 들었습니다. 그리고 시간만 나면 바둑판을 끌어안고 공부를 하는데 바둑교과서나 잡지를 열심히 보았습니다. 그가 밤에 자려면 천장이 바둑판으로 보여서 자기도 모르게 '단수야 단수.'라고 중얼거리기도 했다고 합니다. 그러니 골프도 마찬가지로 몰입을 하면 골프광이 되는 모양입니다.

오래 전 오하이오 영스타운에 젊은 한국 신부님이 오셨습니다. 젊은 신부는 골프장이 많고 돈도 별로 들지 않는 골프에 빠져 들었습니다. 그런데 오하이오는 추운 지방입니다. 정월 초하룻날 눈이 많이 내려 골프장을 덮고 자동차도 다니지 않는데 신부님은 오라는 데도 갈 데도 없어서 였는지 눈 덮인 골프장에서 골프를 혼자 쳤습니다. 나중에 알았는데 눈에서 치는 골프공이 따로 있다고 합니다. 그런데 신문기자가 지나가다가 하도 신기하여 사진을 찍고 신문 제 일면에 큰 사진과 함께 신년 눈 위에서 골프와 함께 하는 기사가 실렸습니다. 어떤 친구는 "아마 천국에도 골프장이 있을 거야. 이 골프가 중동지방에서 양치는 목동들이 시작한 운동이거든. 그러니 목동들의 이스라엘이 주동이 된 천국에 골프장이 없을 수 없지. 그래서 나는 죽을 때 내가 제일 좋아 하는 드라이버와 퍼터를 넣어 달라고 해야지."라고 말하는 것을 들었습니다.

골프를 이야기하는 유머들이 많이 있습니다. 목사님이 휴가를 받았는데 여행은 안 가고 집에 있게 되었습니다. 일요일 휴가니까 교회에 나가지 않고 골프를 쳤습니다. 아무리 휴가라도 일요일인데 다른 교회라도 나가야지요. 그런데 교회에 안 나가고 골프를 쳤는데 아뿔싸 홀인원을 했습니다. 일생에 한번 할까말까 하는 홀인원을 했는데 이 기쁨을 누구에게도 말할 수가 없었습니다. 목사님은 속병으로 끙끙 앓다가 돌아 가셨다고 합니다. 그러니 목사님도 골프에 미치면 이렇게 되는 모양입니다.

오늘도 예배가 끝나고 몇 몇 사람이 수군거리면서 "그래 화요일 몇 시에? 그래, 그래." 하고 골프 약속을 하는 장로님 집사님들을 보면서 '골프가 그렇게 좋은가?' 생각을 해봅니다.

사랑한다는 것은
사랑을 받는 것보다 행복하니라

사랑을 한다는 것은 사랑을 받는 것보다 행복하니라/ 오늘도 나는 에메랄드 빛 하늘이 환히 내다뵈는/ 우체국 창문가 앞에 와서 너에게 편지를 쓴다.// 행길을 향한 문으로 숱한 사람들이/ 제각기 한 가지씩 생각에 족한 얼굴로 와서/ 총총히 우표를 사고 전보지를 받고 먼 고향으로 또는 그리운 사람에게로/ 슬프고 즐겁고 다정한 사연들을 보내나니// 세상에 고달픈 바람 결에 시달리고 나부끼어/ 더욱더 의지 삼고 피어 헝클어진/ 인정의 꽃밭에서/ 너와 나의 애틋한 연분도/ 한 방울 연연한 양귀비 꽃인지도 모른다.// 사랑한다는 것은/ 사랑받느니보다 행복하니라/ 오늘도 나는 너에게 편지를 쓰나니// 그리운 이여 그러면 안녕! 설령 이것이 이 세상 마지막 인사가 될지라도// 사랑하였으므로 나는 진정 행복하였네라 — 유치환

기혼의 남자 선생은 이영도라는 여자 선생을 사랑했습니다. 한 번도 만나주지도 않는 여인을 마음에 품고 일생을 살았습니다. 그래서 그의 시는 응답 없는 연인에게 보내는 끝없는 호소가 많이 있습니다.

"파도야 어쩌란 말이냐/ 파도야 어쩌란 말이냐/ 님은 뭍처럼 까딱 않는

데/ 파도야 어쩌란 말이냐/ 날 어쩌란 말이냐"

편지를 보내도 대답이 없는 연인을 향해 이렇게 절규를 했습니다.

나는 충무에 가서 그의 기념관을 보고 그의 생가 또 이영도 선생이 살았다는 유적지를 돌아보며 그가 많이 부러웠습니다. '정말 사랑하였으므로 행복하였네'라고 푸념을 하며 한평생 변함없이 사랑할 수 있었던 순수한 청마 유치환 선생의 사랑이 정말 아름다워 보였습니다.

우리는 ≪천로역정≫과 ≪신곡≫을 쓴 단테의 이야기를 압니다. 몇 번 보지도 못한 베아트리체, 사랑을 고백하지도 못하고 말도 건네보지 못하고 손 한 번 잡아보지 못한 여인을 그리며 일생을 살고 그를 위하여 명작을 써낼 수 있었던 순애보가 아름답습니다. 또 우리는 이광수 선생의 ≪사랑≫이라는 소설에 나오는 순애보를 보며 감격합니다. 안빈 선생과 석순옥의 사랑이 얼마나 아름답습니까. 학위를 받으려고 논문을 쓰며 순수한 사랑의 피에는 아모로겐이 있어 아름답지만 육욕의 사랑에서는 취소 같은 역한 냄새가 난다고 하는…. 그리고 안빈 선생의 부인이 돌아가시고 나서도 플라토닉한 사랑으로 이어가는 안빈 선생의 인격과 석순옥의 순수한 사랑을 읽으며 젊었을 때 나는 감격했습니다.

그런데 사회가 변합니다. 함석헌 선생님의 ≪누군가는 말해야 한다≫라는 책에서 그렇게 어질고 착하던 한민족이 언제부터 그렇게 약삭빠르고 이기적이 되었는지 놀랍다는 글을 읽으면서 그래서 사랑의 풍속도가 바뀌어졌나를 생각합니다. 현대인은 이기적입니다. 모두가 외아들 외딸로 키워져서 그런지는 몰라도 사랑을 받기만 할 줄 알지 사랑을 줄 줄은 모릅니다.

교회에 가면 이렇게 노래를 불러 줍니다. "당신은 사랑받기 위해 태어난 사람 그 사랑 지금도 받고 있지요."라고…. 이웃을 사랑하는 말이기보다는 당신은 사랑을 받기만 하면 된다는 말입니다.

사랑하는 것과 사랑을 받는 것은 어느 것이 더 행복할까요. 물론 둘이 서로 사랑을 하고 내가 사랑하는 사람에게서 사랑을 받는다면 행복하겠지요. 그러나 세상을 항상 그렇지만은 않을 것입니다. 내가 사랑하지 않는 사람에게서 사랑을 받고 계속 연락을 받고, 나를 쫓아다니는 사람을 우리는 스토커라고 합니다. 그만큼 귀찮다는 것입니다. 그런데도 현대인은 사랑을 주는 데는 인색하고 사랑을 받기만 하겠다는 것입니다. 그렇기 때문일까요? 현대 젊은 사람들은 사귀기도 쉽게 하고 헤어지기도 쉽게 합니다. 고전소설에 나오는 죽도록 사랑한다는 말이 이제는 없어졌습니다.

오래 전 박계주 선생님의 ≪별아 내 가슴에≫라는 소설을 읽었습니다. 소설에 이런 대목이 있었습니다. 젊은 남녀가 서로 사랑했습니다. 그러나 그들은 결혼을 할 수 없는 사이였습니다. 그래서 멀리 헤어지고 만날 수 없었습니다. 그러나 남자의 생일날마다 생일카드가 한 장씩 옵니다. 그렇게 복잡한 내용도 아닌 안부만을 묻는 카드가…. 이것은 카드를 보내는 사람의 애절한 호소가 아니라 '사랑을 한다는 것은 사랑을 받는 것보다 행복하니라.'라고 하는 말이 아닐까요.

얼마 전 김형석 선생님의 강의에서 그런 말씀을 하셨습니다. 사모님이 오래 앓으셨습니다. 그래서 김 선생님은 병간호를 많이 하셨다고 합니다. 하루는 사모님이 선생님의 손을 잡으며 "미안해요. 내가 오래 살아서 당신의 마지막을 책임을 지고 도와주어야 할 텐데…."라고 말씀을 하더라는 말입니다. 그 아픔 속에서도 자기의 고통보다는 사랑하는 사람의 앞날을 더 걱정하는 마음, 이것이 사랑이 아닐까요. 김형석 선생님은 처연한 모습으로 "아마 그 사람이 나를 무척 사랑했는가 봐요"라고 말씀하셨습니다. 그리고는 나의 생각도 바뀌었습니다. 보통 사람들은 그렇게 생각합니다. 보통 남자가 먼저 죽어야지, 부인이 먼저 죽으면 남자가 혼자서 산다는 것이 여자보다 고통스럽지요.

그런데 그것은 남자들의 이기주의일 거라고 생각합니다. 남자가 먼저 죽으면 그 장례를 치르고 그 슬픔을 가슴에 안고 살아가는 가냘픈 여인의 고생을 외면한다는 말이 아닐까요? 그래도 무슨 일을 하더라도 일을 처리할 줄 아는 남자가 한 달이라도 더 살아 사랑하는 아내의 장례를 치르고 부부의 일을 정리한 다음 죽어야 하는 것이 진정한 사랑이 아닐까 생각을 해 보았습니다.

옛날 길을 갈 때 부인이 무거운 짐을 이고 애들의 손을 잡고 가는데 남자는 뒷짐을 지고 담뱃대를 물고 갈지자로 걸어가는 것처럼, 부인에게 고생을 시키고 자기는 먼저 평안하게 가겠다는 것인 줄도 모릅니다. 지금은 무거운 짐을 남자가 들고 가야지요. 집안의 어려운 일은 내가 책임을 져야지요 그것이 사랑하는 사람의 관계가 아닐까요.

누가 나를 사랑한다는 걸 나는 알 수가 없습니다. 그러나 내가 남을 사랑할 때는 가슴에 뜨거운 피가 흐르고 엔도르핀이 나의 몸을 감싸고 돌 것입니다. 그래서 '사랑한다는 것은 사랑을 받는 것보다 행복하니라.'는 시가 참말일 것이라 생각을 해봅니다.

이 청계

우리가 다 아는 청개구리의 이야기가 있습니다. 아기 청개구리가 무척이나 부모님의 말을 안 들었는가 봅니다. 앉으라면 일어서고 일어서라면 앉고, 산으로 가라면 강으로 가고, 강으로 가라면 산으로 가고…. 그렇게 살다가 엄마 개구리가 늙어 죽게 되었습니다. 엄마 개구리는 아들 개구리를 붙들고 유언을 남겼습니다. 내가 죽으면 강가에다 묻어달라고…. 엄마 개구리는 강에다 묻어 달라고 하면 아들이 산에 묻어 줄 줄 알았습니다. 그런데 엄마 개구리가 죽자 아들 개구리는 이것이 엄마의 마지막 유언인데 하고는 엄마의 말을 따르기로 했습니다. 그리고 강가에 엄마를 묻었습니다. 그리고는 비만 오면 엄마의 묘가 떠내려 갈까 봐 개굴개굴 하고 운다고 합니다.

그런데 요새는 청개구리라는 말은 말을 잘 안 듣는 아들에게 붙이는 이름이 아니라 아내의 말을 잘 안 듣는 남편에게 붙이는 이름이 되었다고 합니다. 그러니까 아내의 위치가 엄마의 위치로 상승을 했다고 해야 할까요, 아니면 남편의 위치가 아들의 위치로 추락했다고 해야 할까요.

요새는 친구들의 부인의 말 중에 "저이는 내 말을 영 안 들어요." 하는 말을 많이 듣습니다. 옛날 삼강오륜을 이야기하던 양반들이 들으면 너무 화가 나서 상투가 삐뚤어질 말입니다. 부인이 남편의 말을 순종하던 시대가 아니라 남편이 부인의 말을 잘 들어야 하는 시대가 되었습니다. 그것도 나이가 많이 든 우리들에게서 그런 말이 나오니 젊은 세대들은 어떨지 생각만 해도 머리가 서늘합니다.

저는 학교에서는 모범생이었습니다. 키도 작은 제가 남들과 겨루어 보았자 좋을 게 없으니까 그랬는지 모르지만 선생님의 말을 잘 듣고 학교의 방침을 잘 따랐습니다. 공부도 열심히 하고 책을 열심히 보아서 글도 잘 지어서 선생님의 사랑을 받았습니다. 사실 저는 학교에서 선생님에게서 손바닥을 매로 맞은 기억도 없습니다. 아, 한번 우리 반에서 누가 도둑을 맞았을 때 반 전체가 선생님에게서 손바닥을 맞은 것 이외에는 체벌을 당한 기억이 없습니다. 그때 맞은 손바닥이 아프고 서러워서 하루 종일 운 기억이 납니다.

옛날 외과 전공의들은 성질이 나쁜 외과 교수님들에게서 발로 채이기도 하고 야단도 맞았지만 나는 교수님들에게서 그리 꾸중을 들은 기억이 별로 없습니다. 학교에서도 병원에서도 모범생으로 통했으니까요. 제가 일을 하던 오하이오 병원에서 누가 나를 비난하자 원장님도 “Dr. Lee와 싸우면 그 사람이 무조건 나쁜 사람이야.” 하고 저를 두둔했습니다.

그런데 우리 집에서는 제 이름이 청개구리입니다. 그것도 아내는 성을 붙여 ‘이청계’라고 합니다. 저의 아내에게는 나처럼 아내의 말을 안 듣는 사람이 없는 모양입니다. 아마 우리 아버님이 들으시면 대노하시련만 이 세상에 안 계시니 하소연할 수 없습니다. 그렇다고 집안에 말썽을 부리고 도박을 하여 재산을 축 내거나 술을 마시고 식구를 괴롭히고 담배를 피운 것도 아닙니다. 밥을 먹으라고 하면 '네' 하고 달려가서 음식이 짜든지 싱겁든지 군소리 없이 먹고 일어납니다. 빨래한다고 옷 벗으라고 하면 군말 없이 벗어서 드리는데도 말을 안 듣는다니, 할 말이 없습니다.

물론 약간의 반항은 하지요. 운전할 때 이 길로 가라고 하면 내가 아는 길로 핸들을 틀고, 여기다 주차하라고 하면 내 마음에 드는 자리에 가서 주차를 합니다. 식당에 가서 스파게티를 먹으라고 하면 라자냐를 시키고, 건강에 나쁘다고 커피를 마시지 말라고 하면 몰래 커피를 마시고, 오늘은 이 색깔의 넥타이를 매라고 하면 내 마음 대로 고르는 정도의 반항은 계속 합니다. 오늘 쇼핑을 가자고 하면 나는 집에 있겠다고 고집을 부리거나 따라 가더라도 상점 앞의 걸상에 앉아 스마트폰을 보거나 지나가는 사람들을 쳐다봅니다.

플로리다에는 코스코라는 아주 큰 상점이 있습니다. 그런데 코스코에 들어가서는 전자 제품이 진열된 곳에서 어슬렁거리며 아내가 장을 보고 나를 찾아올 때까지 기다립니다. 아내는 그런 내가 못마땅합니다. 같이 카트를 끌고 물건을 고르고 먹을 것을 고르면 얼마나 좋으냐 하는 거지요. 그렇게 사사건건 말을 안 들으니 청개구리라고 하는데 그래도 좀 유식하게 이름을 붙여준다고 '이청계'라고 하는 겁니다. 그런데 가끔 친구들과 식사를 하면서 들어보면 모두 공처가들이라 그런지 내가 청개구리 짓을 부리는 것이 놀랄 일이 아닌 모양입니다.

그런데 아무리 착한 공처가라도 부인의 마음에 꼭 드는 남자는 없는가 봅니다. 친구들 중에도 집에서 청개구리라고 불리는 사람들이 꽤 있습니다. 제 친구들 중에 일급 공처가가 있었습니다. 이 친구는 여행을 할 때면 부인의 가방과 자기의 가방을 끌고 다니며 낑낑거렸고, 부인의 말이면 동짓날 얼어붙은 강물에 뛰어들라고 해도 뛰어들 처지였습니다. 식당에서 부인이 무얼 먹으라고 지시를 하면 거역하는 일이 없었고, 출근할 때 부인이 잠깰까 봐 발끝으로 걸어나오는 친구였습니다. 출근하다가 커피를 사서 부인의 침대맡에 갖다놓고 '사랑해요'라는 메모를 남기기도 했다고 합니다. 언젠가 그 부인에게 "X선생님이 잘해주셔서 좋겠어요." 라고 말을 했더니 그 부인이 하는 말이 "무슨 말씀을 하시는 거예요. 집에서는 얼마나 말을 안 듣는다고요." 해서 할 말을 잃었습니다.

우리가 악처로 기억을 하는 소크라테스도 청개구리족이었는지 모릅니다. 오늘은 고장 난 울타리를 고쳐달라고 해도 못 들은 척 아고라 광장으로 나가고, 저녁은 오후 5시에 먹을 것이라고 했는데 해가 저물어가는 7시에 들어오면 요새 우리의 아내들처럼 크산티페는 소크라테스더러 "왜 내 말을 안 들어, 이 청개구리야!" 하고 불만을 토로했을지 모릅니다.

하여간 나에게는 학교의 모범생 노릇보다는 착한 남편 노릇을 하기가 훨씬 힘이 듭니다. 이것은 공부만 잘하고 규칙만 잘 지키면 되는 것이 아니라 조석으로 변하는 여자의 마음을 맞추기가 힘이 든다는 말입니다. 아마 나처럼 '왜 내 말을 안 들어요'라는 말을 듣는 남편들을 모아 청개구리 인권보호연대라는 것이라도 만들어서 설움을 같이 나누고 우리의 인권을 위하여 힘을 합해 보았으면 어떨까 생각을 해봅니다.

내가 할 수 있는 것

그리스 신화에는 반신반인이 많이 나옵니다. 올림푸스에 있는 신과 인간과의 사이에 태어난 초인의 힘을 가진 존재로 하늘과 땅을 종횡하며 많은 활약을 합니다. 우리가 잘 아는 헤라클레스를 비롯하여 헬레네, 멤논, 폴리페우스, 아킬레우스, 페르세우스 등등 많이 있습니다. 성경의 창세기 6장 2절에 보면 "하나님의 아들들이 사람의 딸들의 아름다움을 보고 자기들이 좋아하는 자를 아내로 삼았다."라는 구절이 있습니다. 자식들이 미국에 와서 유럽의 후손들과 결혼을 하였으니 누구처럼 말을 나쁘게 하면 튀기이고 점잖게 말하면 혼혈인 손자들을 낳았습니다. 그러니 그들은 반미반한인 사람들이 되었습니다.

그런데 반신반인은 보통 인간들이 할 수 없는 일을 하지만, 역시 신은 아니어서 아킬레우스는 트로이 전쟁에서 죽고 맙니다. 지금 뉴욕이니 로스앤젤레스, 시카고, 워싱턴 등 미국 땅 여러 곳에는 문화적으로 반은 미국인이고 반은 한국인인 디아스포라들이 많이 살고 있습니다. 통계에 의하면 234만 명이 살고 있다고 하니 이는 등록이 된 사람들이고 등록이 안 된 이민자들까지 합하면 그 수는 더 많이 늘어날 것입니다.

이들이 미국에서 살다보면 미국인도 아니고 한국인도 아닌 어정쩡한 존재가 되지 않나 생각합니다. 나는 한 50년 전에 이민 보따리를 하나 들고 알래스카를 통하여 오하이오에 자리를 잡았습니다. 미국에서 근 40년을 의사 노릇을 했으니 남들은 영어를 잘한다고 하겠지만 아직도 라스베이거스의 디너쇼에서 하는 조크를 알아듣지 못하여 남들이 모두 웃는데 어색하게 웃음을 짓는가 하면, 교회에서 목사님들의 설교를 정신 차리고 듣지 않으면 놓치는 수가 많습니다. 그리고 투자회사 직원이 와서 무어가 몇 %이고 무어가 몇 %이고 하면 이해를 할 수가 없습니다. 그리고 모임이나 회의에 가면 한국말을 하지 않고 영어로만 발표를 하고 이야기를 하는 분들이 있는데, 그들의 말을 들어보면 역시 발음이나 낱말의 선택이 자연스럽지 않게 느껴지는 때가 많습니다. 하기는 반기문 유엔 사무총장의 말을 들어도 매끄럽지 않고 이야기가 좀 껄끄럽다고 느끼는데… 그렇다고 한국말을 잘하는가 하면 그렇지도 못합니다.

젊은 아가씨들이 재잘재잘 말을 빨리 하면 무슨 말인지 몰라 어리둥절하고, 안내에 가서 물어 보아도 말을 빨리 해서 알아듣기 힘들고, 요새 새로 나온 말들을 하면 알아들을 수가 없습니다.

TV에서 경제부처의 장관이 나와 앞으로의 경제지표를 이야기하면 무슨 말인지 알아듣지 못하여 답답합니다. 그러니 한국말도 제대로 못하고 영어도 제대로 못하는 반한반미인입니다.

버트란스 러셀에게 어떤 미녀가 청혼하여 "당신처럼 머리가 좋은 사람과 나처럼 예쁜 여자가 결혼을 하면 우리 자식은 잘생기고 똑똑한 애가 나올 게 아닙니까."라고 말을 했더니 러셀은 "아니지요. 당신처럼 머리가 비고 나처럼 못생긴 어린애가 나오면 큰일이지요." 하고 무안을 주었다고 하였다. 나는 한국 국민으로서도 못나고 미국인으로도 못난이로 남았으니 큰일은 큰일입니다.

어려서부터 교회에 열심히 나갔습니다. 그리고 고등학교, 대학교는 미션스쿨을 다녔습니다. 교회에서 집사도 되고 장로도 되었고 Howland 교회에서는 성경공부도 인도했습니다. 그런데 볼트만이나 니이버, 칼빈, 하이비 콕스의 책을 읽어보려고 책을 펴면 이해를 할 수가 없습니다. 그래서 한국어로 번역이 된 책을 꺼내 들어도 이해를 할 수가 없습니다. "오성의 행위에 있어서 탐구된 것은 주체와 개체와의 관계이다. 개체의 실존에 관한 문제는 제 2차적으로 취급이 되는데…."(현대 신학자 20인 볼트만) 이런 문장이 계속되는데 읽기도 힘이 들지만 몇 장을 읽고 나면 무슨 말을 읽었는지 이해를 할 수 없습니다. 물론 다른 장로님들은 모두 이해를 하시겠지만….

어려서부터 많은 책을 읽었습니다. 책도 여러 권 썼습니다. 그리고 학교에서, 다른 모임에서 문학에 대한 강의도 했습니다. 그런데 출신이 천해서 그런지 머리가 나빠서 그런지는 몰라도 한국어로 된 시도 제대로 이해를 할 수가 없습니다. 그리고 그렇게 많이 나온 시도 이해를 할 수가 없습니다.

"나는 네가 다가올 수 없는 태양/ 네가 만질 수 없는 별/ 절대 네가 껴안지 못할 바람/ 너 앞에 높이 걸려/ 널 눈부시게 하다가/ 비처럼/ 네 손가락 사이로 빠져 나온다/ 애 쓰나/ 날 찾지 못하고/ 쫓아오나 날 잡지 못하리/ 왜냐면 난 스핑크스/ 이 시대의 신비/ 넌 나를 결코 알지 못하리"라는 시를 읽으며 나의 바보 같은 상상력은 갈 길을 잃고 헤매게 됩니다. 그러니 나의 문학적인 지식도 별게 아닙니다.

나는 의사입니다. 의과대학을 졸업한 지 50년이 지났고 일생을 공부했습니다. 의사로서 공부를 많이 했다는 칭찬도 들었고 선생님에게 칭찬도 들었습니다. 전문의도 세 개나 받았습니다. 논문도 여러 편 썼고 학회에서 발표도 했고 대학에서 교편도 잡았습니다. 그런데 참 한심합니다. 얼마 전 후배가 박사학위를 받고 그 논문을 보내왔습니다. 그건 〈선천성 기형에 관한 유전적인 고찰〉을 쓴 논문이었습니다. 크로모좀의 숫자, 수열과 조합의 공식 등을 나열했는데 이해할 수가 없었습니다.

어떤 잡지에는 3D로 안면과 안면의 골을 촬영하여 수술을 한다고 하는데, 물론 그런 수술을 동료들이 하는 것을 보았지만 나로서는 할 수 있을 것 같지 않으니 나는 불구의 성형외과 의사가 되었습니다.

집에서는 벽에 못 하나 제대로 못 박고, 전기가 고장이 나면 쩔쩔매고, 갑자기 컴퓨터가 먹통이 되면 어쩔지 몰라 하는 반쪽짜리 문화인이고 반쪽짜리 지식인입니다.

밤에 잠자리에 누워서 '그럼 네가 할 줄 아는 게 무어냐고?' 하고 나 스스로에게 물으면 시원하게 대답할 말이 없습니다. 이런 불완전한 지식과 능력을 가지고 지금까지 살아온 것이 참 신기할 뿐입니다.

서부활극(Western Cow Boy Movies)

요새는 영화를 보아도 마음에 와 닿는 것 같지 않고 좀 시들해지는 것 같습니다. 물론 나이가 들어 감수성이 무뎌진 탓도 있겠습니다만 영화가 우리에게 감동을 주지 못하는 것도 사실입니다. 물론 영화가 우리의 꿈을 만들어 주는 것이기는 하지만 ≪Star Wars≫ ≪Avengers≫, ≪Terminator≫ ≪Captain American≫ ≪Transformer≫ ≪Walking Dead≫ 등등 마치 만화 같은 이야기가 너무 많고 컴퓨터로 제작을 해서 그런지 한 번 터지면 뉴욕시가 없어져 버릴 정도의 폭발로 불바다를 이루니 무섭기는 하지만 마음에 와 닿지 않습니다.

그래서 젊었을 때는 하루에 몇 편씩 보던 영화 사랑이 많이 식었습니다. 요새는 영화관에 일주일에 한 번 가기도 쉽지 않습니다. 아마 내가 영화를 제일 많이 봤을 때가 군의관으로 서울에서 근무할 때였습니다. 서른이 되자마자 외과 전문의가 되고 외과과장이 되고 군의관으로 근무를 했습니다. 지금 생각하면 그때의 시간을 좀 더 잘 이용했었더라면… 하는 후회가 있지만 그 당시에는 어디에도 발붙일 곳도 없고 할 수 있는 일도 없었습니다.

학교에 가도, 전공의로 있던 병원에 가도 이방인처럼 낯설고 부담을 주는 것 같았습니다. 현실에 실망하여 공부도 하지 않던 시기였습니다. 근무가 끝나고 육사병원에서 5시 15분 통근버스를 타고 나오면 종로3가 극장가에 5시 40분정도 도착하니 2시간이면 저녁에 영화 2편은 볼 수 있습니다. 나는 주말이면 거의 극장에서 살다시피 했습니다. 그때는 극장 안에 불이 꺼지고 MGM의 회사 로고가 꺼지고 사자의 울음소리가 들리거나 콜롬비아의 상징인 횃불을 든 여인이 나오면 가슴이 두근거리곤 했습니다.

아마 그때 사람들이 잊지 못하는 것 중의 하나가 서부활극(Western Cow Boy Movies) 영화라고 하면 잘못된 말일까요? 그때 제일 많이 나온 것이 서부활극 영화였습니다. 1950년대에 만들어진 ≪OK 목장의 결투≫는 아직도 명화 감상시간에 심심치 않게 상영되고, 암으로 별세한 서부활극의 대명사인 존 웨인을 기념하는 박물관이 크게 서 있고, 해마다 암 퇴치를 위한 모금도 하고 있습니다. 아마 존 웨인만큼 잘 알려진 아메리카의 영웅도 많지 않을 것입니다. 약간은 쉰 목소리로 "하이, 제임스" 하고 독특한 걸음걸이로 걸어올 때면 매력이 넘쳐나곤 했습니다.

50년대와 60년대에는 인디언과의 싸움이나 악한을 퇴치하는 영화가 스토리메이킹의 주류였는데 그 시대의 영화의 내용은 거의가 다 도덕적 가치, 권선징악으로 끝나는 것이었습니다. 작은 마을에 들어와서 악한을 퇴치하고 미련 없이 말을 타고 떠나는 영웅들의 뒷모습이 그렇게 매력이 있을 수 없었습니다. 5, 60년대는 존 웨인을 비롯하여 게리 쿠퍼, 그레고리 팩, 크락 케이블, 타이론 파워, 리차드 위드마크, 스튜어드 그랜저, 제임스 스튜어드, 버트랑카 스터, 커그 더글러스, 헨리 폰다, 그랜 포드,

안소니 퀸, 아란 랏드, 찰톤 헤스턴, 스티브 맥퀸이 인기였고 잭 파란스, 커 난원, 리 제이콥, 찰스 브론슨 등이 악인으로 열연했습니다. 웬만한 배우치고 카우보이 영화에 출연하지 않은 사람이 없을 정도였습니다. 찰톤 헤스턴이나 그레고리 팩도 카우보이로 출연을 했으니까요.

70년대부터는 별로 착하지 않은 사람들이 악한 사람을 물리치는 영화가 나오기 시작했는데 크린트 이스트우드가 만든 마카로니 서부극이었습니다. 그래서 크린트 이스트우드와 프랑코 네로 같은 차갑고 비정한 영웅들이 화면에 많이 등장했습니다. 크린트 이스트우드, 프랑코 네로, 율 브린너, 스티브 맥퀸, 제임스 코번 등이 화면을 누볐습니다.

2000년이 지나고부터는 웨스턴 영화는 몇 년에 한 번 나올까 말까 하여 캐빈 코스터의 ≪오른 레인지≫, 근년에 개작한 ≪황야의 7인≫ 등등이 가뭄에 콩 나듯 나오곤 했습니다. 그런데 근래에 나온 서부영화는 옛날에 황야를 달리며 총을 쏘고 노란 스카프를 날리며 기병대가 질주를 하는 그런 영화가 아니라 잔인하고 포악한 장면들이 많이 나옵니다.

사람마다 자기가 좋아하는 배우들이 있지만 나는 서부극에 제일 잘 어울리는 배우는 버트랑카 스터와 율 브린너, 리차드 위드마크라고 생각합니다. ≪OK 목장의 결투≫나 ≪베라 크루즈≫에서 버트랑카 스터의 이글거리는 눈동자는 상대를 압도했고, ≪마지막 역마차(Last Wagon)≫에서 리차드 위드마크의 절망적이고 일그러진 시니컬한 얼굴의 표정은 그를 잊지 못할 사람으로 만들었습니다. 호탕하게 온 얼굴을 웃음으로 채우는 존 웨인이나 총잡이 같지 않고 깊은 고민 속에 싸인 철학자 같은 게리 쿠퍼, 입을 꼭 다물고 주먹을 꽉 쥐는 결연한 표정의 커크 더글러스, 서글서글한 눈으로 상대방을 누르는 율 브린너, 악한으로도 잘 나오지만 푸근하게 보였던 아더 케네디가 거의 모두 딴 세상 사람들이 되었습니다. 그리고 카우보이 영화도 이제 우리 앞에서 사라져 갑니다.

얼마 전에 이병헌이 출연한 ≪황야의 7인≫이 다시 나왔습니다. 그러나 율 브린너와 스티브 맥퀸이 출연한 ≪황야의 7인≫만큼 인기를 끌지 못하였습니다. 내가 영화에 대해 무엇을 알겠습니까. 그저 영화 보기를 좋아할 뿐입니다.

영화 속에는 문화가 있고 정서가 있고 낭만이 있고 그래도 우리에게 주는 감동이 있어서 영화를 보고 느껴야 하는 것이 있어야 할 것이라고 생각합니다. 그레고리 팩과 찰톤 헤스턴, 진 시몬즈, 캐롤 베이커가 출연한 ≪빅 컨트리≫라는 영화를 보아도 로맨스가 있었듯, 영화를 보고 느끼는 가슴이 뭉클한 것이 있어야 하는데 영화를 보고 나서도 영화이야기를 해줄 수 있는 정서가 없으면, 영화를 보는 그때뿐이지 극장을 나오면서 머리와 가슴에 남는 것이 없으면 영화가 성공했다고는 할 수 없을 것 같습니다. 그 예가 007제임스 본드 시리즈입니다. 27개의 제임스 본드의 영화가 나오고 상영에 성공했고 흥행에는 성공했지만 나의 의견으로는 명화라고는 할 수는 없습니다. 그저 오락물로, 보고 잊어버리는 영화라고 생각합니다. 나더러 시대에 뒤떨어진 꼰대라고 할지 모르지만 ≪OK 목장의 결투≫나 ≪하이눈≫ ≪빅 컨트리≫ 같은 카우보이 영화가 좀 나왔으면 좋겠습니다.

명품

우리나라는 동방예의지국이라서인지 체면을 아주 중하게 생각해 왔습니다. 체면은 남에게 추하게 보이지 않으려는 상대방의 배려에서 시작하지만 점점 더 발전해서 자기과시가 될 수 있고 자만심과 오만한 모습으로 변하게도 됩니다.

처음엔 옷을 깨끗하게 입고 다니는 것에서 시작되었지만 몸에 명품을 지니고 다니는 것으로 발전됩니다.

한국에서는 골프장에 갈 때는 메르세데스나 BMW, 아우디, 렉서스, 에쿠스 정도는 타고 가야 직원들이 골프채도 꺼내주고 챙겨주지, 현대의 쏘나타를 타고 가면 직원이 나와서 저 멀리로 가서 주차를 하라고 손짓을 합니다. 그래서 기를 쓰고 명품을 가지고 다니고 고급승용차를 타려고 하는지 모릅니다.

그런데 명품에 대한 욕심은 남자들보다는 여자들이 훨씬 더 많습니다. 여자들이 모이면 아들이나 손주 자랑과, 자기들이 갖고 있는 명품자랑이 화제의 주제가 된다고 하고, 명품을 갖지 못한 여자는 기가 죽는다고 합니다. 그래서 여자들은 명품 경쟁을 하고 남이 입은 옷이 눈에 띄면 진짜

인지 가짜인지 보려고 입고 있는 옷을 뒤집어 보고 확인하는 여자도 있습니다. 아마 명품 때문에 일생을 힘들게 산 이야기를 한다면 모파상의 진주 목걸이가 좋은 예가 될 것입니다. 연전에 플로리다에 허리케인이 와서 집이 침수가 될지도 모른다고 걱정들을 하고 피난을 갔는데 대개는 집의 중요한 문서를 챙겨가지고 나갔지만 어떤 부인은 명품가방을 제일 먼저 챙겼다고 하여 웃은 일이 있습니다. 영화에서 은행금고를 도적질하는 장면을 보게 되는데 은행금고에는 여자들의 명품인 보석들이 제일 많이 들어 있다고 합니다.

오래 전에 영국과 불란서, 이태리를 돌아오는 관광여행을 갔습니다. 미국에서 약 30명의 동창들과 같이 가는 즐거운 여행이었습니다. 단체여행을 하면 쇼핑센터를 들러야 한다는 불문율이 있어서 어떤 때는 큰 상점 앞에 버스를 세우고 반강제로 들어가 구경을 하라고 투어가이드가 등을 미는 경우도 있었습니다. 우리는 런던의 버버리 가게 앞에서 기다리게 되었는데 상점 안에는 한국에서 오신 분들로 가득 했습니다. 그런데 우리 동창들의 부인들은 안으로 들어간 분이 몇 분 안 되고 안에 들어갔던 분들도 금방 나와서 버스 앞에서 서성거렸습니다. 물건 값이 미국에서보다 비싸다는 둥 버버리라고 더 좋은 것도 아닌데 왜 비싼 것을 사서 입느냐는 둥 물건을 살 생각들이 별로 없는 모양이었습니다.

나는 원래가 비천한 출신이어서 그런지는 모르지만 명품이 그렇게 좋은지 모르겠습니다. 오래 전 뉴욕 시내를 돌아다니는데 아내가 색스, 티파니, 블루밍데일 백화점에 가보자고 하여 들어갔습니다. 여자들이 목에 두르고 다니는 스카프 하나가 250불이고, 양복 한 벌에 2,500불, 3000불이라고 적혀 있었습니다. 나는 나도 모르게 헐 하고는 돌아섰습니다.

만져보면 돈을 내라고 할까 봐 만져보지도 못하고 나왔습니다. 백화점 앞 길거리 가판대에 비슷한 스카프들이 널려 있었습니다. 한 개에 5불에서 10불 하는데 만져보니 부드럽고 예뻤습니다. 나는 300불짜리와 5불짜리도 잘 구별을 못하니 바보인 것은 틀림없지만 그런 걸 걸치고 다니는 사람이 문제이지 스카프의 값이 문제가 된다고는 생각하지 않습니다.

나는 여자들이 들고 다니는 가방들 중에서 어떤 것이 명품인지 알아낼 재간이 없습니다. 물론 백화점에 진열된 명품 가방들이 조명 때문인지는 몰라도 멋져 보이지만 지하철에서 여자들이 들고 다니는 가방은 모두 비슷해 보입니다. 가끔 아내가 "여보, 저 여자 들고 있는 가방 있지, 그 가방 1만 불도 넘는 거야."라고 부러운 듯이 이야기를 하면 "그래요. 나는 남대문시장에서 만원에 파는 거랑 비슷해 보이는데"라고 하면 "그러니까 출신 성분은 못 속이는 거예요."라고 핀잔을 줍니다.

오하이오에 있을 때 무엇이든지 자기가 제일이어야 하는 분이 있었습니다. 같이 모여 저녁을 먹는데 "야, 이 시계 말이야. 얼마 전에 우리 딸이 사준 건데 카르티에라고 하는데 한 3만5천 불 해. 롤렉스보다는 훨씬 비싼 거지." 하고 팔목을 내어 보이는가 하면, "이 신발은 발리인데 800불 주고 산거야." 하고 자랑하곤 했습니다. 나는 수술실에서 시계를 자주 잃어먹으니까 20불짜리나 30불짜리를 차고 다녔지만 하나도 불편한 것을 모르겠고 시간이 틀리는 법도 없었습니다. 잃어버리면 아쉬워서 찾아보곤 하지만 속이 쓰릴 정도는 아닙니다.

오래 전에 아내가 내 생일 때 250불을 주고 세이코 전자시계를 사주었습니다. 역시 비싼 시계라서 그런지 우쭐해졌습니다. 그리고 그 시계는 Water Proof이고 250Feet 물속에서 수영을 해도 된다고 적혀 있었습니다. 한 2-3년 차다가 하루는 시계를 차고 샤워를 하였습니다. 그런데 샤워를 하고나니 시계 표시판에 안개가 잔뜩 끼더니 먹통이 되었습니다. 나는 화가 났습니다. 그래서 다음날 시계를 산 곳으로 가서 "이 시계가 물속에 들어가도 된다고 하여 차고 샤워를 했는데 먹통이 되었네요." 하니까 시계방 주인이 들여다보더니 "이 시계는 완전히 망가졌네요. 그리고 시계를 사신 지 3년이 되어 에프터서비스는 안 됩니다. 하나 새로 사시지요."라고 했습니다.

나는 그 후로는 비싼 시계는 사지 않기로 했습니다. 한 십 년 전 연세대학교에서 기념품으로 준 시계는 10여 년이 지났지만 아직도 고장이 나지 않고 잘 가고 있습니다. 오하이오에 Sims라는 상점이 있었는데 여기는 팔다 남은 명품들을 파는 곳이어서 아주 쌌습니다. 친구와 같이 갔다가 명품이어서라기보다 내 작은 발에 맞는 구두가 있어 사왔습니다. 선배님이 자랑하던 발리였습니다. 그런데 몇 번 신었을 뿐인데 바닥이 얇아서인지 한참 걸으면 발바닥이 아팠습니다. 나는 '역시 이 신발은 많이 걷지 않는 귀족들이 신는 거로구나'라고 생각하고는 '역시 사람은 자기 처지에 맞게 살아야 하는구나.'하고 싸구려를 다시 샀습니다. 내 발에 제일 잘 맞는 신발은 한국 길거리에서 파는 가짜가죽으로 된 고무바닥의 신발인데 만원, 만원 하고 파는 곳에서 두 켤레를 사다가 3년이 넘었는데 아직도 신고 있습니다.

얼마 전 대전의 폐지를 줍는 분의 리어카에 걸려있는 가방을 보았는데 루이비똥 가방이었습니다. 나는 용기가 없어 그 가방을 뒤져 안의 상표를 보지는 못했지만 가방이 문제가 아니라 누가 어떤 때 들고 다니는가가 문제가 된다고 생각했습니다.

못난이 콤플렉스

자기가 아주 예쁜 사람이라고 생각하는 Narcissism과, 자기가 아주 못생겼다고 생각하는 추안 콤플렉스가 있습니다. 물론 정확하지는 않지만 누가 이야기를 하는데 한국의 젊은 여자들 중 64%는 자기는 평균보다는 예쁘다고 생각하는 미지공족이고, 10%정도는 자기는 못난이라고 생각한다고 합니다.

양쪽에 다 문제가 있다고 생각합니다. 제가 근무하던 병원에는 여자 의사나 또 주목을 받을 만큼 뛰어난 간호사들이 많이 있습니다. 그런데 그런 골든 걸들이 40세가 지나도록 결혼할 생각을 안 하고 있는 것입니다. 돌직구로 물어본 것은 아니지만 이야기를 하다보면 나는 이만큼 예쁘고 잘나가는데 내게 적당한 남자들이 없다는 것입니다. 자기에게 접근하는 남자들은 거의가 다 쪼잔한 게 별 볼일 없다는 이야기입니다. 그래서 '우물쭈물하다 보니 좀 늦었네요.' 하는 말입니다.

'나는 예쁘지도 않고 별 볼일 없으니까 공부나 열심히 하고 일이나 열심히 하자.'는 골든 걸도 있습니다. 한국의 여자들은 미인들이 많습니다. 우선 얼굴의 아름다움이 경쟁의 큰 조건으로 생각하고 얼굴미용에 관심을 쏟고 성형공화국이라고 불릴 만큼 수술을 합니다. 눈을 크게 하고 코도 높이고 두드러진 광대뼈도 줄이고 하여 예뻐졌습니다. 그리고 얼굴이 탄다고 하여 여름에는 마치 용접기사가 쓰는 것 같은 태양모자를 쓰고 다니고 좀 심하면 마스크를 하여 얼굴 전체를 가리고 눈만 내밀고 다니는 여자들도 꽤 많이 보입니다. 그리고 2,000원짜리에서부터 수만 원하는 얼굴 팩을 사다가 낮이나 밤이나 얼굴에 붙이고 있어 남자들을 깜짝깜짝 놀라게도 합니다. 기차를 타든지 버스를 타든지 남의 눈을 의식하지 않고 화장품 통을 열어 놓고 한 시간 두 시간을 화장하니 예뻐지지 않을래야 않을 수가 없을 것입니다.

옛날의 인형들은 모두 예뻤습니다. 바비인형이나 원더우먼 등 모두 예쁜 여자들을 모형으로 만든 인형이 유행이었습니다. 그런데 요즘은 아주 못생긴 인형들이 또 유행하고 있습니다. 배추 인형이나 흑인처럼 못생긴 인형들을 들고 다니며 안고 자기도 하고 깔고 앉기도 합니다. 아마 인형도 예쁜 인형은 대접을 받으려고 하고 못생긴 인형은 '날 위해 줘.'라는 요구가 좀 덜한 모양입니다. 이렇게 못생긴 인형을 안고 다니는 사람도 자기중심의 Me-ism의 정신현상이라고 하니 이것도 미지공이나 미지왕 증후군만큼 주목을 받을 일입니다.

사람이 얼굴의 생김대로 잘 사는 것은 아닙니다. 재벌들의 부인들은 미인이 많지만 재벌들 자신은 미남도 아니고 또 미녀도 아닌 경우가 훨씬 많습니다. 그리고 미녀들이 항상 돈이 많거나 지위가 높은 사람을 만나 호강을 하고 사는 것도 아닙니다. 어려서 대구에서 피난 생활을 할 때 우리 동네에 아주 예쁜 누나가 살고 있었습니다. 여자가 예쁘니까 온 동네 남자들의 눈길을 끌었습니다. 그 누나는 동네에서 제일 싸움을 잘하는 조폭과 결혼을 하였습니다. 오랜 후에 들은 이야기로는 남편은 일정한 직업이 없이 싸움이나 하다가 경찰서에 들락거리고 고생한다는 이야기를 들었습니다.

우리가 읽은 책에서 미인들은 한결같이 불행합니다. 안나 까레리나, 부활의 카츄샤 마슈로바, 테스 더버빌, 의사 지바고의 라라, 카르멘, 오셀로의 데스데모나, 중국의 달기, 초선, 왕소군, 양귀비 등 모두 불행한 삶을 살았습니다. 그래서 미인박명이라는 말이 생겨났는지도 모릅니다.

얼마 전 젊은이들이 부르는 노래 중에 빌보드 7위에 올랐다는 못난이 클럽노래가 있습니다. “나는 언제나 혼자였지. 키도 작고 예쁘지도 않았지. 애들과 친해지고 싶었지만 언제나 혼자였어….” 이 노래는 마치 나를 향해 부르는 것 같았습니다. 나는 내가 한 번도 미남이라고 생각해 본 일이 없습니다. 어머님마저도 “에이 못난놈” 하고 불렀으니까요. 키도 작고 잘생기지도 않아 ‘나는 언제나 혼자였지’ 하고 노래라도 하고 싶은 마음이었습니다. 내가 외과 전공의였고 또 교수님들이 보기에 똑똑한 놈들 중에 끼지 않았다면 결혼도 못했을는지 모릅니다. 고등학교나 대학교에 다니면서 남들이 다한다는 그 많은 연애 한 번 못 했으니까요.

오래 전 교회의 대학생회에 별로 예쁘지 않은 여학생이 있었습니다. 성격이 활발하고 명랑한 여학생이었지만 얼굴이 미인이 아니어서 남학생들에게 인기는 없었습니다. 회의를 하고 활동할 때는 같이 했지만 언제나 혼자였습니다. 대학을 가고는 만날 길이 없었습니다. 그리고 한 15년이 흘렀습니다. 학교를 졸업하고 전공의를 마치고 군의관이 끝날 때쯤 세운상가를 지나다가 어떤 여자와 마주쳤는데 교회 학생회 때의 그 여학생이었습니다. 반갑게 인사를 하고 같이 커피를 마셨습니다. 학교를 졸업하고 장사를 시작하여 세운상가에 큰 상점을 가지고 있다고 했습니다.

그 후 나는 미국으로 오고 또 한 30여 년이 지났습니다. 한국에 나가서 일하게 되었는데 소문으로는 그 여학생은 돈을 많이 벌고 사업을 하여 큰 회사의 사장님이 되었다고 합니다. 연락이 닿아 한 번 만난 일이 있습니다. 성형수술을 받았는지는 모르지만 잘 차려입고 세련된 중년부인이 된 그녀는 누구보다도 자신 있고 행복한 모습으로 보였습니다. 그리고 학생회에서 얼굴이 좀 예쁘다고 턱을 들고 다니던 여학생은 회사원과 결혼을 하였는데 남편이 회사에서 정리 해고되고 어렵게 산다는 이야기였습니다. 엇갈린 삶이었다고 하면 너무 역설적일까요?

오래 전 TV조선에 낭만논객이라는 프로그램이 있었습니다. 김동길 선생님, 김동건 아나운서, 가수 조영남이 출연하는 프로였는데 하루는 조영남이 벌떡 일어나 안경을 벗으며 "여러분, 보십시오. 그래도 이렇게 못생긴 얼굴로 이만큼 살면 괜찮지 않습니까?" 하고 소리를 질러 많은 사람들이 웃었습니다. 그 프로를 보던 옆의 친구가 "괜찮은 정도가 아니지, 그렇게 많은 여자들과 염문을 뿌리고 다니니 웬만큼 잘난 놈도 못하는 일이야." 해서 웃었습니다.

예쁜 얼굴을 타고 나는 것도 우리 마음대로 되는 것이 아니고 노력한다고 되는 것도 아닙니다. 그러나 날마다 거울을 들여다보고 '나는 예뻐, 정말 예뻐.' 하고 볼만 두드리는 것도 문제이고, '나는 언제나 혼자였지. 키도 작고 예쁘지도 않아.' 하면서 외톨이로 사는 것도 문제가 있습니다. 못생긴 병이라도 꿀을 담으면 꿀 병이고 예쁜 병이라도 소변을 담으면 소변 병이 됩니다. 잘났건 못났건 나의 모습에 무엇을 채울까를 생각해 봅니다.

독서

초등학교 때 읽은 교과서에 있던 글입니다. "신량(新凉)이 교외(郊外)에 들어 등불을 지남직하다는 말은, 여름이 가고 서늘한 계절이 찾아오니 등잔에 기름이 다 하도록 글을 읽는다는 말"이라고 배웠습니다.

많은 사람들이 독서는 마음의 양식이라며 독서하기를 권유합니다. 사실 독서는 힘든 일이 아닙니다. 옛날의 선비들처럼 정장을 하고 앉아서 고개를 흔들면서 큰 소리로 책을 읽어야 하는 것이 아닙니다. 책은 편하게 서서 읽어도 되고, 앉아서 읽어도 되고, 코치에 기대어 읽어도 되고, 엎드려 읽어도 됩니다. 물론 책상에 앉아 읽으면 제일 좋기는 하지만 나는 누워서도 곧잘 책을 읽습니다. 그리고 요새는 화장실에서도 읽습니다. 오래 전 한국에서는 재래식 변소에 쪼그리고 앉아 신문 한 부를 다 읽고 나와 밖에 있는 사람을 애먹이는 분도 있었습니다.

뉴욕이나 플로리다에서는 밝고 깨끗한 화장실에 느긋하게 앉아 오래 있어도 누구 하나 말하는 사람이 없습니다. 그래서 나는 화장실에 책 한 권을 비치해 두고 매일 몇 쪽씩 읽습니다. 어떤 때는 재미있는 장면이 나오면 화장실에 앉아 10쪽 이상을 읽고 나오는 경우도 있습니다. 나는 지난 6개월 동안 화장실에 앉아 450쪽이나 되는 책을 두 권이나 읽었습니다. 책은 내가 읽고 싶은 대로 읽어도 됩니다. 30분이나 한 시간 읽다가 싫으면 덮어두었다가 다음날 다시 읽어도 누구도 그걸 탓할 사람은 없습니다. 어느 날은 하루에 다섯 시간씩 읽을 때도 있고, 어느 날은 책을 만지지 않을 때도 있습니다. 그래도 골프도 치지 않고 술도 마시지 못해 밖으로 잘 나돌아 다니지 않아서 한 달에 두서너 권은 읽습니다.

요새는 책이 안 팔린다고 합니다. 인터넷으로 봐도 되고 인터넷 책도 있고 또 CD로 된 책도 있습니다. 그런데 나는 종이로 된 책이 좋습니다. 인터넷 책은 중요한 부분만 발췌를 해서 요약해 놓은 것이 많아 내가 읽고 싶은 이야기를 빼버린 일이 많고, 노트북 책도 종이보다는 싸지만 근 10불을 내야 한 권 올려 받을 수 있습니다. 그런 나를 혹자는 시대에 뒤떨어져서 그렇다고 하겠지만 나는 책에 줄도 치고 낙서를 하는 버릇이 있어서 종이로 된 책을 더 좋아합니다. 신세대 중에서도 노트북 책을 보시는 분들도 있지만 종이책을 보시는 분들이 아직도 64%나 된다고 하니 더욱이 마음이 놓이기도 합니다.

사실 신간을 사보기는 좀 힘이 듭니다. 인기 있는 책은 대개 2만원이 넘고 뉴욕으로 오면 35불이 넘습니다. 한 달에 두세 권 사보려면 100불이 넘어야 하니까 좀 부담이 됩니다. 그래서 철이 지난 책들을 구해서 읽습니다. Korean Community Center나 교회에 가면 책들이 많이 진열되어 있고 몇 권을 빌려가도 아무 말이 없습니다. 그래서 요새는 책을 사지 않고 빌려 봅니다. 그리고 나처럼 책을 빌려 보는 사람들을 위하여 내가 가진 책을 기증도 합니다.

그런데 꼭 책을 읽는다고 지식이 얻어지는 것은 아닙니다. 오래 전 제가 아는 선배는 "나는 골치가 아파서 책은 안 읽어. 대학을 졸업하고 나서 40년 동안 책을 한 권도 안 읽었어. 그래도 나더러 무식한 사람이라고 할 사람은 없어. 웬만한 너희들보다는 많이 알고 있단 말이야."라고 했습니다. 그분 말처럼 지식은 책으로만 얻어지는 것은 아닙니다. 인터넷을 보면 누구도 따라갈 수 없는 지식이 거기에 있으니까요.

그러나 독서만큼 재미있는 일도 없습니다. 에어컨이 돌아가는 방에 철퍽하게 반쯤 누워서 킬리만자로의 산에도 올라갈 수 있고, 바이칼 호수의 얼음을 밟으며 산책을 할 수도 있습니다. 근처에도 가보지 못한 나폴레옹 전쟁터에도 가볼 수가 있고, 진눈개비가 쏟아지는 모스크바의 전선에서 얼어 죽는 말들을 상상해 보면서 비참해질 수도 있습니다. 상상의 나래를 펴서 인도양으로 가서 태평양으로 항해도 할 수 있습니다.

요새는 주머니가 홀쭉해서 용기를 내지 못하는 유럽도 아프리카도 마음대로 드나들 수 있고, 소설에 등장하는 아름다운 여인들의 행복을 보며 나도 행복해질 수가 있고 그들의 불행에 울어줄 수도 있습니다. 내가 보지 못한 세상 만나지 못한 사람들을 만나면서 같이 웃고 울 수도 있습니다. 그것도 돈 한 푼 안 들이고 아무런 노력을 안 하면서…. 기만디의 책을 읽으면서 인생의 죽음을 깊이 생각해 볼 수도 있고, 어거스틴이나 톨스토이의 참회록을 읽으면서 나의 죄도 생각해 볼 수 있습니다.

책은 처음부터 끝까지 읽으면 좋지만 끝까지 읽지 않아도 누가 무어라고 하지 않습니다. 솔직히 고백하자면 나는 톨스토이의 ≪전쟁과 평화≫를 끝까지 읽어 보지 못했고 도스토엡스키의 ≪까라마조프의 형제들≫도 몇 백 페이지는 넘겨 버렸습니다. 그래도 도스토엡스키가 나를 찾아와 뭐라고 하지 않습니다.

요새 새로 나오는 책들은 이해하기가 좀 힘이 든 이야기들이 많습니다. 이야기를 빙빙 돌려서 하기 때문에 같이 돌아가다는 무슨 말을 하려고 하는 건지 헷갈릴 때가 많습니다. 그리고 저자들이 자기들의 지식을 자랑하기 위하여 어려운 말을 나열해서 잘 이해가 되지 않는 책도 많이 있습니다. 그래서 어떤 때는 책을 던져 버립니다. 그래도 책은 아무 말도 없이 던져진 자리에 있습니다. 그러면 미안해서 다시 들고 와서 읽어보다가 포기하기도 합니다.

많은 사람이 심심하다고 합니다. 할 일이 없어 무료하고 같이 생각을 나눌 사람이 없어 고독하다고 합니다. 물론 책이 사람을 대신해 주지는 못합니다. 그러나 나는 책 몇 권과 컴퓨터만 있으면 하루 종일 보채지 않고 잘 놉니다. 그래서 보호자가 걱정할 필요가 없습니다. 며칠 전 신문을 읽으라고 훈계조로 이야기한 선생님의 칼럼을 읽으면서 무슨 책을 읽는데 이렇게 엄숙해야 하냐고 생각한 일이 있습니다. 선택된 고전을 읽어야 하고 누구를 읽어야 하고 그 책은 우리에게 어떤 사상을 전해주고….

일생을 책이 좋아 책을 읽으면서 살지만 나는 그저 재미있는 책을 읽으라고 하고 싶습니다. 재미가 없으면 30분도 읽기 힘든 책도 있지만 재미가 있으면 하루 종일 읽어도 지루하지 않습니다. 그리고 어떤 책이든지 우리에게 가르침을 주고 있습니다. 비록 그것이 순수 문예를 한다는 사람들이 능멸하는 대중소설이라고 하더라도….

책을 쓰는 사람은 책을 쓰기 위하여 많은 자료를 모으고 공부를 하면서 글을 씁니다. 그래서 웬만한 책이면 우리에게 유익하다고 생각합니다. 나는 독서는 어렵게 하지 말고 재미있게 해야지 하고 중얼거립니다.

To be or nor to be

To be or not to be, that is the question, whether tis' nobles in mind to suffer… by opposing and them to die to sleep… to sleep purchance to dream ay there is the rub. for in that sleep of death what dream may come… but that is the thread of something after death. the undiscovered country from whose bourn. no travelor return, puzzeles the will.

고등학교 일학년 영어시간에 햄릿 3막에 나오는 이 독백을 읊으며 고개를 6시 5분 전으로 꼬고 다니던 시절이 있었습니다. 그때 영어 선생님은 왜 to live or die라고 하지 않고 To be or not to be라고 했는가를 제 나름대로 해석을 하면서 "산다는 것보다 존재한다는 것이 더 멋이 있지 않는가."라고 말씀하시면서 고개를 끄덕거리던 기억이 아직도 새롭습니다. 산다는 것 죽는다는 것이 우리글의 머리와 마음에서 지워 버릴 수 없는 최대 관심사인 것은 틀림이 없습니다. 모든 종교가, 철학이 이 죽음에 대한 답을 찾으려고 온 힘을 기울이고 있지 않습니까? 셰익스피어도

"죽는다는 것은 꿈을 꾼다는 말이고 그 꿈이 어떤 꿈인지를 모르기 때문에… 죽음은 아무것도 모르는 미지의 나라로 가는 것, 아무도 돌아오지 않은 미지의 땅"이라고 독백을 했습니다.

요즘 나이가 들어서인지 친구들을 만나면 죽음에 대한 이야기를 많이 하게 됩니다. 존경하던 선배님들 선생님들의 부음이 들리고, 제 친구들이 벌써 세상을 떠나고, 심지어는 후배들도 타계했다는 소식을 들으면서 언제 죽음의 사자가 초청장을 가지고 문을 두드릴지 겁이 나기도 합니다.

유년시절 학교에서 예방주사를 맞았었습니다. 줄을 서서 차례가 되기를 기다리는데 '저 쇠바늘로 찌르면 얼마나 아플까'라고 겁을 내면서 내 앞에 서서 주사를 맞는 친구의 얼굴을 바라보곤 했습니다. 그리고는 '야, 저 친구가 다 맞는데 내가 못 맞아'라며 용기를 냈던 생각이 납니다.

"There is no rules but exception."라는 격언은 '예외가 없는 법은 없다.'는 뜻입니다. 죽음에도 예외가 있을까요?

친하게 지내는 박장생 형이 오래 전 한 말입니다. "나는 말이야. 세상 사람이 다 죽어도 나는 죽을 것 같지가 않아. 나는 예외로 살아남을 것 같은 생각이 들거든. 왜냐하면 나는 나니까."

나도 어떤 때는 박 형의 말이 믿어집니다. 그러나 죽음을 피한 사람은 없습니다. 성경에서 에녹과 엘리야가 하늘로 올라갔다고 하는데 나는 그분들이 육체로 다음 세상에 가지는 않았을 것이라고 생각합니다. 그러면서도 혹시 나도 그분들처럼 예외가 되지는 않을까 생각하지만….

인간의 죽음에는 예외가 없습니다. 죽음을 생각하면 겁나는 것도 사실입니다. 죽어서 관에 들어가 숨도 못 쉬고 몸이 썩어지고, 해골만 남았다가 그것도 부서져 없어진다면서…. 며칠 전 점심을 먹고 나서 친구들이 죽음과 그 후에 대하여 이야기가 그치지 않습니다.

A : 요새는 화장이 유행인데 한 시간만 눈 딱 감으면 몸은 한 줌의 재로 남아 하늘로 훨훨 날아간다면서….

B : 화장은 하지 말아야겠어. 화장하는 것을 한번 들여다보았는데 불에 타면서 오징어 튀김을 마이크로 오븐에 굽는 것처럼 몸이 뒤틀어지고 배가 부풀어 올라오다가 터지고, 눈알이 튀어나오고, 그 참혹한 광경은 도저히 볼 수가 없더라. 나는 화장은 절대 안 해. (어쩌다가 화장하는 장면을 본 B가 손사래를 칩니다.)

C : 죽은 놈이 뭘 아냐? 그래도 빨리 맞고 끝나는 게 낫지. (그 말에 모두들 서늘한 웃음을 웃었습니다. 그전에는 3일장, 5일장, 7일장이라고 하더니 요새는 간편해져서 3일장을 하는 사람이 많고, 어떤 집에서는 다음날 장례를 지내는 집도 많아졌다고 말합니다.) 그러니까 요새는 장례식을 안 하는 집도 많아졌어. 사망선고가 내려지면 바로 장례사를 불러 그날로 화장을 하고 다음에 젊었을 때 사진을 놓고 추도식을 하는 거야. 그리고 추도식을 안 해도 좋고… 무덤을 만들어 봤자 자식들이나 가끔 찾아보겠지만 손자 때에는 모두 버려질 것이고… 그러니까 그냥 흘러가는 물에 버리라고 해….

B : 요새는 화장을 하여 납골당인가 뭔가 하는 곳에 봉안을 하고 사진도 붙여 놓고 가족들이 찾아본다지 않아. 나는 그게 보기 좋더라.

A : 야, 그 납골당이라는 거 말이야. 밤이면 음산하고 귀신들이 우글거리는 곳에 뭐 하러 가냐. 그리고 매 달인가 매해 돈을 내야지, 돈을 안 내면 항아리도 갖다버린대. 자식 대에는 그래도 유지가 되겠지만,

손자 대에는 누가 그 유지금을 내겠냐? 그러니까 그것도 자식 대가 지나면 폐기 되는 거야.

B : 그러면 돈을 남겨 놓아 재단이라도 만들면 될 거 아니냐.

C : 야, 그런데 자식 대가 지나면 누가 와서 본대. 사진은 낡아서 우그러지고, 색은 바라고, 아무도 찾는 사람이 없어 먼지는 수북이 쌓이고, 그 재단은 누가 운영하냐? 은행에 돈을 맡겨도 일 년간 거래가 없으면 국고로 들어가 버리는 거 모르냐? 그러니까 몇 년만 지나면 재단도 없어지는 거야. 그러니까 Ash to ash로 되어 버리는 거야.

B : 하긴 그렇구나. 무덤을 만들어도 납골당을 만들어도 모두가 다 허무하구나.

A : 이집트의 피라미드도 파보면 해골만 남아서 누구 건지 모르고, 왕릉도 도굴을 하여 부장품만 챙기고, 해골은 그대로 버려지는 거야. 야, 그만 두자. 비싼 밥 사먹고 왜 죽는 이야기, 납골당 이야기를 하냐? 소화 안 되게…. 옛날에 장자는 내가 죽으면 그냥 들에 갖다 버리라고 했단다. 제자들이 그러면 새들이 와서 쪼아 먹지 않습니까? 그랬더니 장자님이 왈, 왜 너는 새에게는 그리 인색하냐? 땅에 묻으면 구더기가 와서 먹을 것이고, 들에 내다 버리면 새가 와서 먹을 것인데 무슨 차이가 있냐 했습니다. 그러니 이래도 저래도 마찬가지입니다. 그러니까 살아남은 사람 편하게 하라고 해.

결국 모두 웃고 말았습니다. 그런데 왜 웃음이 이렇게 공허하지요.

프렌치 오픈 테니스

나는 어려서 병약했습니다. 어머님의 말씀에 의하면 5살까지는 병이 떠날 새가 없었다고 합니다. 그래서 어머님은 오래 못살 놈이니 정 들이지 말자고 정을 안 주었다고 합니다.

해방이 되고 고생을 하면서 살아남으려고 아등바등하다 보니까 건강해진 모양입니다. 그 추운 겨울에 평양에서 대구까지 피난을 가고 또 신문장사로부터 담배장사, 미군 하우스보이, 제본소 등을 전전했는데 그것이 나를 연단이 시켰습니다. 성경에 연단이 강건함을 낳는다는 말처럼 저는 고생을 하면서 건강을 찾았는지도 모릅니다.

나는 무슨 규칙적인 운동을 해본 일이 없습니다. 동네에서 돌을 양쪽에 놓은 골대를 만들고 몰려다니면서 공을 차는 동네 축구를 좀 해보았을 뿐, 신문 배달을 하면서 열심히 뛰어 본 것이 아마 내가 해본 운동의 전부였을 것입니다.

나이가 들어 성형외과 전문의가 되어 오하이오에 사는데 이웃의 나길진 선생이 테니스를 함께 치자고 하여 시작한 것이 나의 일생에 운동 같은 운동을 처음 해본 것이고, 늦게 배운 도적이 날 새는 줄 모른다고 테니스에 몰두하게 되었습니다. 시간만 있으면 라켓을 들고 공을 치러 가고 주말만 되면 같은 병원의 의사들과 테니스를 쳤습니다.

골프는 시간이 많이 걸리고 또 골프 후에는 식사를 하고 맥주를 마시고 시간을 끌기 때문에 응급수술을 많이 해야 하는 나로서는 감당할 수 없는 운동입니다. 그래서 테니스를 열심히 쳤는데 테니스는 한 게임이 30분정도 걸리니까 응급실이나 환자가 불러도 갈 수 있었기 때문입니다.

자연히 테니스에 취미가 생기고, TV의 테니스 게임을 열심히 시청하였습니다. 또 USTA의 멤버도 되어 뉴욕의 US Open에는 십여 년을 참관하고 있는데 해마다 Seasonal Tickets을 구입합니다. 그리고는 오로지 8월말 뉴욕에 테니스를 보러 일주일 휴가를 가곤 했습니다. 그래서 직접 치는 테니스보다 입으로 하는 테니스를 더하게 되었다면 제가 수다를 많이 떤다는 말이겠지요.

테니스 경기는 일 년 내내 벌어지지만 Gland slam이라는 4개 세계대회가 세계적인 대회입니다. 1월말의 오스트레일리아의 멜버른에서 하는 Austraria Open, 5월 마지막 주와 6월 첫 주에 파리에서 하는 French Open, 영국에서 6월말에서 7월초까지 하는 Wimbledon, 마지막으로 8월 말에서 9월 초까지 뉴욕에서 하는 US Open이 바로 그 대회입니다. 이 네 경기 중에서 한 곳에서만 우승을 해도 그의 운명이 달라집니다. 프렌치오픈 우승자에게 2,200,000프랑크의 거액의 상금도 주어지지만 잡지와 TV에서 인터뷰 요청이 쇄도하고 광고에 나가게 되니 한번만 우승해도 큰 부자가 됩니다.

지금 계절의 여왕이라고 하는 5월 말 프랑스 파리에서 프랑스 오픈이 열리고 있습니다. 테니스 대회마다 특징이 있듯이 파리의 De Roland

Garros에서 하는 이 테니스대회는 빨간 코트가 특징입니다. 1891년에 생긴 이 대회는 처음에는 불란서 테니스 선수들만이 참가했다가, 1897년에 여자 선수들이 참가할 수 있게 되었다고 합니다. 1912년 벽돌가루를 갈아 만들어 빨간 코트가 되었다고 합니다. 1925년부터는 외국선수들의 참가를 허용했다고 합니다.

이차 세계대전 때 많은 공훈을 세운 조정사인 로랑 갈로스의 이름을 붙이는 조건으로 3헥타르의 땅을 기증받아서 현대의 Roland Garros 코트를 만들었다고 합니다. 그러다가 1968년에야 아마추어의 참가도 허락하여 현재에 이르렀습니다. 이 Red Court는 공이 아스팔트처럼 튀지 않아 서브와 발리를 잘하는 사람이 이득을 보는 잔디 코트의 윔블던이나 아스팔트 코트와 달라 공격보다는 수비를 잘해야 하고, 스트로크가 좋아야 하고 체력이 좋아야 한다고 합니다. 그래서 다른 코트에서 우승한 선수들이 로랑 갈로스 구장에서는 우승을 못하는 사람들이 많이 있습니다.

윔블던이나 US Open에서 무적이던 마르티나 나브라틸로바는 프렌치 오픈에서는 운이 없어 한번밖에 우승을 못하고, 크리스 에버트에게 번번이 결승전에서 져서 4번이나 크리스 에버트에게 우승을 내주었습니다. 물론 윔블던에서는 크리스를 누르고 상승 가도를 달렸지만 여자선수로서는 크리스 에버트가 7번이나 우승을 하고 슈테피 그라프가 6번, 모니카 셀레스가 3번, 저스틴 헤닌이 4번이나 우승을 했습니다. 잔디 코트, 진흙 코트, 아스팔트 코트에 모두 이긴 선수를 그랜드슬램 우승자라고 하는데, 남자로서는 로드 레이버, 안 코레시, 비외른 보리, 안드레 아가시, 라파엘 나달, 로저 페더러, 노박 조코비치뿐이고, 그 유명한 지미 코너스, 존 매켄로나 이반 렌들도 Grand Slam 우승자가 되지 못하였습니다.

요새 최강자는 라파엘 나달입니다. 그는 정말 체력이 강하여 몇 시간을 쳐도 피곤한 기색이 없고 스트로크가 아주 강합니다. 그는 벌써 프렌치 오픈을 10번이나 우승을 한 크레이 코트의 왕자라고 합니다. 옷도 깔끔하지 않고 머리에 수건을 질끈 동여맨 게 마치 막노동자 같은 차림입니다. 그는 왼손잡이인데 마치 테니스를 위해 태어난 사람처럼 웃지도 않고 이기고 나서 세레모니도 별로 안하고 무뚝뚝합니다. 서브를 하기 전이나 공을 치기 전에 항문과 왼쪽 귀, 코, 왼쪽 귀와 코를 차례로 만지는 습관이 있어 특이합니다. 어떤 선수나 습관과 징크스가 있지만 나달의 습관은 보기에 썩 좋은 것은 아닙니다. 그리고 우승컵을 받으면 꼭 이빨로 깨물어 보는 습관도 가지고 있습니다. 올림픽의 금메달을 이빨로 깨물어 보는 것은 이것이 진짜 금인가를 보기 위한 제스처이지만 우승컵을 깨물어 보는 것은 그리 아름다운 광경은 아닙니다. 골프도 그렇지만 테니스 선수도 경기도 잘해야 되지만, 옷차림과 매너, 관중을 즐겁게 해주는 유머감각이 있어야 인기 있는 선수가 되는 것 같습니다.

이번에도 로저 페더러와 안드레 머리는 프렌치 오픈에 출전을 안했는데 이들은 빠른 코트인 잔디와 아스팔트를 선호하고, 크레이 코트에서의 경기는 체력의 소모가 너무 많다는 이유에서 출전을 안 했습니다. 경기를 보면 많은 젊은 신예들이 등장합니다. 알렉산더 즈베레프, 도미닉 디엠, 니시코리, 델 포트로 등등 젊은 선수들이 강호들을 물리치고 올라옵니다. 여자도 윌리엄스 자매, 사라포바를 물리친 젊은 선수들이 좋은 경기를 보여 주며 이름 있는 선수들을 압박하고 있습니다.

이제 프렌치 오픈이 끝나면 곧 윔블던이 열리겠지요. 한동안은 테니스 구경을 실컷 하게 되어 주머니에 돈이 든 것처럼 든든합니다.

03

네가 뭔데

비운의 민들레

어릴 때 담장 옆이나 길가에 난 민들레꽃은 보면 나는 따서 보기도 하고 민들레꽃으로 반지를 만들어 여자 동생에게 끼워주기도 했습니다. 꽃이 지고 나면 하얀 털모자 모양의 씨를 꺾어들고 후 하고 불면 몇 백 개가 되는 씨방들이 멀리 푸른 하늘로 날아갔습니다. 우리들은 그 흰 씨방을 좇아가며 후후 불기도 했습니다.

민들레꽃은 화려한 꽃도 아니고 사람들에게 귀하게 여겨지는 꽃도 아닙니다. 담장 옆 길가에 피거나 잔디밭을 침범하기도 하는 천대받는 꽃으로 대접을 받지 못합니다. 그러나 노란 꽃잎이 탐스럽습니다. 생명이 길지도 않아서 한 일주일정도 가면 머리는 하얗게 희어 버리고 쉽게 날아가 버립니다.

어느 식물이나 번식력이 강하지만 민들레는 번식력이 아주 강한 식물에 속합니다. 꽃 하나에 수백 개의 씨앗을 단 흰털이 있으니 한여름이면 웬만한 들은 민들레 밭으로 만들 수도 있습니다. 늦은 봄에서 초여름에 많이 피는데 어디든지 가릴 곳 없이 자랍니다. 그리고 그냥 두면 얼마가지 않아 잔디밭은 민들레 밭으로 변해 버립니다. 그래서 잔디밭 주인은 민들레가 보이기만 하면 기겁을 하고 뽑아 버리는데 아주 뿌리까지 완전히 뽑아버립니다.

오래 전 어디였는지 기억은 잘 안 나지만 여행을 할 때 민들레가 가득한 들판을 보았습니다. 그 넓은 들에 노란 민들레가 가득 피어 온 땅을 노랗게 물들여 놓고 있었습니다. 마치도 반 고흐의 해바라기 들판의 축소판처럼…. 노란 들판이 참 아름답게 펼쳐져 있었습니다. 나는 나도 모르게 와! 하는 탄성을 질렀습니다. 그렇게 많은 민들레꽃을 한 자리에서 본 일이 처음이었고 그 들판 전체는 금빛으로 찬란했습니다.

그런데 민들레꽃 하나하나는 그리 아름다운 꽃은 아닙니다. 장미나 오키드처럼 아름답고 우아하지는 못하지만 노랗게 활짝 핀 민들레꽃은 복스럽습니다. 부잣집 규수나 여학생처럼 아리따운 맛도 없고 칸나처럼 요염한 맛도 없습니다. 그저 시골 처녀처럼 건강하고 복스러울 뿐입니다. 그래서이겠지만 민들레로 화환을 만들거나 꽃다발을 만드는 일은 없습니다. 그러니까 민들레꽃은 꽃 대접을 받지는 못하는 것 같습니다. 그저 아무 데를 가든지 잡초의 한 종류일 뿐입니다.

민들레는 한약으로, 차로, 나물로 유용하게 쓰인다고 합니다. 사전에 나오는 민들레가 쓰이는 곳이 이렇게 많은가 하고 놀랄 지경입니다. 민들레꽃을 나물로 무쳐 먹으면 비타민 특히 A가 많아 야맹증에 좋고 미네랄이 많아 허한 몸을 보강시켜 준다고 합니다. 몸의 지방을 제거해 주는 작용이 있어서 몸에 불필요한 지방산을 제거해 주니 다이어트에 좋고, 고콜레스테롤증에 좋고, 지방간 치료에 좋고, 간에 좋고, 항산화작용이 있으니 노화방지에 도움이 되고 고혈압에 좋다고 합니다. 또 맛이 쓰니 식욕을 도와준다고 합니다. 대개의 한약들이 몸의 여러 곳에 좋아서 만병통치약처럼 선전이 되지만 민들레도 몸의 여러 곳에 좋다고 하여 이를 설명하던 한의사는 민들레가 마치 만병통치약처럼 설명을 했습니다. 아마 허균 선생이 쓴 동의보감이나 TV에 출연하는 한의사님들은 민들레꽃이 몸의 어디에 좋은지 더 많은 이야기를 하겠지요.

민들레는 잡초 취급을 받습니다. 잡초 중에도 아주 천대를 받는 잡초입니다. 잔디밭에 민들레가 보이면 주인아줌마든지 아저씨든지 그 집의 도련님들이 사정없이 뽑아버립니다. 뽑아버릴 정도가 아니라 민들레를 죽이는 약을 잔디밭에 뿌려 아주 씨를 말립니다. 아마 이차대전에 유대인들이 이렇게 대접을 받았겠지요. 그래서 유대인들은 잊지 말자 홀로코스트라고 외치며 세계에 그들이 받은 학대를 고발했으며 독일은 몇 번이나 그 죄를 인정하며 사죄를 했습니다. 그런데 사람들은 민들레에게 그렇지 않습니다. 민들레 잎으로 나물을 만들어 먹고 잎을 말려서 차를 끓이고 또 약재로 사용하면서도 그들의 마당에만 들어서면 가차 없이 죽여버립니다.

왜 우리는 우리에게 해를 끼치는 것도 아니고 약으로, 차로, 나물로 유용하게 이용을 하면서도 민들레에게는 모질게 굴게 되었는지 모르겠습니다. 하기는 민들레꽃보다 그 잎사귀는 정말 아름답다고는 할 수 없이 억세고 모양이 없습니다. 민들레가 말을 할 수 있다면, 그가 변호사에게 하소연을 할 수 있다면 우리는 그들에게 사죄를 하고 보상을 해달라고 소송을 할지도 모릅니다. 요새 난민으로 여기저기서 괄시를 받고 있는 조선족과 시리아 난민들의 뉴스를 보며 민들레꽃을 생각하는 것은 그들의 운명이 비슷하기 때문일까요. 천대를 받으면서 억센 생명력으로 번식해 가는 생존물들….

얼마 전 길을 걷다가 길가에 핀 민들레꽃을 보았습니다. 길옆의 아주 작은 땅에 다른 풀들과 섞여서 피어난 세 송이의 민들레꽃, 잎이 약간 거칠어 보이고 길가에 핀 꽃이라 먼지와 흙이 묻어 아름답게 보이지는 않지만 노란 꽃은 나에게 미소를 짓고 있었습니다. 마치도 오래 전 무의촌 진료를 갔을 때 우리들을 보며 수줍으면서도 반가운 인사를 보내던 시골의 처녀처럼…. 별로 바쁜 일이 없는 나는 허리를 굽혀 민들레를 만져보았습니다. 둥그런 모습을 한 노오란 금관 같은 꽃, 그리고 꽃을 받쳐 들고 있는 가느다란 목, 나비나 꿀벌도 찾아주지 않는 천민의 꽃, 나는 애처로워 꺾지도 않고 손으로 어루만져 주고는 자리를 떴습니다. 좀 있으면 잔디를 깎는 사람이 무참하게 기계로 쳐버리겠지요.

무의촌에서 나를 보고 웃었던 수줍은 처녀, 도시의 처녀들에 비해 예쁘지는 않았지만 얼핏 보기에 복스럽고 순진하던 소녀…. 지금은 어디서 무엇을 하며 살고 있을까. 민들레처럼 천대 받지 않는 삶을 살고 있으면 좋으련만 하고 생각합니다.

군것질

저는 군것질을 좋아합니다. 그저 좋아하는 정도가 아니라 나이가 지긋이 먹은 의사나 교수의 체면이 손상될 만큼 군것질을 좋아합니다. 정신과 의사의 말에 의하면 어린이가 한 3살(oral phase) 때 불만이 생기면 군것질을 좋아하거나 폭식을 하게 된다고 하는데 저는 군것질을 집에 달아 놓고 삽니다. 아주 어렸을 때는 기억을 못하고 평양에서 살 때는 너무도 가난하여 감히 군것질을 할 염두도 못 냈습니다. 세 들어 사는 집주인 따님이 심부름을 시키고서 대추나 옥수수 튀긴 것을 한 움큼 주면 재수가 좋은 날이고, 이웃집 아주머니가 빈대떡 반 조각이나 삶은 감자를 주는 날이면 대박이었습니다.

한국전쟁 때 피난을 가면 삼십 리, 오십 리를 걸어야 하는데 정말 심심하고 답답했습니다. 하루는 옆의 아주머니가 대추를 한 서너 개 주었는데 하루 종일 걷는 길에 대추 몇 개가 무슨 도움이 되겠습니까만 이 대추를 먹고 씨를 입에 굴리면서 삼십 리를 걸은 기억이 납니다.

대학에 다니면서 가정교사를 했습니다. 그런데 입주 가정교사보다는 집에서 다니는 가정교사가 훨씬 편합니다. 또 입주 가정교사보다 월급도 좀 많고…. 그래서 교회에서 운영하는 학사에 입주를 했습니다. 이경학이라는 단짝 친구와 한방을 썼는데 먹는 것이 문제입니다. 자취생활이나 거의 같으니까 공동으로 밥을 지어서는 나누어 먹는데 수입이 많지 않으니 그것도 여의치 않습니다. 누구는 돈을 내고 누구는 돈을 못 내니 돈을 안낸 친구를 계속 먹여 줄 수도 없고 하여 공동 취사가 깨어졌습니다. 그래서 밥을 안 해 먹고 군것질로 때울 때가 많았는데 군것질을 좋아하는 나는 별문제가 없지만 밥을 먹어야 하는 친구는 나보다 고생을 많이 했습니다.

그때 천원이면 요새 한 2만 원정도 되었을까요? 그때는 오징어가 싸서 2백 원이면 큰 오징어 3마리를 살 수 있었습니다. 그래서 천원으로 오징어 6마리, 건빵 5봉지, 땅콩을 한 홉을 사면 나에게는 3일 식량을 되었습니다. 구운 오징어와 땅콩, 이것처럼 궁합이 잘 맞는 군것질은 없습니다. 큰 오징어 한 마리를 구우면 이빨이 아파 아무것도 먹을 욕심이 나지 않습니다. 배가 고프면 건빵봉지 위를 조금 열고 물을 한 컵 부은 후 불에 올려놓고 한참 있으면 건빵은 찐빵처럼 부풀어 오르는데 물을 너무 많이 붓거나 잘 못하면 풀죽이 되어 버리니 이것도 요령이 있어야 합니다. 그렇게 해서 건빵 한 봉지를 먹으면 그날의 식생활은 해결이 되었습니다.

그래서 나는 '이다음에 돈을 벌면 내 방에 작은 장을 하나 짜서 서랍마다 과자, 옥수수 튀긴 것, 땅콩, 캔디, 오징어 구운 것, 대추, 밤 등을 가득 채워 놓고 살면 얼마나 좋을까.'를 꿈꾸어 본 일이 있습니다. 물론 그때는 몸이 너무 적어 100파운드가 안 되었습니다.

의사가 되고 난 후에는 병원에서 먹여 주니 먹는 것은 걱정이 없는데 군것질은 병원에서 해결을 해주지 않았습니다. 나는 군것질은 그 작은 월급에서 해결을 해야 했는데 군것질을 좋아한다는 소문이 나서 환자들이나 친구들, 간호사들이 과자나 캔디, 딸기, 고구마, 옥수수 등을 갖다주어서 인턴과 외과 전공의인 내 책상에는 먹을 것이 좀 있었습니다.

군의관이 되고 나니 당번병들에게 담배나 술 대신 우리 과장님은 땅콩, 오징어를 좋아하고, 키가 작고, 땅콩을 좋아한다고 땅콩 대위라고 소문이 나기도 했습니다.

성형외과 개업을 했습니다. 아침에 6시 반에 집을 나서고 수술 전에 환자얼굴을 보아야 안심 시킬 수 있으니 거의 매일 일찍 출근했습니다. 아침에 일어나 샤워를 하고 잠도 덜 깬 상태로 병원에 가서 수술 전에 커피를 한 잔 들고 일을 합니다. 그런데 응급환자가 오면 점심을 먹을 시간이 없습니다. 그래서 점심을 거르는 날이 많기도 많았습니다. 사무실 내 책상에는 항상 땅콩과 과자 캔디를 간호사가 준비를 해둡니다. 환자를 보고 난 사이 땅콩을 한입 입에 넣고 우물거릴 때가 많이 있었습니다. 진료가 끝나고 저녁 회진을 돌고 집에 오면 7시정도 되고 저녁을 먹고 나면 TV 앞에 앉아 졸다가는 곯아떨어지곤 했습니다.

친구들이나 병원에서 회식을 하면, "교수님, 그렇게 조금 먹고 어떻게 살아요? 간에 기별도 안 가겠어요."라고 하지만 하루 종일 군것질로 먹는 양을 합하면 누구보다도 많을지도 모릅니다. 그러니 체중은 늘어납니다.

교수실에는 내가 사다 놓은 것도 있지만 전공의들이나 간호사들이 교수님이 좋아하는 거라고 과자, 초콜릿, 아몬드, 땅콩, 캔디, 밤, 가을이면 대추 등이 떨어지지 않습니다. 동료들이 궁금하면 내 방에 쳐들어 와서 "야, 여기는 편의점이구나!" 하고 난리를 칩니다.

나는 비행기 음식을 잘 먹지 못합니다. 오래 전 비행기 안에서 준 샐러

드를 먹고 토하고 설사를 하면서 고생한 일이 있었는데, 그 후로는 비행기에서 주는 과자와 음료수 외에는 잘 먹지 않습니다. 그 대신 비행기에 탈 때 빵이나 과자, 캔디를 한 봉지 사들고 들어가면 몇 시간이고 혼자 즐길 수 있어 좋습니다.

은퇴하여 집에 왔습니다. 우리 딸이 아버지가 좋아 한다고 젤리빈, 초콜릿, 거미비어 등을 사다주고, 아내는 땅콩, 오징어, 과일 등을 냉장고에 넣어 둡니다. 요새는 군것질도 사치스러워져서 망고 말린 것, 파인애플 말린 것, 생강편 ,비프, 저키 등 비싼 군것질들을 아내가 장만해 줍니다. 그래서 나의 군것질 욕구를 충분히 만족 시키고 삽니다. 아마 젊었을 때, '장을 하나 사서 서랍마다 과자 캔디, 옥수수 튀긴 것, 땅콩 등을 넣어 두고 먹어야지.' 하던 소원을 이루었는지도 모릅니다.

일요일이면 예배를 보고 식사를 합니다. 같이 앉아 식사를 하는 장로님과 목사님, 집사님들이 나더러 "그렇게 조금 먹고 어떻게 사세요?" 하고 동정을 하지만 사실은 천만의 말씀, 만만의 콩떡입니다. '제가 뒤에서 우물우물하면서 먹는 군것질을 다 합하면 장로님이 한 끼 잘 잡수시는 양보다 훨씬 많을 겁니다.' 하고 중얼거립니다.

지금도 아내가 사다준 마른 대추를 집어 먹으면서 시오노 나나미의 ≪로마인≫을 읽고 있습니다. 참 팔자 편하지요. 네, 아무 불만이 없습니다.

웃기네

아내는 툭 하면 '웃기네'라는 말을 잘합니다. 제 친구이며 선배인 R선생의 부인과 제 아내가 잘 사용하는 말입니다. '웃기네'라는 말은 한 30여 년 전에 TV에서 유행했던 말인데 그 '웃기네'라는 말은 나는 하나도 재미있거나 우습지 않은데 상대방이 나를 웃기려고 못난 짓을 하고 있다는 의미가 담긴 시니컬한 말이 아닐까 생각을 해봅니다.

이 말은 1970년대 코미디언들이 지어낸 말인데, 네가 하도 바보짓을 해서 나를 웃게 만든다는 말도 되고, 너는 나를 웃기려고 야단이지만 하나도 우습지가 않다는 말도 됩니다.

그런데 이와 비슷한 말이 많이 있습니다. '놀고 있네', '좋아 하네'라는 말도 자기는 아무렇지도 않은데 상대방 혼자서 신이 나서 못난 짓을 한다는 말입니다.

이 말이 상대방을 깔보는 뜻이 담겨 있는 말이라고 생각합니다. 얼마 전에 여럿이 저녁을 먹으러 가서 여자들의 이야기를 듣게 되었습니다. 어떤 이가 "애 왜 ××× 있지 않니? 걔가 지난달에 시집을 냈대."라고 하니까 그 옆에 앉아 있던 부인이 "웃기고 있네. 걔가 무슨 시를 써? 모두

들 시를 쓴다고 하니까 서당 개도 시를 쓰겠네, 정말 웃겨서."라고 말을 받았습니다. 나는 대화의 표적이 된 여자가 누구인지는 모르지만 '이 사람들이 그를 완전히 무시를 하고 있구나.' 라는 생각에 기분이 썩 좋지 않았습니다.

저는 요리하는 것을 좋아합니다. 그래서 TV에 나오는 요리 프로그램을 보고나서 가끔 따라서 해보곤 합니다. 튀김을 튀길 때도 밀가루에 찹쌀가루나 빵가루를 약간 섞어 튀기면 좀 더 바삭한 느낌이 든다는 것도 배웠고, 수제비를 할 때도 감자의 녹말가루를 약간 섞으면 좀 더 쫄깃쫄깃 하다는 것도 배우고 맛간장이나 맛장을 만드는 것도 배웠습니다. 그래서 한국에서 혼자 살 때는 주말이면 실험을 해보곤 했습니다. 물론 실패할 때도 많았지만 어쩌다 맛있는 음식이 되면 마음이 흡족했습니다. 물론 자기가 만든 음식은 맛이 있는 법이긴 하지만.

그런데 미국에 와서는 부엌에는 출입금지 명령을 받았습니다. 어쩌다 물이라도 먹으려고 부엌에 가면 언제나 아내가 등 뒤에서 "무얼해요? 뭐 필요한 거 있으면 말해요." 하고 심문검색을 합니다. 한번은 양배추를 볶아 먹었으면 좋겠다고 하니까 하해와 같은 은총을 내려서 부엌에 들어가 만들어 보라는 허락이 내려졌습니다. 그래서 일을 시작했는데 무엇이 어디 있는지 알 수가 없었습니다. 마늘이나 파, 식용기름 등이 보이지 않습니다. 그래도 어떻게 찾아서 식용기름을 약간 넣고 어물어물하다가 양배추를 넣었습니다. 뒤에 있던 아내가 "그렇게 하는 게 아니에요. 식용유를 프라이팬에 넣고 달군 다음 마늘과 파를 넣고 파기름을 낸 다음…." 일장 설교를 하더니 '할 줄도 모르면서 뭘 한다고 정말 웃겨.'라고 혼잣말을 하는 것이 아니겠습니까. 저는 정말 속이 상했습니다. "맞아요, 나도 아는데 무엇이 어디 있는지 알아야지요."라고 했더니, "그러면 일을 시작하기 전에 나에게 모두 달라고 해서 준비하고 일을 시작해야지요."라고 원칙론을 이야기하는 것이 아닙니까. 나는 아무 말도 못하고 부엌에서 퇴장을 당하고 맛이 없게 된 양배추 볶음을 혼자 다 먹어야 했습니다.

그리고 혼자 중얼거렸지요. '이제는 부엌에는 들어가면 안 되겠구나, 부엌은 아내의 구역이니까 함부로 다시 들어갔다가는 또 망신을 당하고 웃기네 소리를 듣겠구나.' 하고 부엌에 들어갔던 일을 후회했습니다.

그리고 얼마 후 뉴저지에 왔습니다. 아내는 여름에 딸과 플로리다에 살기 때문에 뉴저지에서는 혼자 있게 되어서 자주 독립을 되찾게 됩니다. 부엌도 마음대로 들어가고 맛이 있든 없든 내 마음대로 해먹기도 하고, 양말을 벗어 TV 앞에 던질 수도 있습니다. 그러다가 대전에서 만들어 먹던 완자를 만들어 먹기로 했습니다. 소고기와 돼지고기를 1대 1의 비율로 다지고 내가 할 수 있는 양념을 다 넣었습니다. 후추가루 약간, 다진 마늘과 파, 고춧가루, 소금, 깨, 아주 잘게 다진 청양고추, 설탕가루 약간, 참기름까지 넣고는 완자를 빚어 프라이팬에 전을 부치는 것처럼 부칩니다. 노릇하게 익으면 그 맛이 매콤짭짤하면서 맛이 있습니다. 그래서 여러 번 반찬으로 만들어 먹었습니다. 한 두어 달 있다가 아내와 딸이 왔습니다. 나는 그동안 혼자 해먹은 것이 미안하여 아내와 딸을 위하여 나의 특기인 완자를 만들어 주었습니다.

딸은 '내 입맛에는 매운데.'라고는 한 개를 먹고 손을 안 대고 아내는 "웃기네, 양념을 그렇게 많이 넣었는데 맛이 없으면 되나."라고 코멘트를 했습니다. 나는 또 기가 죽었습니다. 나는 또 시무룩해서 아내가 있는 동안 부엌을 내주고는 서재로 후퇴했습니다. 가만히 생각해보면 나는 잘

해도 웃기고 못해도 웃기는 신파극의 피에로인지도 모릅니다. 아내는 하나도 즐겁지도 않고 웃기지도 않는데 저는 혼자서 대사를 읊고 춤을 추는 유랑극단의 피에로입니다.

가끔 한국 TV에 나오는 개그콘서트를 봅니다. 그런데 오래 살아서 많은 코미디를 보아서 그런지, 아니면 나의 감성이 무디어져서 그런지는 몰라도 하나도 우습지가 않습니다. 그곳에 모인 많은 젊은이들은 큰소리로 웃어대는데…. 그리고 깨달은 것이 있습니다. 그것은 거기에 나오는 코미디언이 잘 못 해서가 아니라 그 분위기에 적응하지 못하는 내 자신이 문제라는 것입니다. 거기에 모인 젊은이들이 배를 잡고 웃는 그 순진한 분위기에 동참하지 못하는 나의 정서가 때 묻고 무디어졌고 나의 감성이 죽었다는 말입니다.

아내도 굴러가는 가랑잎을 보고도 웃던 젊은 날이 있었고, 군의관 시절 병원에 위문을 온 연예인이 하는 유머를 들으며 배꼽이 떨어져 나가지 않았는가 걱정할 정도로 데굴데굴 구르며 웃던 시절이 있었습니다. 그런데 지금은 그런 개그 프로를 보면서 입술만 찡끗거리는 무디어진 나의 감정이 문제이지 그들이 문제가 아닙니다.

오늘도 내가 하는 짓을 보며 '웃기네.'라면서 픽 웃는 아내를 보며 아내를 진정 웃게 만들지 못하는 피에로인 저 자신도 슬프지만 가랑잎 굴러가는 것을 보고도 웃던 젊은 시절의 아내가 주름진 모습으로 늙어 볼 것 없는 남편이 만들어 준 접시를 보며 '웃기네.'라고 하는 모습이 진정 슬퍼지기만 합니다.

미국 속의 한국인

아마 한국 사람이 미국에 이민을 온 것은 1886년 하와이의 사탕수수밭에 일꾼으로 온 것이 처음이 아닐까 생각합니다. 그들은 노예와 비슷한 처지로서 왔지만 열심히 살아서 자식들을 공부 시키고 독립운동자금을 후원하기도 했습니다. 안창호 선생님이나 이승만 전 대통령이 그들의 도움을 받기도 했습니다. 지금까지 하와이의 농장에서 일꾼으로 일을 하는 한국 사람이 없는 것을 보면 그들이 소위 성공을 하여 본토로 들어오고 출세를 했다고 할 수 있습니다.

그다음 이민의 파도는 이차대전이 끝나고 한국전쟁이 일어난 1945년에서 1955년 사이에 유학을 왔거나 아니면 미국 가정에 입양 온 엘리트들입니다. 그다음 물결이 1960년 이후라고 하면 어떨까요. John F. Kennedy 대통령은 미국의료보험제도를 바꾸어 65세 이상의 노령자들에게 Medicare 제도를 만들기로 했습니다. 그 책임을 막내 동생인 에드워드 케네디가 맡았습니다. 그런데 그 많은 노령자를 의료보험에 가입을 시키자니 의사가 모자랐습니다. 그래서 외국에서 의사들을 수입하게 되었는데 이 제도가 ECFMG 시험제도라고 하는 것이었습니다.

그때 제가 읽은 문헌에는 미국의 의과대학 졸업생이 일 년에 7천 명 정도였는데 필요한 의사의 수는 약 1만4천 명 정도였습니다. 그러니 의사의 보급률이 반 정도밖에 안 되었고 미국 병원의 인턴, 레지던트실은 텅텅 비어 있었습니다. 그래서 외국의 의과대학 졸업생이 ECFMG 시험에 합격을 하면 미국의과대학 졸업생과 같은 자격을 준다고 했습니다. 우리 세대의 의과대학생들은 한국 의사시험은 떨어져도 이 시험만은 합격해야 한다고 하면서 매달려 많은 의과대학 졸업생들이 합격했습니다. 가난하던 나라, 의과대학을 졸업하고 전공의 과정을 마쳐도 취직이 잘 안 되던 나라에서 자리를 비워두고 기다리고 있는 미국에 간다는 것은 꿈이었습니다. 저의 선배님들과 후배들의 졸업생 중 반 이상이 미국으로 건너왔습니다.

세계에서 밑에서 몇 번째 가난하던 나라에서 살던 우리는 죽기 살기로 시험을 보고 미국으로 온 것입니다.

그때는 미국에 오기가 쉽지 않았습니다. 한국정부에서 여권을 잘 내주지도 않았고 신원조회를 하여 조그마한 전과라도 있으면 미국에서 비자를 주지 않았습니다. 우리는 열심히 일을 했습니다. 다른 나라 의사들 필리핀, 인도, 중동, 남미출신 의사들에 비하여 영어는 잘 못하지만 부지런하고 똑똑하고 수술을 잘하는 한국의사들이 미국 병원에서 인기가 있었습니다. 그래서 어떤 병원에서는 한국의사들을 선호하여 많은 인턴, 레지던트들이 한국의사들이었습니다.

내가 오하이오에서 성형외과를 개업할 무렵에, 한국의사들은 전문의 시험에 합격하지 못한 의사들이 없었습니다. 그런데 필리핀, 인도, 남미 의사들은 전문의 시험에 합격하지 못한 사람들이 많이 있었습니다. 한국의사들은 자기들끼리는 싸우지만 친절하고 실력 있고 성실하여서 지역민들의 사랑을 받았습니다. 또 그 자식들도 모두 공부를 잘하여 학교마다 한국 학생들이 우등생이 되었습니다.

한국인이 모이면 교회를 세우고 봉사활동을 하고 사회에 공헌을 했습니다.

1960년에서 1970년대가 지나 의사나 교수님들의 이민시대가 지나 상인들, 일반 노동자들 사업하는 사람들의 물결이 밀려 왔습니다. 그들도 열심히 살았습니다. 직장을 두 개씩 가지고 빈민촌에 들어가 장사를 하면서 돈을 벌고 낙후된 지역을 발전 시켰습니다. 뉴욕의 브로드웨이 34가에서 28가 사이의 황폐했던 지역을 다시 활발한 상업구역으로 발전을 시킨 것은 한국 사람들이었습니다. 지금은 34가와 28가 브로드웨이와 7에비뉴 사이를 가보면 먹자골목이 생기고, 쉼터가 생기고, 그전보다 훨씬 좋아지고 윤택해졌습니다.

나는 이렇게 발전된 힘이 한국 사람들에게서 생겼다고 생각합니다. 들은 이야기입니다. 뉴욕의 저소득자 주택사무소에서는 한국 사람들을 좋아한다고 합니다. 한국 사람들은 규칙을 잘 지키고, 집을 깨끗하게 손질을 하고, 마약이나 술을 먹고 행패를 부리는 사람이 없기 때문에 한국 사람이 주택을 신청하면 가급적 빨리 입주를 하게 도와준다고 합니다.

우리 한국 사람은 우수합니다. 몇 년 전 나온 통계에 의하면 한국 사람의 평균 지능지수는 106으로 세계에서 두 번째로 높다고 합니다. 노벨상을 그렇게 많이 받은 유대인도 가장 선진국이라고 하는 독일 사람들보다 높습니다. 일본은 우리보다 한참 아래이고 미국 사람은 평균 지능지수가 100도 안됩니다. 이렇게 우수한 머리를 가진 한국 사람이 옳은 길로만 가면 세계 어느 나라보다도 발전하고 잘 살 수 있습니다.

그런데 그 좋은 머리를 나쁜 데 쓰는 것이 문제입니다. 한국의 국회의원들을 보십시오. 그들은 참 머리도 좋고 말도 잘하고 지도력도 있습니다. 다만 그 머리를 사리사욕에 쓰고 자기 패거리를 위해 씁니다. 그래서 나라가 소란하고 패싸움을 하지 않은 북한에 항상 밀립니다.

우리보다 지능자수가 나쁜 유대인들이 노벨상을 더 많이 받고, 우리보다 머리가 좋지 않은 독일이 세계의 선진국이 되고 강국이 되었습니다.

미국에 온 한국 사람들 중에 좋은 머리를 나쁘게 쓰는 사람들이 많이 있습니다. 사기를 쳐서 많은 사람의 돈을 갈취하여 도망을 가고, 다른 사람에게 손해를 끼치고, 한국인의 명예를 해치는 사람들이 많이 있습니다. 오래 전 뉴욕에서 고등학교 동창을 만났습니다. 촌놈인 나를 데리고 브로드웨이로 가다가 상점에 들러 물건을 흥정을 하다가 나오면서 "사요나라"라고 인사를 하고 나오는 것을 보았습니다. 물론 머리가 좋은 겁니다. 그러나 좋은 것은 아닙니다.

며칠 전 우리가 사는 뉴저지 헥켄섹에 의과대학이 생겨 개교기념 파티에 갔습니다. 그곳에는 많은 한국 사람들이 왔습니다. 모두 교수이고 의사들이고 지역의 유지들인데 아마 인종으로는 한국인이 가장 많이 왔습니다. 헤더 최라는 분이 연설을 하면서 한국인들의 사회참여를 칭찬해주고 한국 젊은이들이 하는 String Quaters도 자랑스러웠습니다. 정말 미국 속의 한국인들은 열심히 살고 우리의 명예를 위하여 정직하고 성실하게 살고 우리가 사는 사회를 위하여 봉사를 합니다.

우리가 사는 미국이 한국 사람들로 인하여 좀더 발전이 되고 좋은 사회로 번영이 되었으면 하는 마음 간절합니다.

바보처럼 울긴 왜 울어

'바보처럼 울긴 왜 울어'라는 노래가 있었습니다. 물론 주제는 실연을 당해 우는 남자들을 빗댄 노래입니다. 그런데 요새 나는 실연을 당한 것도 아닌데 별일도 아닌 것에 찔끔찔끔, 요실금 걸린 할머니 환자의 오줌처럼 눈물이 나와 근엄한 사람을 창피하게 만들곤 합니다.

옛날 어른들은, 남자는 일생에 세 번 울면 된다고 했습니다. 첫 번째는 날 때이고 두 번째는 부모님이 돌아가셨을 때이고, 세 번째는 물론 있어서는 안 될 일이지만 나라가 망할 때나 눈물을 흘려야 한다고 했습니다.

몇 년 전에 ≪국제시장≫이라는 영화를 보면서 눈물을 펑펑 쏟다가 옆의 사람이 창피해서 영화가 끝나고도 한참 동안 일어나지 못한 일이 있었습니다. 몇 달 후 영화를 담은 USB를 친구가 주어서 우리 집으로 몇 사람을 초대해서 함께 보았는데 분위가가 달라서 그런지는 몰라도 다른 사람들은 영화가 끝나도록 멀쩡했습니다만 나 혼자 센치해져서 눈시울이 빨갛게 되었습니다. 몇 달 전에는 동기동창이 타계를 했는데 장례가 끝난 후 얼마 있다가 미망인이 전화해서 전화를 붙들고 우는데 나도 설움에 겨워 눈물을 흘린 일이 있습니다.

몇몇 친구들은 나더러 독한 사람이라고 합니다. "저 친구는 쪼그마한 게 멕시코 고추처럼 아주 독하거던."이라는 말을 몇 번 들어 보았습니다. 그럴지도 모릅니다. 한국전쟁 때 이불 한 장 들고 오백여 리를 걸어 피난을 오다가 부모님을 잃어버려 몇 달 동안 고아노릇을 하며 동생들을 데리고 살아남은 것은 독한 사람이 아니면 할 수 없는 일이었을지 모릅니다. 그러나 그때는 모두 그런 고통을 겪었고 길에 우리와 같은 고아들이 넘쳐흘렀습니다. 그 후로 중학생 때부터 부모님에게서 등록금 한 번 받아 보지 못하고 생활비까지 벌어 보태면서 중 · 고등학교, 대학을 졸업했으니 독한 사람이 아니면 살아남지 못 했을는지 모릅니다.

그러나 고생하면서 공부하는 것하고 일하는 데는 독하지만, 대인관계에서는 한없이 물러터져서 남의 말을 믿고 손해를 본 일은 한두 번이 아닙니다. 동창의 딱한 사정을 듣고 돈을 빌려 주었다가 돈도 잃고 친구도 잃은 일이 여러 번이고, 동창이 사업을 한다며 투자를 하라고 하여 재산을 털린 일도 있습니다. 성형외과 의사로서 돈을 많이 벌기는 했지만 지키지도 못하고, 재테크도 제대로 못하여 은퇴를 하고는 넉넉지 못한 생활을 하고 있습니다. 그런데 나의 그 독한 마음이 오랜 세월동안 빗물에 씻겨 버렸는지 맵고 독한 맛은 어디로 가고 좁쌀죽보다도 더 밋밋하게 변해 버렸는지 모르겠습니다.

며칠 전부터 TV에서 ≪마더(Call me mother)≫라는 연속극을 보았습니다. 강수진 역으로 이보영이라는 배우와, 어린이 윤복이 역으로 허율이라는 배우의 연기도 훌륭했지만, 어머니와 딸로서 서로 사랑하는데 헤어져야 하는 장면이 너무도 진했고 둘이서 붙들고 우는 장면에서 나도 목이 메어 눈물을 흘리고야 말았습니다. '장래에 무엇이 되고 싶으냐'는 질문에 "생모와 생모의 남자 친구에게 학대를 당하던 시절의 하나가 아니라 생모를 피해서 도망을 다니면서 강수진이라는 선생과 지낼 때의 윤복이 되고 싶다."는 말에 나는 목이 메었습니다.

우리는 사랑을 받는 것도 중요하지만 사랑을 줄 수 있는 상대가 필요하구나 하고 생각을 했습니다. 물론 서로 사랑을 주고 받으면 좋겠지만 내가 사랑하는 사람을 위하여 생명까지 바치고 싶을 만큼 사랑 하는 사람을 가질 수 있다는 것은 행복한 일이라고 생각을 했습니다. 폭력으로 자기를 괴롭히고 딸까지 위협하는 남자를 죽이고 자기가 잡혀가는 모습을 보이지 않기 위해 딸의 옷을 자전거 체인으로 울타리에 묶어 놓고 가야 했던 손가락 어머니 남기해의 고백을 들으면서도 눈물이 났습니다. 옆에서 같이 보던 아내가 "당신 울어?" 하는 말에 창피하여 "울긴 뭘 울어." 하고 일어나 부엌 쪽으로 가서 코만 힘껏 풀었습니다.

나는 나의 불행보다는 남의 불행을 보면서 더 슬퍼지는 것은 어쩐 일일까요. 옛날 공돌이와 공순이들이 비둘기집이라는 방에 살면서 비참한 생활을 했지만 값싼 영화관에서 ≪바위고개≫나 ≪검사와 여선생≫ 같은 영화를 보면서 펑 펑 많이 울었습니다. 영화에 나오는 불행이 자기들의 불행과 오버 랩을 시켜서 우는 것이었겠지요. 오래 전에 ≪미워도 다시 한 번≫이라는 영화를 국도극장에서 보았습니다. 물론 그때도 혼자 보러 갔는데 내 옆에는 공장에 다니는 젊은 여자 3명이 앉아 있었습니다. 그런데 영화에서 남자주인공이 여자를 버리고 떠나고, 여자가 슬퍼 우는 장면을 보면서 옆에 앉은 세 여인들이 손수건으로 얼굴을 문지르다가 치마까지 올려 얼굴을 닦으며 우는 모습을 보고 나도 덩달아 눈물을 흘린 일이 있습니다.

나는 아버님의 임종을 보지 못하였습니다. 그것이 두고두고 마음의 상처로 남아 있고, 한으로 남아 있고, 착하신 아버님 생각을 하면 마음이 아픕니다. 오랜 후 여동생이 아버님이 정신을 잃고 돌아가시기 전에 아버님이 "야, 상준아 상준아." 하시면서 손자 이름을 애타게 부르셨다는 말을 들으며 눈물을 흘렸습니다.

나이가 들수록 감정이 무디어진다던데 왜 이렇게 센치해지는지 모르겠습니다. 시를 읽어보면 지는 꽃을 보고 눈물짓고 낙엽을 밟으며 가슴 아파했다고 하지만 그건 센치의 감각역을 맡은 대뇌가 물러진 거라고 하더니 요새 나의 마음이 지는 꽃을 보면 슬퍼지고, 낙엽을 밟으며 서글퍼지곤 합니다.

이따금 친구들에게서 카톡도 오고 이메일도 오고 페이스북에서도 슬픈 사연, 가슴 아픈 사연들이 오고 좋은 글들 중에서도 우리의 가슴을 저리게 하는 사연들이 많이 있습니다. 그럴 때마다 옛날보다 더욱 센치해지고 나약해지고 눈시울이 쉽게 뜨거워지는지 모르겠습니다.

오래 전에 외할머니가 그러셨습니다. 키가 작으신 우리 할머니는 아주 강한 분이셨습니다. 키가 크신 할아버님이 꼼짝을 못하셨고 외삼촌이나 우리 어머니도 꼼짝을 못하셨습니다. 그러신 할머니가 연로하셔서는 내가 찾아뵙고 떠날 때면 내 손을 붙들고 눈물을 흘리시곤 했습니다. 또 볼 수 있으려나 하시면서….

할머니는 그 옛날 96세에 돌아가실 때까지 눈물이 많으셨습니다. 아마 무척 다감하셨던 모양입니다. 아마 나도 할머님을 닮아 가는지 요새는 다감해지는 것 같습니다. 이렇게 눈물이 자주 나는데 할머니처럼 오래 살려면 아직도 아주 오래 오래 살아야 할 것 같습니다. 바보처럼 울면서.

뉴욕 인심

한국에서는 서울 인심이 제일 고약하다고 합니다. 인구밀도가 많지 않은 시골에서는 앞집 아주머니와 뒷집 할머니가 잘 어울려 서로 도와주며 살지만 사람들이 많이 모여 사는 서울에서는 같은 아파트에 살면서도 인사를 하고 사는 집이 얼마 되지 않습니다.

같은 아파트에 10년을 살면서도 이름도 모르고 무엇을 하는 사람인지도 모르고 삽니다. 그리고 무슨 작은 일만 있으면 목청 높여 싸우고 주차공간을 가지고 눈을 부라리고 툭하면 주먹질에 경찰을 부르기도 합니다. 심지어는 앞집 사람이 몰래 쓰레기를 내 집 문 앞에 버리고 가기도 합니다. 그래서 정이 많은 시골에서 살던 사람은 "아이고 서울사람들 무시라."고 하기도 하고 서울에 가면 눈 감으면 코 베어 간다는 이야기가, 하품하면 금이빨 빼어 간다로 발전이 되었다고 합니다. 사실 서울 종로에 가서 장사를 하는 사람에게 길을 물어 보면 가르쳐 주는 사람이 별로 없습니다. 아주 귀찮은 얼굴로 '몰라요' 하고 잘라버리기기 일쑤입니다.

한번은 신발가게에서 신발을 사고 돈을 냈습니다. 그런데 신발 한 짝에 끈이 없었습니다. 그래서 도로 가서 "여보세요?" 하고 장사하는 아주머니를 찾으니 본 척도 안합니다. 한참 기다리다가 "아주머니 아까 신발을 여기서 샀는데요, 끈이 없어요." 그랬더니 "나는 몰라요. 요 옆에 가서 사세요." 하고 돌아섰습니다. 이것이 서울의 인심입니다.

그럼 미국에서는 어디 인심이 제일 나쁠까요. 물론 큰 도시인 뉴욕이 제일 나쁘겠지요. 더구나 여러 민족들이 모여 사는 뉴욕에서는 다른 사람에 대한 배려는 없습니다. 그리고 큰 도시마다 크고 작은 범죄들이 넘쳐나서 좀 잘못하면 도적을 맞거나 강도를 당하기도 합니다. 그래서 서울에서는 하품 하면 금이빨 빼어 간다가, 여기서는 하품을 하면 장기 떼어 간다로 초고속 발전을 하는지도 모릅니다.

오래 전에 선배님 한 분이 뉴욕 구경을 시켜준다고 하여 오하이오 촌놈이 뉴욕에 온 일이 있습니다. 아마도 2nd Avenue의 북쪽이었다고 생각됩니다. 길을 가는데 흑인소년 두 명이 길에 세워놓은 자동차의 타이어를 떼어내고 있었습니다. 선배는 웃으면서 "타이어를 아주 싸게 사볼까." 하고는 그리 멀지 않은 거리에서 한 바퀴를 돌았습니다. 돌아서 다시 오니, 흑인소년들은 타이어를 다 떼어 냈습니다. 선배님이 "Hi, is it for sale." 하니까 그 친구들이 "Ya, How much?" 했습니다. 선배님이 손가락 두 개를 펴 보이니 "OK."라고 하고는 트렁크에 실어 주었습니다. 나는 '이것이 도적질이고 장물아비로구나.' 하고 생각을 했지만 아무 말도 못하고 돌아 왔습니다. 그리고 한동안 마음이 찜찜했습니다.

오래 전 오하이오에 살 때 친구들이 뉴욕에 갔다 와서 하는 말이 "New York City is not part of United States. I think it is enterance of hell."이라고 했습니다.

오래 전 장모님이 세상을 떠나셔서 새벽에 오하이오를 떠나 뉴욕으로 온 일이 있습니다. 뉴저지로 와서 링컨 터널을 지나니 흑인들이 두서너 명이 달려 붙어 자동차 앞 유리를 닦는 것이었습니다. 그것도 더러운 수건으로 한 두서너 번 왔다 갔다 하더니 4불을 내라는 것이었습니다. 촌놈이던 나는 "I didn't ask."라고 했더니 한 놈이 자동차를 발로 차더니 쇠꼬챙이를 들이대는 것이 아닙니까. 말을 안 들으면 차를 긋겠다고 위협을 하는 것이었습니다. 깜짝 놀란 아내가 "여보, 빨리 돈주어 보내세요."라고 합니다. 나는 주머니에서 찾아 낸 것이 5불짜리였습니다. 5불을 주었더니 잔돈을 줄 생각은 물론 안하고 다른 차로 달려가는 것이었습니다. 한번은 62가에 있는 힐튼호텔에 묶고 있었는데 밖에 나가 저녁을 먹고 들어오는데 흑인 청년 하나가 내 앞을 막더니 저녁을 먹게 돈을 내라는 것이었습니다. 나는 들은 이야기가 있어 10불짜리를 하나 주고 자리를 피했습니다.

얼마 전 뉴저지에서 운전을 하다가 스톱 사인이 나왔는데 건너가도 될 상태였는데 앞의 차가 서버렸습니다. 나도 급히 스톱을 했는데 스톱하다가 앞차를 약간 건드렸습니다. 아주 미세하게 살짝 건드렸습니다. 앞의 차에 있던 여자가 문을 열더니 나에게 "Call Police."라고 고함을 치는 것이었습니다. 나도 나와서 차를 보았으나 앞 차의 먼지도 떨어지지 않았습니다. 나는 멋도 모르고 "It looks all right." 했더니 한국말로 "남의 차를 받고도 괜찮다고요. 빨리 경찰이나 불러요." 하고 소리를 지르는 것이었습니다. 나는 할 수 없이 차속에 들어가 경찰이 오기를 기다렸습니다. 한참 있다가 경찰이 와서 경찰에게 스톱을 하다가 앞차를 약간 건드렸다고 이야기 했습니다. 경찰은 앞 차와 내 차를 모두 살펴보고는 그 아주머니에게 "차에 이상도 없고 사람이 다치지도 않았는데 어떻게 하겠느냐?"고 물으니까 아주머니는 경찰에게 이다음에 무슨 일이 있으면 연락할 테니 저 사람의 연락처를 적어 놓으라고 하고는 붕하고 차를 몰고 가버렸습니다. 참 살벌한 세상입니다.

저는 뉴욕을 좋아합니다. 뉴욕의 문화 링컨센터, 카네기홀, 박물관, 센트럴 파크가 아름답습니다. 오하이오에 있을 때는 휴가를 내어서 뉴욕에 와 박물관에 이삼 일씩 출근하기도 하고 링컨센터에서 음악 감상을 하기도 했습니다. 그리고 세계에서 가장 유명하다는 Saks, Bloomingdale, Tiffany 같은 백화점들을 구경하면서 아내는 좋아했습니다. 세계에서 가장 유명하다는 콜롬비아 병원, Beth Israel 병원들이 뉴욕 시내에 있습니다. 가장 유명하다는 식당도 호텔도 뉴욕 시내 곳곳에 자리 잡고 있습니다. 그래서 많은 사람들이 뉴욕을 사랑하고 뉴욕을 떠나지 못합니다. 그러나 나는 뉴욕의 인심을 생각하면 긴장이 되고 겁이 납니다.

뉴욕의 거리는 지저분합니다. 쓰레기가 도처에 널려 있고 길은 보수를 하지 않아서 울퉁불퉁합니다. 아마 김정은이가 와 보았으면 자기들이 사는 북한과 비슷하다고 할지 모릅니다.

얼마 전에는 모임이 있어 맨해튼 50가 정도에서 저녁을 먹고 택시를 불렀는데 32가에서 50가까지 오는데 한 시간이 걸렸다고 합니다. 왱왱거리고 달리는 앰뷸런스, 삐억삐억 하고 질주하는 경찰차는 왜 그리 많은지 거리가 시끄럽습니다. 나이가 들어감에 따라 복잡한 뉴욕보다는 조용하고 평화스러운 오하이오나 플로리다가 마음에 듭니다.

재벌의 갑질

백 년 전만 해도 조선에서는 상전이 하인을 잡아 볼기도 치고, 하인의 부인이나 딸을 겁탈하고 심하면 멍석으로 말아 때려 죽여도 되었습니다.

미국에서도 마찬가지였습니다. 흑인 노예는 백인이 마음대로 채찍질을 하고 목을 매달기도 하고 총으로 쏘아 죽여도 살인죄로 묻지 않았습니다. 흑인 여자는 백인들이 마음대로 하는 성적 노리개로 취급이 되기도 했습니다. 미국의 헌법을 기초한 토마스 제퍼슨이 만민이 평등하게 태어났다고 이야기했지만 이 말은 백인들이 동등하게 태어났다는 것이지 흑인이 백인과 동등하다는 말이 아니었습니다. 그리고 그는 흑인은 영혼이 없다고 생각을 했다고 합니다. 유럽이나 중국에서도 왕족이나 호족은 노예나 평민들을 마음대로 해도 되는 세상이었습니다.

그런데 세상이 변했습니다. 이제는 만민 평등의 민주사회가 되었습니다. 인권을 쟁취하기 위하여 많은 혁명과 전쟁이 일어났고 많은 사람들이 피를 흘리고 죽었습니다.

이제는 모든 사람이 평등하다고 합니다. 이제는 흑인 노예도 없고 소작을 하는 종놈도 없습니다. 대통령도 국회의원도 국민들이 뽑고 선거로 당선된 공직자들은 우리는 국민의 공복이라고 말을 합니다. 물론 선거가 끝이 나면 언제 그랬느냐고 목을 세우지만….

그런데 아직도 만민 평등의 사상을 거부하는 사람들이 있습니다. 돈이 많은 사람들이고 재벌들이고 권력을 가진 사람들입니다. 요새 대한항공의 회장 가족들의 갑질이 신문에 매일 보도가 됩니다. 우리들은 대한항공의 모체인 한진을 일으킨 조중훈 선생이 트럭을 몰며 고생하며 월남에서 한진을 일으켰고, 대한항공을 일으키느라고 얼마나 애를 썼는지 압니다. 그런데 할아버지의 고생으로 금수저를 물고 나온 손주들은 마치 자기들의 유전자가 금으로 채색이 된 줄 착각하는 모양입니다. 조중훈 회장의 아들 조양호 회장이 유산을 이어 받고 두 딸과 아들이 재벌의 주인이 되자 맏딸인 조현아는 땅콩을 은접시에 받쳐주지 않고 봉투째 주었다고 이륙하려는 비행기를 뒤로 물리고 사무장에게 폭행을 하여 사회의 물의를 일으켰습니다. 얼마 전에는 광고회사와 연석회의를 하던 막내딸 조현민이 광고회사 간부에게 물컵을 던졌습니다. 잘 알지는 못하지만 언론에 보도된 것으로는 아들 조현태는 사람을 치고 뺑소니를 쳤다고 합니다. 또 요새는 부인 이명희 여사가 직원들에게 폭행을 하고 서류를 집어던지는 영상까지 나왔으니 조양호 회장님의 가정에는 조폭의 유전자가 흐르고 있는 것입니까. 아니면 아직도 옛날에 양반은 자기 집의 소작인은 마음대로 때려도 되고 죽여도 된다는 전 근대적인 생각을 가지고 계신 것입니까. 우리는 대한항공이 세계의 항공이 되고 서비스가 좋은 항공이라는 평가를 받았을 때 많이 기뻤고 자부심까지 가졌습니다. 그런데 이게 웬말입니까.

얼마 전 뉴욕의 K라는 크고 유명한 식당이 종업원들을 천대하고 임금을 체불하고 제때에 봉급을 주지 않았다고 신문에 크게 보도된 일도 있습니다.

지금 좌파 성향의 젊은이들은 재벌은 마치 범죄자나 비윤리적인 사람들로 매도하고 있습니다. 물론 재벌들이 많은 사람들에게 일터를 주고 나라에 많은 세금을 내고 사회에 좋은 일을 한다는 것을 압니다. 그러나 몇몇 재벌들이 하는 갑질이 수많은 국민들의 마음을 상하게 하고 분노하게 만든다는 것을 모르는 것 같습니다. 크나큰 제방도 작은 개미구멍으로 무너지고 크나큰 탑도 쥐구멍으로 쓰러진다는 것을 모르십니까?

며칠 전 조현민의 갑질로 대한항공의 주가는 떨어지고, 관세청의 감사를 받고, 검찰이 대한항공의 모든 것을 수사한다니 정말 개미구멍이 재방을 무너트리게 되었습니다. 또 얼마 전 현대 재벌의 손자인 정구영 씨의 아들은 자기의 운전사를 2년 동안 20여 명을 바꾸고 툭하면 운전사의 따귀를 때렸다고 신문에서 야단이고, 우리나라의 간장의 원조라고 하는 몽고간장의 사장님도 직원에게 갑질을 했다고 미디어의 매를 맞았습니다. 오래 전 한화의 회장님은 자기 아들이 술집에서 누구에게 매를 맞았다고 하여 조폭들을 고용하여 복수를 한다고 술집을 벌집으로 만들고 그를 때려 주었다고하여 고소를 당하기도 했습니다.

물론 돈이 있는 사람은 우대를 받는 것이 당연합니다. 비행기를 탈 때도 일등이나 이등석을 타는 사람들은 다른 사람들보다 먼저 비행기에 오르고 승무원들도 그들에게 특별대우를 해줍니다. 음식도 다르고 마시는 음료수들도 삼등객과는 다릅니다. 내릴 때도 제일 먼저 내리고 승무원의 공손한 전송을 받습니다. 신세계 백화점에 가면 VIP들이 들어가는 상점이 앞에 따로 있습니다. 백화점에서 비싼 명품을 사고 많이 팔아주는 고객들만 들어가는 상점이고 그곳에 들어가면 차도 대접이 융숭합니다. 병원에도 입원비가 호텔비보다도 비싼 귀빈실에 들어가면 간호사 중에서도 선발된 간호사가 배치되어 친절하고 빠른 조치를 받습니다. 그래도 그것을 일반인이 말할 수는 없습니다. 그렇게 대접을 받고 싶으면 돈을 많이 내면 그만이고 억울하면 출세를 하면 그만일 테니까요. 그리고 그들이 그렇게 특별대우를 받는다고 해서 나와는 상관이 없으니까요.

그러나 그런 일로 해서 나의 기본 인권이 침해받는다면 그것은 용납할 수 없는 것입니다. 나는 쓸데없이 삼성의 회장님이나 현대의 회장님이 무릎을 꿇으라고 한다면 절대 그들 앞에 비굴한 웃음을 웃으며 무릎을 꿇지 않을 것입니다. 물론 한번 무릎을 꿇었다 폈다 하는데 10억 원씩 준다고 계약을 한다면 운동 삼아 해볼지는 모르겠지만. 내가 삼성 TV를 보고 삼성 전화기를 쓴다면 나는 삼성의 고객이고, 내가 현대 차를 운전하고 다닌다면 나는 현대 재벌의 고객입니다. 내가 갑이고 삼성이나 현대가 을이지 그들이 나에게 갑질을 할 이유가 없습니다. 그럼으로 고객이 왕이라는 개념을 잊어서는 안 됩니다.

지금 재벌들이 당하는 시련은 그런 원칙도 무시한 채 돈만 벌면 된다는 생각, 자기 자식들만 '귀하다, 귀하다' 하고 가르치는 부모님들이 받는 벌이기도 합니다.

회장님, 이제는 양반도 종놈도 없는 세상입니다.

네가 뭔데

우리는 언쟁을 할 때 '네가 뭔데'라는 말을 많이 합니다. 네가 뭔데 나더러 이래라 저래라 하느냐, 네가 뭔데 남의 일에 상관을 하느냐, 네가 뭔데 남에게 훈계를 하느냐, 네가 뭔데 나에게 갑질을 하느냐고 하는 뜻일 것입니다. '네가 뭔데'라는 말은 상대방을 인정하지 않겠다는 것이고, 무시하는 것이고, 경멸하는 것입니다. 우리는 툭하면 네가 뭔데, 그래 너의 매니저 나오라고 해, 너희 사장 나오라고 해, 교장 나오라고 해, 병원장 나오라고 해, 총장 나오라고 해, 라고 고함을 지릅니다.

얼마 전 병원의 외래 간호사에게 어떤 남자가 소리를 지르며 욕을 하고 있었습니다. 간호사는 얼굴이 빨개져서 어쩔 줄 모르며 눈물을 참고 서 있었습니다. 저는 처음에는 가만히 있다가 그 남자에게 "고객님, 무슨 일인지 저에게 말씀해 주시겠어요."라고 했습니다. 그 남자는 나를 흘깃 쳐다보더니 "당신이 뭔데 나서는 거야. 나서기는?" 하더니 내 가슴에 명찰을 보고는 "그래, 교수면 다냐? 뭐 이따위 병원이 있어. 그래 당신이 재 편드는 거야?" 하고 고함을 쳤습니다.

나는 "제가 편을 드는 것이 아니라 고객님의 문제를 해결해 드리려고 드리는 말입니다."라고 했더니 "아니, 이 병원에서는 교수면 다 해결이 되는 거야. 교수면 환자나 보지 무슨 상관이야."라고 고함을 질렀습니다. 내용인즉 이 남자가 자기 딸의 진료기록서를 떼러 왔는데 본인이 아니면 안 된다고 했고, 딸의 주민등록증을 가지고 오거나 가족증명을 해오면 해드린다고 했더니 저렇게 화를 낸다는 것이었습니다. 이 남자는 "내가 아버지라고 하는데도 말을 안 들어. 그리고는 가족증명이나 딸의 주민들 등록증을 가져 오래. 아니, 딸의 주민등록증을 가지고 다니는 애비가 어디 있어. 상식적인 말을 해야지."라고 흥분을 가라앉히지 않았습니다. 여기에서도 '당신이 뭔데' 입니다. 그래서 뭣도 되지 못하는 나는 슬그머니 물러섰습니다.

또 한 번은 병실에서 환자 가족이 간호사에게 고함을 지르며 야단을 치고 있었습니다. 아마 치료가 만족스럽지 않았던 모양입니다. 병실에서 환자를 보다가 내가 또 나섰습니다. 아마 나도 아내의 말대로 오지랖이 넓은 모양입니다. "선생님, 다시 치료실로 모시고 오면 제가 잘 치료를 해드리겠습니다." 그랬더니 이 남자도 역시 "당신이 뭐야. 원장 불러오라고 해. 나는 당신과는 할 말이 없어."라고 소리를 질렀습니다. 병원에 와서 말썽을 일으키는 환자들 대부분은 우리 교수들이나 의사들은 성에 차지 않습니다. 툭 하면 '원장 불러 오라고 해, 총장 나오라고 해' 하고 우리에게 삿대질입니다. 그러니까 대한민국에서 남자가 바람을 피우면 '대통령 나오라고 해'라고 하고 바다에서 배가 전복이 되어 여러 사람이 죽으면 대통령이 탄핵이 되기도 합니다.

나는 일요일 아침 9시 예배에 가기 전 7시경에 회진을 돌고 환자를 치료합니다. 그러면 하루의 시간이 많이 남기 때문입니다. 이때는 간호사들이 교대를 하기 전의 시간이라 도움을 받기가 쉽지 않습니다. 저는 간호사들을 괴롭히지 않으려고 혼자 환자를 보고 치료할 때가 많습니다. 그런데 어떤 때는 간호사들이 아무 일도 안하면서 모른 척 할 때가 있습니다. 한번은 치료를 하고 드레싱 통을 갖다 두고 나오는데 간호사가 하는 전화를 듣게 되었습니다. "애, 그럼 참 짜증난다. 그럴 땐 한마디 해줘라. 오후에 뭐할래? 전화할게."라는 말입니다. 나는 흘깃 쳐다보았습니다. 간호사는 나를 마주 빤히 쳐다보며 '네가 뭔데. 그래, 나를 쳐다보면 어쩔 건대' 하는 표정이었습니다. 나는 원래 여성공포증이 있어 금방 꼬리를 내리고 자리를 피했습니다.

잘못하여 시비가 붙으면 내가 여자들과 말싸움을 하여 이길 자신도 없고 "교수면 교수지, 네가 뭔데 간호부장이나 원장이나 총장이라도 돼?" 라고 하면 할 말이 없습니다.

오래 전에 파출소에 들른 일이 있습니다. 친구가 주소를 적어 주었는데 도저히 찾지 못해서 도움을 청하러 들어갔습니다. 그런데 경찰서에서도 이런 일이 벌어지고 있었습니다. 어떤 40대의 술이 약간 취한 남자가 순경을 붙들고 "애, 네가 뭔데 이러는 거야. 서장 나오라고 해. 서장!"이라고 소리를 질렀습니다. 취객을 처리하는데도 경찰서장이 나와야 된다는 것입니다. 툭 하면 소리 지르는 사람들을 위하여 병원장이나 교장, 총장, 경찰서장이 불려 나온다면 다른 사무는 언제 할 수 있을까 생각하면 참 한심합니다.

우리는 국회에서도 서로 쳐다보며 '네가 뭔데'라고 시비를 하는 일을 많이 봅니다. 네가 뭔데. 총리가 되겠다는 거야. 그전에 군에 안 갔다 왔지 않아. 당신 자식이 군에 안 갔다 왔지 않아. 당신 세금 안냈지 않아.

당신 위장 전입했지 않아. 당신 그전에 친일 발언했지 않아, 라고 소리를 지르며 '네가 뭔데'라고 야단을 칩니다. 그전에 장×철이라는 국회의원은 병장군복을 입고 나와 4성 장군을 가리키면서 "그러고도 당신이 군 지휘관이라고 할 수 있어. 네가 뭔데 그 자리에 앉아 있는 거야." 하고 시비를 걸었습니다.

나는 그런 말을 듣고서 교수실로 올라와 생각을 해 보았습니다. 정말 '내가 뭔데'라고. 그리고 보니 정말 나는 아무것도 아닙니다. 접수실의 간호사를 도와줄 능력도, 병실에서 소리를 지르던 환자 보호자를 만족시켜줄 능력도 자격도 없습니다. 정말 내가 뭘까.

얼마 전 한국에서 양복을 사 입고 오신 분이 하신 말입니다. "한국의 옷이 좋아요. 왜냐하면 한국에서는 최고가 아니면 팔리지가 않거든요. 그래서 옷도 스마트폰도 컴퓨터도 최고로 만들지요."

그러면 사람은…. 사람들도 최고이겠지요. 대통령도 총리도 교수님도 최고이겠지요.

우리 대통령은 G20 회의에 가서도 좋은 연설을 하고 만찬에서도 트럼프 대통령이나 아베 총리보다도 대접을 받겠지요. 중국에 가서도 최고의 국빈대접을 받고 미국에 와서도 트럼프 대통령에게 최고의 대접을 받겠지요. 우리 대통령은 외국에 나가서 '네가 뭔데'라는 말을 듣지는 않겠지요.

비정상

비정상이란 무엇일까요. 사전에 보면 95%의 범주에 들어가지 않는 것을 비정상이라고 한다고 합니다. 백인들 중에 흑인이 끼면 비정상이고, 중국 사람들 중에 일본 사람들이 끼면 비정상입니다. 애꾸눈의 세계에서 두 눈을 가진 사람이 들어가도 비정상이고 영어를 하는 사람들 중에 한국말을 하는 사람도 비정상일 것입니다. 구순열을 가지고 태어나는 어린애는 100명에 한 명정도니까 이것도 비정상은 비정상이겠지요.

그렇다고 한다면 나는 비정상입니다. 키가 작아서 초등학교, 중고등학교, 대학에 다닐 때 나보다 작은 사람을 본 일이 별로 없습니다. 남들이 작다고 하는 사람들과 키를 재보아도 나보다 작은 사람이 별로 없었으니까요. 작은 키로 당한 서러움은 당해보지 않은 사람은 모르겠지요. 아마 키가 작은 콤플렉스를 쓰라고 한다면 두툼한 책 한 권으로는 모자랄지도 모릅니다.

남자들의 세계는 우선 키가 크고 근육이 울뚝불뚝 나오고 체중이 160파운드는 되어야 친구들도 얕보지 못합니다. 처음 만나는 사람과 악수를 해도 손이 두툼하고 힘이 있어야 기선을 잡고 들어갑니다. 그러니 키가

150센티가 좀 넘고 체중이 120파운드를 오락가락하면 이건 남자들의 세계에서는 큰 약점이 됩니다. 가끔 모임에서 좀 작은 사람을 만나면 반갑습니다. “가도 가도 천리 길 숨 막히는 더위뿐이더라. 가다가 아는 사람을 만나면 문둥이들끼리 반갑다.”라고 하던 한하운의 시처럼 나도 키가 작은 사람을 보면 은근히 반갑습니다. 그래서 옆에 앉은 아내에게 “저 사람 나보다 좀 작지요?” 하고 물으면 아내는 나를 보고 픽 웃으며 “그래도 당신보다는 좀 크지요.” 하고 기를 죽이곤 합니다. 아마 그래서 학교에 다닐 때 남보다 공부를 열심히 했는지 모릅니다.

얼마 전에 제 책을 읽은 사람들과 만나 이야기를 하는데 어떤 분이 “이 선생은 정말 하루에 영화를 5편이나 봅니까?”라고 물었습니다. 저는 “네, 그게 무슨 자랑이라고요.” “어떻게 보지요?” “네, 아침 한 7시 반에 시작을 하는 영화를 보면 9시 반 정도에 끝이 나고, 10시에 들어가면 12시 정도 끝이 나고, 12시 반에 들어가면 2시 반에 끝이 나고, 3시에 들어가면 5시에 끝이 나고, 5시 반에 들어가면 7시 반에는 끝이 나지요. 물론 6번도 볼 수는 있지만 다음날 일을 해야 하니까 일찍이 집으로 갑니다.”라고 했더니 “참 이상한 분이네요. 아고” 하면서 웃었습니다. 나는 그것이 비웃는 것인지 비정상인 사람을 보고 웃은 것인지 모릅니다. 저는 “네, 우리 집사람도 나를 비정상이라고 합니다.”라고 하여 모두가 웃었습니다. 그리고 보면 이런 면에서도 나는 비정상입니다.

대학에 다닐 때 방학이면 가정교사를 한다고 애들을 모아놓고 가르쳤습니다. 7명 정도 모아 놓고 가르치면 한 명을 가르치는 가정교사보다는 수입도 좋고 편해졌습니다. 그리고는 주머니가 얇으니 나가 돌아다닐 형편이 되지 않습니다. 나는 방학이 시작되는 날 대본집(책을 빌려 주는 집)에 가서 잘 나가지 않는 책을 10권쯤 빌려서 들고 들어와서는 애들 가르치는 시간 말고는 엎드려서나 누워서 책을 보았습니다. 그것이 유일한 낙이고 휴식이었습니다. 아버님은 그런 내 모습이 마음에 드시지 않아서 "얘, 이렇게 날씨가 화창한데 남의 집 애들은 밖에 나가 돌아다니고 운동도 하는데 너는 방에 처박혀서 무얼 하는 거냐? 참 이상하다."라고 하셨습니다. 아마도 아버님 눈에는 내가 비정상이었나 봅니다.

의과대학 일학년 때의 일입니다. 저승사자처럼 무서웠던 해부학의 박수연 교수님은 시험보다는 해부학 실험실에서 구두시험을 보는 것으로 학점을 주셨습니다. 그래서 해부학 실습실에 누가 오래 붙어 있는가를 살피시곤 했습니다. 우리들은 교수님의 눈도장을 찍으려고 밤에도 열심히 실습실에 붙어 있곤 했습니다.

어느 늦은 가을이었습니다. 동급생 몇 명과 나는 해부학 실습실의 시체에 붙어앉아 공부를 하고 있었습니다. 아마도 밤 8시정도 되었을 것입니다. 친구들은 저녁을 먹고 커피를 한 잔씩 하고 온다고 나가고 나 혼자서 실습실에 있었습니다. 그런데 갑자기 전기가 나간 것입니다. 방에는 16구의 시체가 누워있는데… 나는 그 자리에 얼어붙어버렸습니다. 일어날 수도 없고 앉을 수도 없고 손가락도 움직일 수가 없었습니다. 얼마가 지났는지 모릅니다. 전기가 들어오면서 문이 열리더니 교수님이 들어오셨습니다. 그 무서운 교수님이 그때는 어찌 그리 반가웠는지 모릅니다. 교수님은 내게 오셔서 "혼자 뭘 하고 있나?" 그리고는 나에게 이것저것 가르쳐 주시고는 나가셨습니다. 그때 나갔던 학생들도 들어오고… 그 후로 나는 잘 때 불을 끄고 잠을 자지 못합니다. 불을 켜야 자는데 그것도 자다 일어나 책을 읽을 수 있을 정도로 환해야 합니다.

이런 습관이 결혼 후에도 이어져서 결혼 초기에 갈등을 일으켰습니다. 내가 잠이 드는 걸 보고 불을 끄면 자던 사람이 발딱 일어나서는 불을 다시 켰습니다. 불을 켜면 잠을 못 자는 아내와 갈등이 심각했었습니다.

이것도 비정상입니다. 미국에 온 지 33년 만에 서울의 대학병원에 가서 일을 하게 되었습니다. 동창인 원장은 부산 출신이라 스시나 생선을 좋아하는데 나는 비린내를 맡기도 싫어합니다. 그래서 회식이 있을 때마다 원장님은 고민을 합니다. 사람들이 좋아하고 제일 비싼 음식을 먹을 수 있는 기회인데 내가 발목을 잡는 모양입니다. 원장님은 미리 전화를 하여 생선이 안 들어간 음식을 특별히 시켜 놓지만 마땅치가 않습니다. 그래서 나는 나대로 미안하고 대접하는 사람은 그대로 미안합니다. 동기동창들과 남해를 돌 때 횟집에 가면 나는 근처의 식당에 들어가 김치찌개나 빵을 사먹곤 했습니다. 그래서 동창들은 나더러 별종이라고 합니다. 이것도 비정상입니다.

얼마 전 방송에 노인들이 출연하여 다음 세상에서도 할아버지와 다시 결혼을 하시겠습니까. 하니까 요새는 많은 사람들이 그러겠다고 합니다. 아마도 공처가들이 많이 늘어 여자들이 행복한 것 같습니다. 방송을 보다가 옆의 아내를 힐끗 보았더니 “Oh No No” 하고 손을 흔드는 것을 보았습니다. 하긴 나 같은 비정상인과 지금까지 살아준 것만 해도 감사한데 다음 생까지 붙어 다니며 고생시켜서야 되겠습니까.

다음 생에도 이런 성격을 타고 난다면 그때는 독신으로 살아야지요.

기적

사도 바울은 "헬라인은 지혜를 구하고 히브리인은 기적을 구하나 나는 예수님의 말씀밖에는 줄 것이 없다."고 고백을 했습니다. 아마 옛날이나 지금이나 신을 믿는다고 따라 다니는 사람들은 기적을 찾아다니는 사람들이 많은 모양입니다.

성경에 보면 예수님이 많은 환자를 고치셨는데 그 기적을 보고 많은 사람들이 따라 다녔다고 합니다. 당시에는 불가능하던 눈이 먼 사람을 고치시고, 앉은뱅이를 일으키시고, 중풍이 든 사람을 고치셨다고 합니다. 보리떡 5개와 물고기 2마리로 오천 명을 먹이시기도 하고 죽은 사람도 살려 내셨습니다. 그래서 많은 사람들이 쫓아 다녔는지도 모릅니다. 그런데 사람들이 보기를 원하는 기적만을 행하신다면 그것은 샤머니즘이나 다를 바 없습니다.

기적은 무엇일까요? 우리가 일상생활에 보지 못하던 기이한 일이 기적이 아닐까요? 요새 사람들은 통계학 이야기를 잘합니다. 그러면 얼마의 희귀성이 있으면 기적이라고 할까요. 10만분의 1, 1백만분의 1, 1천만분의 1, 1억분의 1의 확률이 일어난다면 기적이라고 할까요?

얼마 전 친구들과 암의 사망률에 대하여 이야기를 했습니다. 아무리 나쁜 암이라도 100퍼센트 사망률을 가진 암은 없습니다. 예후가 나쁜 췌장암, 간암, 흑색종도 100퍼센트의 사망률이 있는 것은 아닙니다. 물론 암이 몇 기냐에 따라 다르기는 하지만.

오래 전에 제가 전공의로 있을 때 담낭에 암이 있는 환자를 교수님이 수술했습니다. 암이 간과 주위에 퍼져 담낭만을 간신히 떼어내고는 배를 닫았습니다. 상처가 어느 정도 아문 후 우리는 더 이상 치료할 길이 없다고 퇴원시켰습니다. 우리는 그가 죽은 줄 알고 잊고 있었습니다. 한 5년이 흘러갔습니다. 젊은 사람이 월남에 취업을 하기 위해 신체검사를 한다고 왔는데 진료기록을 보니 5년 전에 담낭암으로 수술을 받은 환자였습니다. 우리는 깜짝 놀라 여러 가지 정밀검사를 실시했고, 정밀검사에 모두 건강체로 나왔습니다. 우리는 깜짝 놀랐습니다. 다시 진료기록을 찾아보고 병리조직을 다시 보았는데 그 담낭암 환자였음이 틀림이 없었습니다. 이것이 기적이 아닐까요. 그렇다면 기적이 너무 많습니다.

제가 오하이오에 병원을 차린 지 얼마 안 되어 그 동네 은행장의 부인이 나에게 왔습니다. 그의 다리에 흑색종이 있었습니다. 저는 그것을 제거하고 임파선 제거수술도 했습니다. 그런데 4개월 후 재발을 했습니다. 저는 그를 뉴욕의 유명한 암센터에 이송을 했습니다. 그곳에서도 다시 한 번 임파선을 좀 더 제거한 후 나에게 돌려보냈습니다. 좀 있다가 내가 보니 다리와 배 이곳저곳에 암들이 잡초처럼 자랐습니다. 제가 뉴욕에 전화를 하니 "그럼 어떻게 합니까. 당신이나 나나 이제는 할 수 있는 일이 없군요."라고 했습니다. 나는 그저 배와 다리에 난 흑색종을 몇 개 더 떼내는 것 외에는 할 일이 없었습니다. 환자도 그 남편도 이를 알았습니다.

그런데 6개월이면 죽을 줄 알았던 부인이 3개월 후도 6개월 후도 1년 후에도 아무 일이 없었습니다. 저는 그 환자를 매 3개월마다 7-8년을 보았고 매 6개월마다 20년을 보았습니다. 그런데 내가 한 일이 별로 없고 내가 아는 의학지식으로는 6개월 내에 죽었어야 할 환자인데 내가 은퇴할 때까지 28년을 건강하게 살고 있었습니다. 이 환자는 나더러 자기의 생명을 구해준 의사라고 말을 했지만 그 말을 들을 때마다 죄를 짓는 마음이었습니다. 나는 병을 낫게 하는 기도의 힘도 기적을 만들어 낼 수 있는 능력도 없는 사람이었습니다.

그래서 저는 많은 논문을 뒤졌고 케이스 보고를 했습니다. 그런데 악성 암 환자의 5-6%는 환자 자신에게서 면역력이 생겨 잠자는 암(Sleeping Cancer)이라고 암이 더 이상 진행이 안 된다는 것입니다. 이것은 기적이 아니라 이런 잠자는 암의 행운 같은 케이스가 누구에게 오는가가 기적이 아닐까 생각합니다. 교회에서는 기적에 대해 많이 이야기를 합니다. 물론 절대적인 신을 이야기할 때는 인간이 할 수 없는 기적에 대하여 이야기를 해야 하겠지만 누구의 아들이 서울대학에 합격만 해도 하나님이 우리에게 특별히 베풀어 주신 기적이라고 이야기를 하고, 병원에 갔더니 불치의 병이라고 했는데 기도원에 가서 기도를 했더니 병이 나았다는 이야기를 너무나 많이 듣습니다.

현대 교회는 기복사상이 넘쳐 흘러나는 집단이 되었습니다. 교회에서 기도를 하면 어느 장로님, 어느 권사님, 어느 집사님의 병을 낫게 해주시고, 누가 사업을 시작을 하는데 성업이 되게 해달라고 기도하고, 누가 이번에 대학을 가는데 좋은 대학에 가게 해달라고 기도를 하고, 누가 여행을 하는데 잘 다녀오게 해달라고 기도를 합니다. 그러니까 이런 복을 받으려면 교회에 가서 목사님이나 장로님의 기도를 받아야 하는가 봅니다.

우리는 매일 기적 속에서 살고 있습니다. 내가 태어났다는 사실이 기적입니다. 남자가 한 번 사정을 하는데 약 2-3억의 정자가 나온다고 합니다. 그 2-3억 1의 경쟁률을 뚫고 내가 태어났습니다. 아니 우리가 형과 나 사이에 3년생이라고 하면 건강한 남자가 3년 동안 생산한 정자들 수백 조의 정자 중에서 내가 태어나 생명을 받았으니 정말 기적이 아닌가요? 이것은 몇 억 달러의 로또에 당선이 된 것보다 더 희귀한 기적이고 누구의 아드님이 서울대학에 갔다는 것보다 희귀한 기적일 것입니다. 우리의 주먹보다 약간 큰 심장이 100kg이 넘는 큰 육체를 지탱할 뿐 아니라 그 무거운 육체가 뛰고, 공중을 날고, 물속에서 헤엄을 치는 것은 기적이 아닙니까. 그리고 그 심장을 지탱하는 관상동맥은 연필심보다 약간 굵으니까 연필심만한 혈관이 우리의 큰 몸집을 뛰게 하는 것입니다.

우리가 사는 태양계에는 약 천억 개의 별이 있고 그런 태양계가 또 천억이 될지도 모른다고 하는데 하늘이 얼마나 넓은지 모르지만 서로 부딪히지 않고 돌아간다는 것이 기적이 아닐까요. 호모사피엔스나 에렉트로 사피엔스가 생긴 지 몇 만 년이 되었다는데 이 길고 긴 역사 속에 같은 세대에 태어나 같은 고장에서 남자와 여자가 만나 사랑을 하고 결혼을 한 것도 기적이 아닙니까.

기적을 구하는 무리들에게 나는 요나의 기적밖에는 이야기할 것이 없다고 하신 예수님이 지금 우리교회에 오신다면 무어라고 이야기를 할까요. 매일 조용기 목사님에게 찾아가 병을 고쳐 달라고 하는 교인들, 박태선 장로님을 따르던 무리들, 구원파의 유병언 씨를 따르던 무리에게 예수님은 무어라고 하실까요.

동성애

지금 사회에서는 동성애가 죄냐 아니냐를 두고 뜨거운 논쟁을 하고 있습니다. 얼마 전 서울 시청 앞에서는 '퀴어문화제'라고 하는 성소수자들의 모임이 있어 동성애자들에게도 정당한 인권을 달라고 주장하며 사회의 이목을 끌었고, 좀 튀고 싶어 하는 정치인들이 앞에 나와 동성애자들을 옹호하는 발언을 했습니다.

같은 시간 대한문 앞에서는 기독교인들을 중심으로 한 동성애를 반대하는 집회가 열려 목소리를 높였습니다. 교회에서는 동성애를 인정하는 정부나 교회를 비난하고 있습니다. 정부의 진보 정치인들은 동성애(성소수자)들의 인권을 존중하여 사회적으로 동성 간의 결혼도 인정하고, 군에서도 차별 받지 않고 다른 사람들과 같은 대우를 받아야 한다고 주장합니다. 교회에서 동성애 목사님이 목회를 하셔도 된다고 주장을 합니다. 이런 동성애의 찬반 운동은 미국이나 유럽에서 많이 벌어지고 있습니다.

성경에서는 동성애를 죄로 규정하고 있습니다. 구약의 레위기 18장 22절에는 "너희는 여자와 교접함 같이 남자와 교접하지 말라 이는 가증한 것이니라."라고 했고 레위기 20장 13절에는 "남자와 교접을 하면 반듯이 죽일지니 그 피가 자기에게로 돌아간다"고 했습니다. 사도 바울도 로마서 1장 26절 27절에 동성애를 죄라고 정죄하였으며 고린도전서 6장 9절에서도 동성애를 죄라고 명백하게 규정합니다. 그밖에도 성경 여러 군데에서 동성애를 죄라고 지적한 부분들이 있습니다.

그러나 동성애 찬성론자들은 성경에서 지적하는 말씀들이 동성애를 정죄하자는 않았다고 반론을 펴고 있습니다. 그래서 사울왕의 아들 요나단과 다윗이 동성애자였다고 주장을 하고, 나오미와 룻이 레즈비언이었다고 주장합니다. 어떤 사람은 사도 바울이 게이였다고 주장하고 그가 성경에서 피력한 여성 비하 발언을 예로 꼽고 있습니다. 그런데 내가 성경을 수십 차례나 읽어 보았지만 그 주장은 성경을 왜곡했다고 생각합니다.

많은 학자들은 동성애가 선천적인 병이라고 주장을 합니다. 앨런 샌더스 같은 학자는 X유전자 중 Xg28이라는 유전자 가운데 동성애 경향을 가진 유전자가 있다고 주장합니다. 그리고 일란성 쌍둥이 3,782명을 조사한 결과 한 명이 동성애자일 때 다른 나머지가 동성애자인 경우가 남자는 11.1%, 여자는 13.6%였다고 하여 선천적인 요소가 많다고 주장합니다.

그러나 유전학자 니클라스 랭스트롬 같은 사람은 꼭 그렇지 않다는 주장을 합니다. 어떤 학자는 동성애가 선천적인 질환이니 벌을 줄 것이 아니라 치료를 하거나 동성애자들끼리 살게 해두라고 하고, 어떤 이는 동성애는 성장하면서 사회적인 요건이나 성장 환경 때문에 생긴 것이니 사회에서 책임을 지고 치료를 해줘야 한다고 주장합니다. 저는 동성애가 잘못이기는 하지만 동성애자들을 모두 죄인 취급을 하는 데는 문제가 있다고 생각합니다.

성경의 레위기와 신명기를 보면 간음한 사람을 모두 죽여야 하고, 안

식일을 범한 사람도 죽여야 하고, 부모님에게 반항한 사람도 죽여야 하고, 박수나 무당을 모두 죽여야 한다고 명시되어 있습니다. 성경대로 한다면 사회에 많은 사람들이 죽어야 할 것입니다. 우간다에서는 동성애자가 잡히면 4년 동안 징역을 살아야 하고, 무슬림이 많은 인도네시아에서는 20년 징역형이 내려지고, 이슬람국가인 시리아, 이란, 예멘 등에서는 잡히면 사형이라고 합니다. 이렇게 종교가 나라를 다스리는 나라들은 동성애를 죄로 규정하고 있습니다.

물론 동성애만이 죄는 아닙니다. 간음도 죄이고 강간도 죄이고 법에서 금하는 이방인과의 연애도 죄입니다. 예수님은 여자를 보고 음욕을 품는 자는 간음한 자나 같다고 했습니다. 그러면 아름다운 여자를 보고 음욕을 품은 남자들을 모두 때려죽이면 이 세상에 살아남을 남자가 몇 명이나 될까요. 황창연 신부님은 "네 눈이 너로 범죄케 하거든 빼버려라. 두 눈을 가지고 지옥에 가는 것보다 한 눈으로 천국에 가는 것이 낫다고 성경에서 말을 했으니 성경대로 한다면 나는 눈이 몇 백 개 있어도 감당을 못할 것이라."고 말씀을 하여 청중을 웃겼습니다.

유명한 남자 미남 배우였던 록 허드슨도 게이였습니다. 비록 그가 에이즈로 죽기는 했지만 사회에 해를 끼친 일은 없습니다. 유명한 여자 테니스 선수인 마티나 나브라티노바와 빌리 진 킹도 레즈비언이라고 스스로 고백한 일이 있습니다. 그러나 그들이 테니스계와 사회에 많은 공헌을 했을지언정 사회에 악을 끼친 일은 없습니다. 저의 친한 동료가 게이였습니다. 잘생기고 똑똑한 남자였습니다. 전공의를 같이 하면서 나는 그와 많은 이야기를 나누었습니다. 그는 "나는 혼자 사니까 생명보험도 필요 없고 재산을 남겨줄 필요도 없지. 애들을 공부시킬 필요도 없으니 생활비도 많이 필요하지 않아. 그래서 나는 내가 가진 것을 모두 나를 길러준 사회에 돌려 줄 거야."고 말하곤 했습니다.

전공의 때 여러 간호사들이 그를 유혹하려고 애를 썼습니다. 그러나 그는 여자에게는 곁눈질도 하지 않고 독신으로 살았습니다. 전공의를 마치고 개업을 하여 돈을 많이 벌었고, 자기가 사는 도시의 심포니 오케스트라에 많은 돈을 기부했습니다. 그는 교향악단의 이사가 되고 이사장이 되었습니다. 그리고는 해마다 단원들을 데리고 유럽으로, 남미로 연주여행을 다니면서 엽서를 보내주곤 했습니다. 그는 불우한 소년들에게 장학금도 주었습니다. 나는 학회 때 가끔 만나 같이 점심이나 저녁을 먹으면서 또 그가 유럽에서 보내준 엽서를 받으면서 '참 멋있게 사는구나.' 하고 부러워했습니다. 그는 나보다 사회에 더 많은 공헌을 하고 좋은 일을 하고 있습니다. 동성애자가 모두 그렇지는 않겠지요.

동성애자들은 성관계가 문란하고 사회적으로 범법을 할 확률이 많다고 비난을 받고 있으며, 성경적으로는 자손을 생산하지 않고 에이즈가 걸릴 확률이 많다고 비난합니다. 또 군대에서나 감옥에서 동성애자들이 같은 군인이나 죄수들에게 성추행을 하여 병을 전염시키고 성적으로 학대한다는 소문들도 있습니다. 이런 악소문을 불식시키기 위해서라도 동성애자들 스스로 윤리적으로 도덕적으로 인정받도록 처신을 해야 할 것이라고 생각합니다.

나는 동성애자라고 돌을 던지는 사람들을 보면서 그의 앞을 막아서며 '죄 없는 자가 돌로 쳐라.' 하고 항변하고 싶습니다. 동성애자는 아니지만 더 많은 죄를 짓고 살면서 자기들은 결백하고 옳은 삶을 사는 사람들처럼 남을 정죄하는 위선자들에게 항변하고 싶습니다.

십자가

십자가는 사형을 시키는 형틀입니다. 사형을 시킬 때 사람을 목매다는 교수형틀이나, 사람을 머리와 양팔, 다리를 소에 묶고 소가 각 방향으로 달리게 하여 사람을 찢어죽일 때 사람을 묶는 형틀과 같습니다.

고대 중동지역과 로마에서는 국가에 반역을 하거나 연쇄살인을 한 중죄인을 죽일 때 십자가를 사용했다고 합니다. 나무기둥에 양쪽 팔을 매달 나무를 걸치고 양손과 발에 못을 박아 매달아 놓으면 체중에 의해 몸은 늘어지고 찢어지는 고통을 받으면서 탈수에 의해 한나절을 지내면 죽는다고 합니다. 어떤 사람은 이삼일 동안 죽지를 않아 나중에 창으로 찔러 죽이기도 한다고 합니다.

우리는 ≪스파르타카스≫라는 영화에서 BC 60년대 로마에 반란을 일으켰던 노예 반란군을 십자가에 매달아 양쪽 길에 늘어세웠던 장면을 보았습니다. 십자가는 사형제도 중에서도 가장 중죄인에게 주어지는 사형제도였습니다. 그래서 사도 바울은 로마시민 덕에 참수를 당했으나 유대인이던 베드로는 십자가형을 당했다고 합니다. 예수님도 당시에는 하나님을 모욕하고 국가에 반란을 일으킨다는 죄목으로 사형을 언도 받아 십자가형으로 돌아가셨습니다. 그런데 형틀이었던 십자가가 너무도 죄스럽고 욕되게 남용이 되고 있습니다. 물론 우리 기독교인들에게는 십자가가 거룩하고 존귀한 상징입니다. 예수님이 우리를 위해 희생하신 사랑과 구원, 속죄와 부활을 상징하는 것입니다.

그런데 기독교가 Organize religion이 되고 귀족화되면서 십자가도 형틀의 상징이 아닌 권위의 상징, 사치품의 상징으로 변했습니다. 여자들이 목걸이의 장식에 가장 많이 사용되는 것이 십자가이고, 남미 사람들이나 유럽의 사람들도 가슴에 십자 목걸이를 달고 다니는 사람들이 많아졌습니다. 심지어 마약상인이나 해적들도 십자가를 가슴에 달고 다닙니다. 반지에도 십자가를 새기고 옷에도 십자 마크를 장식하고 다닙니다.

얼마 전 전철에서 앞에 앉아 있는 여자의 발목을 보고 깜짝 놀랐습니다. 발목에 하는 발목거리에 십자가가 대롱대롱 달려 있는 것이 아닙니까. 나는 그 의미를 생각해 보았습니다. '나도 예수님처럼 손목과 발목에도 대못을 박고 십자가에 달릴만한 신앙이 있다.'는 표시일까요. 그런데 앉아서 재잘거리는 모습이 경박하고 진실성이 없어 보입니다. 여자들이 차고 다니는 팔찌에 십자가가 새겨지고 귀걸이에 십자가가 대롱대롱 매어 달린 지는 오래 되었습니다.

교회의 종각에는 십자가가 달려 있습니다. 밤에 김포 가도를 달려 강남으로 들어오다 보면 붉은 색 십자가가 정말 밤하늘의 별들처럼 많이 빛나고 있습니다. 아마 강남에 성형외과 병원과 십자가를 단 교회가 제일 많다고 하면 지나친 표현이 아닐지 모르겠습니다.

지나간 영화를 감상하다 ≪발찌 전투≫란 영화를 보았습니다. 여기 독일군 장교 로버트의 목과 가슴에 붙어있는 십자가 마크를 보고 전율을 느낀 일이 있습니다. 그래서 다시 살펴보니 2차 대전 때, 나치의 독일군인 가슴에는 십자 마크의 휘장과 군복 가슴에도 십자 마크를 달고 다니면서 사람들을 죽였습니다. 나치의 마크도 십자가를 변형시킨 것이고, 사람을 많이 죽인 군인에게 십자훈장을 수여했습니다.

그보다도 훨씬 전 십자군 원정 때는 십자가 깃발 밑에서 아녀자들을 죽이고 강간했으며, 투구와 십자가 창에 십자가 마크를 붙이고 다녔습니다. 해적 출신의 노르웨이, 덴마크, 스웨덴, 스위스 나라의 국기에도 십자가가 붙어 있습니다. 이렇듯 사형장의 형틀이던 십자가가 영광과 권력의 상징이 되고 이제는 사치품의 꽃이 되었습니다.

병원에도 붉은 십자가의 마크가 걸려 있습니다. 병원의 원장이 기독교인이거나 불교인이거나 이슬람교인이거나 상관없이 병원에는 십자가의 마트가 걸려 있습니다. 병원의 십자가는 '이웃을 사랑하라.'는 예수님의 가르침을 따른다는 것이고, 우리 인간의 힘으로 안 되는 것을 예수님께 구한다는 의미이겠지만 아무런 생각도 없이 병원에 십자가의 마크를 장식합니다.

우리는 교황의 관 위에 금실로 수놓아진 십자가나, 그가 들고 다니는 지팡이 위에 십자가나 화려한 가운에 수놓인 십자가를 보고 역사의 변천을 실감합니다.

나는 가끔 예수님은 우리들이 달고 다니는 십자가를 보고 무어라고 말씀하실까를 생각해 보면 웃고 싶어집니다. 그 고뇌의 십자가, 치욕의 십자가를 화려한 군복에 달고 다니던 나치 장교들, 예수님이 마지막 날에 "아버지 이 잔을 내게서 물리쳐 주옵소서."라고 하며 피와 같은 땀을 흘리시며 기도했던 십자가를 목에 걸고 깔깔대고 다니는 젊은 여인들,

십자가 위에서 어머니 마리아를 보시고 제자 요한에게 "이제 네 어머니다."라고 마지막 부탁을 하셨고 마리아를 일생동안 모신 요한이 경험한 의리의 십자가를 마약상들과 조폭들이 가슴에 십자가를 달고 다니는 것을 보면 예수님의 느낌이 어떨까요.

예루살렘에 갔을 때 본 십자가는 거친 나무로 된 기둥처럼 생겼던데 긴 참나무에 금을 입히고 그 위에 보석을 박은 지팡이, 교황님의 십자가는 어떤 의미일까요.

예수님은 그 십자가를 지고 가다가 쓰러지고 그 쓰러진 예수님의 모습을 보고 통곡을 하는 여인들에게 "나를 위하여 울지 말고 너희 자식들을 위해 울라."며 위로해 주셨는데 십자가가 새겨진 흰 법복을 입고 흰 면류관에 금으로 장식하고 환호하는 군중을 보며 만면에 웃음을 띠고 가는 교황님의 모습을 보면서 예수님은 무어라고 하실까요. 화려한 교회, 파이프 오르간으로 장식이 되어 번쩍거리고 화려하게 장식이 된 높은 강단에는 크고 화려한 십자가가가 달려 있고, 십자가로 수를 놓은 가운을 입고 수백 명의 성가대의 합창소리를 들으며 강단에 올라와서 설교하시는 목사님의 모습도 예수님의 모습과는 너무도 대조가 됩니다.

가톨릭교회나 개신교의 교회나 십자가는 권위의 상징이 되었는지 모르겠습니다. 아직도 가끔 방영이 되는 이차대전 영화 때 나치군의 가슴에 또 목에 건 십자가, 마약장사를 하며 총을 들고 사람을 죽이는 사람들의 목에 걸린 십자가, 금속성 록뮤직의 소리가 시끄러운 데서 술과 몸을 파는 여자들의 목에 걸려있는 십자가, 전철에 앉아 재잘거리는 젊은 아가씨의 발목에 걸린 십자가를 보면서 자꾸 마음이 편치 않고 죄송한 마음이 드는 것은 내가 너무 예민한 때문일까요.

썩는 물

전에 오하이오에 살던 집에는 작은 연못이 있었습니다. 이 연못은 수돗물을 항시 틀어 놓아야 하고, 전기와 연결을 해야 하는데 낭비가 이만저만이 아니었습니다. 그래서 수돗물을 잠그면 얼마 안 있다가 물이 썩고 곰팡이가 피고 냄새가 나곤 했습니다. 얼마 있다가 이 작은 연못을 메꾸는데 밑의 시멘트를 전부 꺼내야지, 시멘트를 그냥 두고 흙으로 메우면 비가 올 때 배수가 되지 않아 질퍽해지고 또 물이 썩게 된다고 했습니다.

흐르지 않는 물은 썩습니다. 옛날 한국전쟁 때 방공호 속에 물이 고이면 얼른 퍼내야지 그냥 두면 금방 썩어 냄새가 나곤 했습니다. 유엔군이 평양을 점령했을 때 연고자 없이 죽은 사람들을 버려진 방공호에 넣고 묻어 버리는 일을 더러 보았습니다.

사람도 계속 배우고 닦지 않으면 썩는지도 모릅니다. 애리조나의 Silver town에 있는 분들은 생활조건이 너무 좋고 할 일도 없고 스트레스도 없어서 치매 환자들이 많이 생긴다는 이야기를 들었습니다.

우리는 절대 정권은 부패하게 마련이라고 말을 합니다. 절대 권력을 가지면 권력자 주위에 아첨꾼이 모여 들고 권력자는 아첨하는 사람의 말을 듣게 마련입니다. 현대사를 보아도 대통령이 오래 집권하면 주위에 아첨하는 사람이 모여들고 그들의 말만 들었을 때 정권은 부패했습니다. 역사를 보면 신라가 망하기 전, 고려가 망하기 전, 그리고 조선조가 망하기 전, 왕은 우매했고 도덕은 문란했으며 정권은 부패했습니다.

어찌 우리나라만 그렇겠습니까, 예루살렘이 망하기 전 로마에서 온 총독과 제사장들, 종교지도자들이 모두 부패했고 국민들은 "차라리 망했으면 좋겠다."라는 절망감 속에서 살았다고 역사는 기록하고 있습니다. 로마가 망하기 전에도 나라는 부패했고, 국방이나 힘든 일은 노예에게 시키고, 향락과 사치에 빠진 왕과 귀족들이 사회를 혼란하게 했습니다.

중세교회가 절대권력을 잡고 왕들을 지배하며 자기들에게 거역하는 사람들을 화형시키며, 온갖 죄악을 저질렀습니다. 시오노 나나미 씨가 쓴 ≪신의 대리인≫이라는 책을 읽으면 로마 교황청의 범죄는 말을 할 수가 없을 정도로 부패했습니다. 교황이 비밀리에 아들을 낳아 그를 신부로 만들고 나중에 교황으로 만들었다는 이야기까지 나와 있습니다. 이차대전 때 교황은 나치와 협력하고 많은 사람을 죽이는 데 방조했습니다. 그들은 예수님의 교회가 가난한 사람들을 위하여 시작이 된 것과, 가난하고 병들고 핍박 받는 자들을 돌봐야 한다고 가르친 예수님의 말씀을 덮어버리고 귀족의 교회로 전락을 했습니다. 백성들은 교회를 버렸습니다. 그리고 로마제국도 가톨릭교회도 몰락했습니다.

한국 교회를 살펴봅니다. 한국의 교회가 부흥이 되고 신도의 수가 늘어나는 것이 아닙니다. 그러나 한국의 중소기업이 무너지고 대기업만 살아남는 것처럼 작은 교회는 점점 더 작아져 도태되고 대형교회는 자꾸

비대해져서 재벌교회가 됩니다. 일 년에 수백 억 아니 천억 이상의 수입이 되는 교회도 있고, 교인이 몇십 만이 되는 교회도 있습니다. 그래서 예배를 1부 2부 3부 4부 5부 예배까지 보는가 하면 많은 교인들은 교회에 들어가지 못하고 딴 장소에서 TV를 보며 예배를 보아야 합니다. 당회장 목사님 밑에는 수십 명의 부목사님들이 있고, 그들의 계급은 육군 소위와 대장의 차이보다 더합니다.

작년 LA에 여행을 가서 그곳 대형교회에서 예배를 드린 일이 있습니다. 수만 명의 교인이 있다는 이 교회도 1부에서 5부 예배까지 있었고, 예배는 마치 오페라를 보는 것같이 진행이 되었습니다. 목사님도 설교를 매끄럽게 잘하셨습니다.

예배가 끝난 후 친구들과 점심을 하면서 교회이야기가 나왔는데 친구의 말이 "야, 이 교회 목사님의 카리스마가 대단하다. 지난번 우리 모임에 목사님이 오셔서 같이 식사를 했는데 방에 에어컨도 잘 돌아가 덥지도 않은데 옆에 앉은 부목사님이 계속 부채질을 해주는 거야. 목사님은 당연하다는 듯이 앉아있고. 그리고 식사를 하는 동안 물도 차도 디저트도 부목사님이 챙겨 주고 말이야. 황제 목사님이야."라고 했습니다.

저에게는 목사님 친구들이 많이 있고 또 조카 두 사람이 목사입니다. 그래서 담임목사님과 부목사님의 계급을 잘 압니다. 그런 막강한 권력을 가진 목사님이 은퇴를 할 때 왜 그 자리를 남에게 주고 싶겠습니까. 그래서 김일성처럼 세습을 하려고 합니다. 그리고 세습은 대형교회일수록 많이 하려고 합니다. 그래서 소망교회의 곽선희 목사님도 아들에게 물려주었고, 광림교회의 김선도 목사님도 아들에게 물려주었고, 충현 교회 김창인 목사님도 아들에게 물려주었습니다.

요새는 명성교회 김삼환 목사님이 아들 김하나 목사님에게 명성교회를 물려 준다고 세간의 말이 많습니다. 대개의 목사님들은 개척교회의 전셋방에서 시작하여 작은 교회를 세우고 부흥하여 큰 교회를 이루면 그 교회가 자기가 이룩한 사업, 자기 재산이라고 생각하고, 내가 이룩한 이 재산을 어찌 남에게 줄 수 있는가 생각합니다. 그렇다면 그는 일생동안 하나님의 일을 한 것이 아니라 자기의 돈벌이를 한 것이 아닙니까.

요새 명성교회의 김하나 목사님과 그의 지지자들이 TV에 인터뷰를 하는 것을 보았습니다. 김하나 목사님이 참으로 훌륭하고 유능한 목사님이라는 것입니다. 그런 유능한 목사님을 모시는데 아들이라고 안 된다는 것이 말이 됩니까 합니다.

저는 그에 대해 아무런 반론이 없습니다. 그런데 저는 그럼 그 유능한 목사가 왜 다른 교회에 가서 교회를 부흥시킬 생각이 없다는 말입니까? 유능한 목사님일수록 작은 교회에 가서 새 교회를 부흥시켜야 하지 않을까요? 우리는 북한의 세습왕조를 비난합니다. 그렇다면 교회도 물갈이를 해야지요. 교회도 물이 오래 고이면 썩습니다. 아들을 잘 키운 목사님이라면 훌륭한 아들을 유다와 사마리아와 땅끝까지 내보내야지요. 내가 품고 있지를 말고….

뜨거운 신앙

교회에서 가끔 듣는 성경말씀입니다. 요한계시록 3장 15절과 16절입니다. 사도 요한이 라오디기아 교회에 한 경고입니다. "내가 네 행위를 아노니 네가 차지도 아니하고 뜨겁지도 아니하도다 네가 차든지 뜨겁든지 하기를 원하노라 네가 이같이 미지근하여 차지도 아니하고 뜨겁지도 아니하니 내 입에서 너를 토하여 내리라."는 말씀입니다.

이처럼 차갑지도 아니하고 뜨겁지도 아니하면 내 입에서 뱉어 버리리라는 성경구절이 설교의 제목이 되는 일이 많이 있습니다. 그러면서 목사님들은 우리의 뜨겁지 아니한 신앙을 책망하십니다. 그러면 저의 뜨겁지 아니한 신앙이 부끄럽고 죄스러워 고개를 떨구고 아무 말도 못합니다.

사도 요한이 하신 말씀은 무엇일까요?

얼마 전 가나안 교회의 최성남 목사님의 설교에 의하면 라오디기아에서 히에라 폴리스까지는 9km였다고 합니다. 히에라 폴리스에는 뜨거운 온천물이 나왔는데 여기서 뜨거운 물을 가지고 라오디기아에 오면 물이 식어 미지근해졌습니다. 또 라오디기아에서 골로새까지는 14km 인데 여기는 산골짝에서 흘러 내려오는 물이 차가웠다고 합니다. 여기서 찬물을 떠 가지고 라오디기아까지 오면 물이 미지근해졌다는 말입니다. 그래서 라오디기아에는 물이 언제나 미지근할 수밖에 없었다는 이야기입니다. 그러니 사도 요한의 말씀은 너무나 현실에 안주하지 말라는 말일지도 모르겠습니다. 물론 요새 잘 달리는 자동차로 가면 9km는 5분 거리이니 물이 식지도 않겠지만….

그런데 교회에 가면 목사님은 우리의 신앙이 뜨뜻미지근하여 하나님이 용납을 안 하실 것이라고 말씀을 하십니다. 그러면 우리의 신앙이 얼마나 뜨거워져야 할까요.

나는 달동네에 살면서 피난 학교에 다녔습니다. 내가 다닌 고등학교는 해방촌 판자촌 동네에 널빤지로 교실을 세우고 등받이가 없는 나무 걸상에 앉아 공부를 했습니다. 비가 오면 교실은 물이 새었고 벌어진 판자 사이로는 바람이 들어오고 눈이 오면 눈이 날려들어 오기도 했습니다. 칠판은 얇은 베니어판으로 만든 것이어서 페인트가 벗겨지고 나무가 들고 일어나곤 했습니다. 선생님은 서울대 대학원생 학생들이 와서 가르쳤고, 입시준비 공부는 스스로 알아서 해야 하는 처지였습니다. 우리는 7-8명이 모여 각자가 가진 참고서를 나누어 보면서 스스로 과외를 했습니다.

이런 곳에서 연세대학교 의과대학을 갔으니 기적이 일어난 것 같았습니다. 온 동네가 떠들썩했습니다. 어머님은 감사하다고 박태선 장로님의 부흥회에 끌고 다녔습니다. 박태선 장로님은 남산에서 부흥회를 하면서 병을 고치고 기적을 행한다고 소문이 나서 성공적으로 끝이 나자 다음에는 한강 백사장에서 부흥회를 하고, 다음은 마포에 큰 천막을 치고서 교회를 세웠습니다. 그리고 박태선 장로님은 스스로 목사님이 되셨습니다.

아침 4시에 일어나 마포에 있는 큰 천막교회에 가서 새벽기도를 드리고 가마니를 깐 바닥을 치면서 기도를 드렸습니다. 장로님은 말세가 곧 올 것인데 우리가 살아서 심판을 볼 것이라고 했습니다. 동방에 큰 감람나무가 둘 있는데 하나는 예수님이고 하나는 자기라고 했습니다. 그래서 최후의 심판의 날에 박태선 장로님이 하나님과 함께 심판관의 한 분으로 있을 것이라고 했습니다. 그러니 세상의 모든 것을 버리고 오로지 뜨거운 성령으로 충만한 삶을 살아야 된다고 했습니다.

그분의 말씀에 따라 많은 사람이 모든 재산을 헌납하고 신앙촌으로 들어가 노동을 했습니다. 박태선 장로님은 휴거가 몇 달 안으로 올 것이라고 했습니다. 저의 어머니는 저더러 이제 최후의 심판의 날이 곧 올 텐데 의과대학은 무엇하러 다니느냐. 모든 것을 버리고 신앙촌으로 가서 휴거를 준비하자고도 하셨습니다. 그리고 그러지 못하는 나에게 뜨겁지 못하다고 책망도 하셨습니다. 저의 사촌형님은 다니던 신학대학을 그만두고 신앙촌으로 들어갔습니다. 그런데 박장로님은 자기는 죽지 않고 주님의 심판 때 옆에 있겠다고 하시더니 세상을 뜨시고 신앙촌에 가신 형님은 신앙촌 생산품을 파는 판매원으로 전락해 고생고생을 하다가 세상을 떠나셨습니다. 누더기를 입고 굶주려서 영양부족에 걸리고 병이 나서 돌아가셨다는 이야기를 들었습니다.

나는 박태선 장로님이 거짓말로 많은 신도를 현혹시키고 재산을 모두 바치라고 압박한 사실을 알고 있습니다. 지금 박태선 장로님의 전도관은 거의 없어졌습니다. 우리는 그와 비슷한 신앙운동들을 많이 봅니다. 나운몽 장로님도 그랬고, 유병언 씨의 구원파도 그랬고, 문선명 목사의 통일교도 그랬습니다. 순복음교회의 조용기 목사님의 교회에도 초기에는 불길이 덮은 듯 뜨거웠습니다.

대개의 이단들이 뜨겁습니다. 그래서 자기도 화상을 입고 다른 사람들도 화상을 입습니다. 화상을 심하게 입은 사람은 죽기도 하고 일생을 망치기도 합니다. 물론 차가운 신앙도 안 되겠지요. 이 차가운 신앙, 이성적인 신앙은 신학자들에게서 많이 봅니다. 그들은 성경을 분석하고 예수님을 역사적으로 정신과적으로 분석하여 논문을 씁니다. 그래서 신학자들의 논문만 읽으면 '내가 정말 예수님을 믿어도 되나'라고 생각할 수도 있습니다. 많은 신학자는 예수님은 믿어도 '예수님이 나의 구주'라는 것은 믿지 않는가 봅니다.

목사님이 뜨겁지도 아니하고 차지도 아니하면 내 입에서 뱉어버리리라고 하는 성경말씀을 들어 성령 충만한 사람이 되라고 강조하시면 나는 위축이 되고 슬퍼집니다.

오늘 최성남 목사님의 설교가 나의 마음을 평안하게 해주었습니다. 우리는 너무 뜨거워서 남에게 화상을 입히고, 나도 화상을 입는 신앙을 말하는 것이 아닙니다. 우리는 자신의 체온에 맞는 신앙을 가져야 합니다. 하나님이 나의 하나님이고, 예수님이 우리를 위하여 이 세상에 오셨고, 우리 죄를 사하시기 위하여 십자가를 지셨고, 우리에게 영원한 생명을 주신다는 것을 증명하시기 위하여 부활하셨다는 사실을 믿고 신앙인으로 온유하게 살아가야 한다는 말씀입니다.

나는 매일 새벽 기도회에 가고 마룻바닥을 땅땅 울리면서 기도를 하고 교회에서 찬송할 때 박수를 치고, 손을 흔들고, 일어나 춤을 출 수가 없습니다. 매달마다 각 교회에서 하는 금식 철야기도에 참석할 수도 없으며, 몸부림을 쳐가면서 방언을 해보지도 못했습니다. 그러나 주님이 나더러 죽으라고 하면 죽어야겠다는 결심은 있습니다.

목사님! 저의 체온에 맞는 37도의 따뜻한 신앙은 안 될까요? 나의 신앙이 아무리 뜨거워도 내 몸을 불태울지라도 예수님 앞에 가기는 너무도 부끄럽습니다. 저는 다만 주님의 구원의 은총이 필요한 죄인일 뿐입니다.

할렐루야 아멘

어제는 교회의 담임목사님이 출타하셔서 외부 목사님이 오셔서 설교를 하셨습니다. 그런데 목사님은 강단에 올라오셔서 인사를 하시고는 "할렐루야!" 하시더니 "이 교회는 '아멘'의 화답소리가 작네요. 우리 교회에서는 천장이 떠나갈 듯이 크게 아멘을 하는데."라고 다시 큰소리로 할렐루야 하면서 불만(?)을 토로하셨습니다. 목사님은 40분간 설교를 하시면서 할렐루야를 한 백 번쯤 외치신 것 같습니다. 그럴 때마다 교인들은 아멘이라고 해야 했고 아멘 소리가 작으면 "이 교회에는 아멘 하고 화답하는 사람이 많지 않네요. 그런 분에게는 주일 설교의 은혜가 없지요."라고 말씀하셨습니다.

그럼 '할렐루야'는 무엇일까요? 물론 할렐루야는 히브리말입니다. '할렐'이라는 말은 '찬양하라 영광스럽게 하라'는 명령형이라고 합니다. '루'는 '너희들은'이라는 말이고 '야'는 '야훼, 여호와'의 줄인 말입니다. 그러니까 연결을 하면 너희들은 여호와를 찬양하라는 말입니다.

그런데 어제 설교하신 목사님은 자기가 젊어서 연애할 때 집에 가면 아내의 얼굴이 눈에 떠오르더라고 이야기하고는 할렐루야 하고 음성을 높였습니다. 아마 자기가 하나님의 직계 자손이라도 되는지 착각을 하신 모양입니다. 아니, 자기가 젊어서 연애하던 말을 하는데 왜 교인들이 '아멘'을 해야 하는지 나는 많이 헷갈렸습니다. 물론 자기가 예쁘고 사랑스런 부인을 만나 결혼을 했으니 감사하다고 '할렐루야'를 외칠지 모르겠지만 교회에 앉아있는 우리가 왜 '할렐루야, 아멘'을 외쳐야 하는지 정황에 맞지 않는 것 같습니다. 하여간 목사님은 한마디 하시고는 할렐루야를 외치면서 40분간 설교를 했습니다.

나는 한마음 마켓에 가거나 한양마켓, 식당 등에 진열이 된 목사님의 설교 CD를 열심히 사옵니다. 그리고는 아침 운동을 할 때 귀마개를 하고 듣습니다. 그런데 많은 교회에서 목사님이 말을 할 때마다 '할렐루야'나 '아멘' 하고 소리를 지릅니다. 어떤 교회에서는 목사님이 한마디를 할 때마다 그러니 그분이 설교를 정신 차려서 듣고 있는지조차 모르겠습니다. 오래 전에 제가 나가던 교회에 나이 드신 집사님이 계셨습니다. 그 집사님이야말로 목사님이 한마디 할 때마다 '아멘 할렐루야' 하고 소리를 지르셨는데 내가 정신을 차려 자세히 보니까 그분은 목사님이 설교하실 때 뭣인가 뒤적거리다가도 '아멘' 하고 소리를 지르곤 하셨습니다.

독재자들이 연설을 할 때는 국민들이 열광적으로 화답하기를 원합니다. 영화를 보면 네로 황제가 연설할 때 군중들이 소리를 질렀고, 북한에서 김일성과 김정일이 연설할 때 군중들이 박수를 치고 꽃을 흔들면서 열광을 했고, 히틀러가 연설을 할 때 군중들이 광분을 했습니다.

대통령이 연초에 국회에 나와 국정연설을 할 때 청중들이 몇 번이나 일어나 박수를 치고 환호를 했느냐를 놓고 대통령의 역량과 인기를 말하기도 합니다.

그런데 큰 교회 목사님들 가운데는 마치 자기는 이제 보통 인간의 굴레에서 벗어나 베드로보다도 한 급 높은 사람이 된 줄로 착각합니다. 물론 많은 교인들, 부목사님들, 장로님들, 집사님들이 떠받들어 주니까 그렇기도 하겠지만 오만함이 하늘을 찌를 듯한 목사님들을 더러 봅니다. 그래서 목사님이 손을 들고 강단에 올라오시면서 '할렐루야'라고 하면 교인들이 큰소리로 '아멘'이라고 화답을 해야 하는가 봅니다. 물론 설교할 때도 그렇지만 자기가 "우리 아들이 좋은 대학을 갔어요. 할렐루야!" 하면 교인들이 "아멘" 하고 큰 목소리로 화답해 주기를 바랍니다.

또 교인들 중에도 이런 분위기를 좋아하시는 분들이 있습니다. 그저 목사님이 기침만 해도 '아멘' 하고 소리를 지르는 교인들이 있습니다. 저는 예배 시간에 대표기도를 하다가 누군가 갑자기 '아멘' 하고 소리를 지르면 제가 하려던 말을 잊어먹고 쩔쩔 매는 때가 있습니다. 그것도 그저 조용한 소리로 '아멘'을 하는 것이 아니라 옆의 사람이 놀랄 정도로 큰소리로 아멘 하면 옆에 있던 나는 당황할 수밖에 없습니다.

'아멘'이 무슨 뜻인가요. '아멘'은 '참 진실하다, 그 말에 진실로 동의한다, 그렇게 되기를 바랍니다.' 하는 기원의 말이 아닙니까.

목사님이었던 할아버지는 "예배는 우리가 마음과 뜻과 정성을 다 바쳐서 경건하게 드리는 것이다."라고 하여 예배시간에 소란을 떨지 못하게 했습니다. 예배 보는 중에 박수를 치지도 못하게 하셨고, 옷도 가능한 한 정돈된 옷을 입고 예배를 드려야 한다고 가르치셨습니다. 그래서 어려서 그렇게 배워서 그런지 예배시간은 엄숙하고 조용한 게 좋습니다. 요새는 TV에도 보면 예배를 경건하게 보는 교회가 많이 있기는 하지만 간혹 예배인지 굿판인지 모르게 떠들썩하고 찢어진 청바지에 티셔츠 입고 '할렐루야, 아멘'을 외치는 교회들도 있습니다. 이건 저의 편견인지는 모르지만 그런 목사님의 설교는 내용이 별로 없기도 합니다.

옛날 ≪엘마 간트리≫라는 영화가 있었습니다. 사기꾼 버트랑카 스타가 부흥회 목사로 변신하여 사기를 벌이는 이야기였습니다. 지금의 교회도 그런 경향이 좀 있습니다. 옛날의 조세형이라는 도적이 감옥에서 전도를 받고 나와서 전도사가 되어 교회에 다니면서 설교를 하고 부흥회를 인도 하더니 다시 도적질을 하다가 감옥에 갔다는 이야기를 들었습니다.

물론 어렸을 때 부흥회에 가서 손바닥을 치며 찬송을 부르고 일어서서 '주여 어서 오시옵소서' 하고 소리를 지르는 집회에도 참석해본 일이 있지만 매주일 예배 때마다 그럴 수는 없을 것 같습니다.

어떤 목사님은 이런 예배를 강력하게 주장하시는 분도 계시고, 예배는 경건하게 드려야 한다고 하시는 분도 있습니다. 나는 이 논란에서는 빠지려고 합니다. 그러나 나는 예배시간에 소란을 떨고 '할렐루야, 아멘' 하고 박수를 치면 정신이 없고 목사님이 '할렐루야, 아멘'을 반복하면 목사님의 설교에 집중이 안 됩니다.

한번 친구를 따라 어느 교회에 갔습니다. 그 교회에서는 예배를 보기 전 30분 동안 앞에서 청년 전도사들과 찬송 인도자들이 나와 복음성가를 부르는데 이는 거의 광란에 가까웠습니다. 그리고 예배가 시작이 되고 목사님이 설교를 한 20분 하시는데, 그저 '할렐루야, 아멘'을 수없이 했습니다. 설교가 끝나고서는 '오, 주여' 하고는 다시 찬송을 시작했습니다. 다시 찬송 인도자들이 7-8명 나오고 손을 들고 찬송과 복음성가를 한 20분 불렀습니다. 찬송을 하는데도 가사에도 없는 '할렐루야, 아멘'을 반복하고 또 반복했습니다. 예배를 90분간 드리는데 아마 찬송을 한 60

분간 부른 것 같습니다. 예배를 보고 난 후 나는 정신이 없었습니다. 교회에서 예배를 보았는지 굿판 구경을 갔다 왔는지 정신이 혼미했습니다. 그 친구를 만나려면 예배가 끝난 후 만나기로 하고 저는 다른 교회에 나가기로 했습니다.

사람들에게는 다양성이 있습니다. 하나님은 이 인간들의 다양성을 모두 받아 들이셨습니다.

예수님의 제자들 중에도 베드로 같은 과격한 성격의 소유자도 있고, 야고보처럼 엄격한 원칙주의자도 있고, 유다같이 머리 좋은 사람도 있고, 요한 같은 조용한 성격의 소유자도 있습니다.

저는 예배를 볼 때 마음을 모아 조용히 기도하고 목사님의 말씀을 기침소리까지 듣고 예배시간에 내려주시는 하나님의 음성을 듣고자 합니다. 목사님이 강단에 올라오시면 너무 '할렐루야'를 많이 하지 마시고 우리들에게 '아멘'을 강요하지 말아 주시면 안 될까요?

Not in my back yard

시리아 난민과 한국의 피난민

오늘 나는 TV의 뉴스에서 프랑스와 독일, 헝가리를 떠돌며 TV카메라를 힘없이 쳐다보는 소년을 보고 있습니다. 1950년 겨울 내가 저런 모습이었겠지. 아침을 먹다가 갑자기 피난길에 오른 우리는 피난보따리도 제대로 챙길 시간이 없어 눈에 보이는 대로 담요와 옷가지 몇 개만을 싸들고 피난길에 올랐습니다. 밥을 언제 먹어 보았는지 기억에 가물가물했고, 북에서 들려오는 대포소리에 밀려 가는 길도 모른 채 철로만 따라 남쪽으로 걸어오던 피난길. 지나가던 미군이 깡통 하나를 던져 주면 먹이를 본 병아리들이 몰려가듯 몰려가선 과자 한 개라도 같이 나누어 먹던 피난길. 지금 TV에 나오는 시리아의 소년과 그때의 나의 눈망울이 아마도 닮았을 것입니다.

1951년 3월 중순, 대구의 봄은 추웠습니다. 대봉동 철망으로 둘러친 미8군 부대의 길 건너에는 일일 노동자들이 수백 명이 모여 그날의 일거리를 얻으려고 넓은 길을 메우고 있었습니다. 어쩌다 미군이 트럭을 몰고 나오고 군복을 입은 통역관이 “20명, 20명” 하고 손가락질을 하면 날쌔게 트럭을 올라타야 했고 그 날쌘 20에 들지 못하면 어깨를 축 늘어뜨린 채 다음 기회를 기다려야 했습니다. 키도 작고 몸집이 작은 나는 번번이 날쌔고 힘 있는 젊은이들에게 밀려 떨어져 나와 멀거니 철망 건너 미군부대 안을 쳐다보곤 했습니다.

오늘 나는 TV의 뉴스에서 프랑스와 독일, 헝가리를 떠돌며 TV 카메라를 힘없이 쳐다보는 소년을 보고 있습니다.

안젤리나 졸리가 2013년 아카데미 주연상 시상식에서 "나는 어린 나이에 영화에 데뷔하여 영화에 출연하면서 힘이 든다고 생각을 했습니다. 그런데 세계 여러 곳을 여행하면서 다른 사람들의 삶을 보면서 나의 책임을 생각했습니다. 전쟁과 기근, 가난과 성폭력들이 난무하는 세상에서 살아남은 사람들을 만나보면서 먹을 것, 입을 것, 내가 살 집이 있다는 것이 얼마나 행복한 일인지 알게 되었습니다. 나는 나 같은 사람은 운이 좋게 태어나 좋은 기회를 얻고 돈을 벌고 영화를 만들고 잘 살아왔는데 세상 저쪽에는 나와 같은 여인이 나와 같은 재능과 욕망을 가지고 나보다 더 좋은 영화를 만들 수도 있고 연설도 할 수 있을 텐데도 저 여인은 철망 저쪽에 앉아 어린애에게 먹일 것과 잠잘 장소를 염려하며 언제나 내가 살던 집으로 돌아 갈 수 있을까를 걱정해야 하는지…. 누가 우리의 운명을 이렇게 갈라놓았는지 잘 알 수 없습니다."라고 했습니다.

나도 오늘 아침 TV에 나오는 저 맑은 눈망울을 가진 소년과 내가 어떤 차이가 있길래 1951년 철망 밖에서 철망 안의 사람을 부러워하던 소년이, 지금은 뉴욕의 고층아파트에 앉아 아침에 계란과 빵, 커피와 과일을 먹으면서 TV를 보고 있을까. TV화면의 저 소년이 지금부터 30년 후에는 지금의 난민의 고통을 잊고 가족과 함께 행복한 웃음을 웃으며 가족들과 식사를 할 수 있을까 생각해 봅니다.

지금 미국에서는 시리아 난민의 미국 입국을 반대하는 목소리가 높습니다. 트럼프 대통령은 이슬람교를 믿는 난민을 받아들이지 말아야 한다고 목소리를 높이고, 미국의 중하류의 시민들은 이슬람 난민을 받지 말아야 한다고 트럼프를 지지하고 있습니다. 물론 그 다수 시민의 마음이야 압니다. 그 많은 이슬람 난민들이 미국에 들어오면 그들을 먹여 살릴 천문학적 재정이 필요하고, 그들이 장차 만들어낼 이슬람교과 기독교 국가인 미국과의 마찰이 걱정이 되는 것은 사실입니다.

오래 전 지미 카터 대통령 때 쿠바에서 감옥의 죄수들을 미국으로 보냈고, 인도주의적 입장에서 그들을 받아들였다가 겪은 혼란을 기억합니다. 제2의 파라다이스라고 하던 마이애미는 범죄의 도시로 변했고, 관광을 왔던 독일인이 강도를 당하여 칼에 찔려 죽었고 이것이 미국사회와 국제사회에 큰 물의를 일으켰습니다. 많은 마이애미의 부자들이 서쪽 끝인 네이플로 이사를 했습니다. 그리고 마이애미, 할리우드, 포드 라우더 데일의 분위기는 많이 바뀌었습니다.

그런데 가만히 생각을 하면 이런 난민과 이민이 아랍의 역사를 바꾸었습니다. 처음 이라크 땅인 우르지방에 살던 아브라함이 우르를 떠나 파키스탄의 원주민을 몰아내고 히브리 민족으로 채웠습니다. 물론 그후 약 450년의 역사가 흐른 후이기는 하지만….

야곱은 70명을 데리고 이집트의 난민으로 갔지만 이집트의 역사를 바꾸고 말았습니다. 그 후 모세와 그 후계자인 여호수아는 가나안의 원주민들인 가나안, 브리스,. 여부스, 히위, 아모리, 헷, 암몬, 블레셋 민족을 밀어재끼고 자기들의 땅으로 삼아 3000여 년이 지난 지금까지 싸움을 하고 있습니다. 영국에서 메리 플라워호를 타고 미국 땅으로 건너온 난민은 수천 년을 이 땅에서 살아온 아메리칸 인디언을 밀어내고 자기들의 땅이라고 우기고 있으며, 이 땅으로 오려는 이민을 선별하고 제한해야 한다고 야단입니다. 남미로 온 스페인 사람들은 멕시코와 아르헨티나, 중미의 대부분을 자기들의 식민지로 만들어 버렸고, 포르투갈은 커다란 땅 브라질을 차지했습니다.

난민과 이민이 세계의 역사를 바꾼 것을 우리는 여기저기에서 볼 수 있으며, 그 난민은 원주민을 멸망시키거나 쓸어버리고 자기들의 땅으로 만든 것이 사실이긴 합니다. 노예로 불러들인 흑인 때문에 사회가 복잡해지고 아시아의 이민을 받아들이고는 백인들의 일터가 적어지고 좋은 대학의 학생들은 아시아인들이 차지하고 백인들의 일자리가 없어졌다고 하며, 하버드나 예일대에서 아시아인 학생 수를 조절하자고 야단이기도 합니다.

알라를 위해서라면 목숨을 버리기를 주저하지 않는 이슬람 교인들이 많이 들어오면 뜨뜻미지근하게 일요일 교회를 들락거리는 기독교를 몰아내고 50년이나 100년 안에 이슬람 국가가 될지도 모릅니다. 그런데 이런 역사의 흐름을 사람이 막을 수는 없습니다. 오스트레일리아도 뉴질랜드도 아프리카의 많은 나라도 미국 대륙도 난민과 이민들이 만들어냈고 원주민이 필사적으로 막으려 했어도 불가능했습니다.

TV의 화면에 비치는 눈망울이 큰 소년을 보면서 저 난민들이 정말 새로운 역사를 만들 미래의 씨앗이 될 수도 있겠구나 생각을 하니 불쌍한 마음만을 가졌던 내가 혼란스럽기만 합니다.

Not in my back yard

TV를 보면 많은 시민단체가 있습니다. 사형제폐지를 반대하며 인간의 생명은 존귀하다고 하는 시민단체의 간부님들이 만일 자기 딸이 유영철에게 죽었다고 해도 꼭 같은 태도를 취할지 정말 알고 싶습니다. 또 연쇄살인범 유영철이 자기 옆집에 살게 된다면 태도는 아마 달라질 것입니다.

작년 사드의 배치문제가 대두되었을 때였습니다. 물론 중국에 무조건 머리를 숙이는 좌파들이야 말을 할 것 없지만 대다수의 국민은 북한의 핵폭탄과 장거리 미사일에서 나라를 지켜야 한다는 데 반대가 없었습니다. 그런데 그 배치가 경상북도 성주라고 결정이 나자 우리 마을에는 안 된다고 반대의 목소리가 커지기 시작했습니다. 여기서 오는 전자파가 우리 밭의 참외에 영향을 미쳐 인체에 해롭게 되면 참외가 팔리지 않을 테니까 절대 안 된다는 것이었습니다. 그리고 그 반대는 좌파들과 연합하여 거센 반대운동으로 번졌습니다. 'Not in my back yard'의 논리가 나온 것입니다.

국회에서나 신문에서 장애자 보호시설을 설치해야 한다고 하면 시민단체나 국민들은 찬성을 합니다. 그리고 찬성하는 사람들은 마치 사회사업이나 하는 듯한 근엄한 표정으로 회의에 참석을 합니다.

그런데 그 장소가 결정이 되면 "아니 우리 동네는 안 됩니다." "우리 마을에는 안 됩니다."라는 반대의 목소리가 나옵니다. 그래도 체면이 있어서 처음에는 목소리가 큰 아줌마들이 앞장을 서고, 격렬해지고 나면 그제서야 남자들이 뒤에서 나섭니다. 반대이유는 아주 간단합니다. 우리 동네의 안전 관리와 집값이 떨어진다는 이유입니다.

이런 현상은 한국에만 있는 것은 아닙니다. LA 근처의 부촌인 비버리 힐즈의 한 교회에서 노숙자 무료급식을 했습니다. 그러자 노숙자들이 많이 모여들고 여기다 노숙자들의 수용소를 짓자는 말이 나왔습니다. 그랬더니 그 동네 주민들이 반대하고 나섰습니다. 이유는 동네의 안전이 나빠지기 때문입니다. 비버리힐즈에서 부자들이 모여서 평안하게 사는데 동네에 노숙자들이 모여 들다니…. 떨어지는 집값은 어떻게 하고… 그들은 교회에 몰려들어 무상 급식을 금지하라고 압력을 가해 결국 교회의 무료급식은 중단되었다고 합니다. 하기는 안전과 평화에 장애가 되는 것이 사실이기는 합니다.

오래 전 전공의 시절 디트로이트의 남쪽 끝에 South Field의 한 아파트에 살았습니다. 처음에는 아파트 주민의 다수가 백인 중산층이었고 아파트는 수영장까지 갖춘 좋은 아파트에 속했었습니다. 그런데 흑인이 어쩌다가 한 집 들어 왔습니다. 그는 록 음악도 크게 틀어 놓았고 집 앞의 청소도 하지 않았습니다. 그랬더니 그 좌우 옆집의 백인들이 이사를 갔고 그 빈집에는 다른 흑인이 들어 왔습니다. 나도 전공의가 끝이 나서 이사를 하게 되었습니다. 한 5년이 지나 여행을 하면서 우리가 살던 옛집을 둘러보고 싶어서 살던 아파트에 가 보았습니다. 아파트는 헐었고 더러웠고 그때 깨끗하던 수영장에는 쓰레기가 둥둥 떠 있었습니다. 그리고 아파트 전체가 슬럼으로 변해 있었습니다. 그 깨끗하던 아파트가 이렇게 변하다니….

그러니 노숙자들이 들어오기 시작을 하면 동네는 슬럼화가 되고 아파트 값이 떨어지는 것은 사실입니다. 그러니 반대하는 아줌마나 아저씨들의 심정도 이해는 갑니다.

지금은 장례문화가 많이 변했습니다. 요새는 매장보다는 화장을 하여 납골당이라는 곳에 안치를 많이 한다고 합니다. 그렇게 화장이 늘어나니 화장장을 지어야 하는데 주민들의 반대로 지을 수가 없습니다. 물론 시내나 주택들이 있는 곳에는 납골당도 지을 수가 없습니다. 화장장을 서초동이나 압구정동에 짓는다는 것은 상상도 못합니다. 집값이 떨어진다는 주민들의 반대가 아마 국회나 청와대까지 점령을 할 것입니다. 물론 땅값이 비싸서 엄두도 못 내겠지만.

이렇듯 그것이 남의 일일 때와 내 일일 때의 태도가 다르고, 내가 생각하는 것이나 말하는 것과 행동하는 것이 다르다는 말입니다. 아무리 좋은 생각이라 하더라도 Not in my back yard로, 나와는 상관이 없는 곳에서 하라는 것입니다. 아마 토지 공개념을 부르짖는 추미애 대표도 자기 집 옆에 장애인시설을 짓는다고 하면 안색이 변하여 목소리를 높일지도 모릅니다. 오래 전 제가 있던 대학 옆에 장애인 학교가 세워졌습니다. 그런데 처음 학교를 세울 때는 장애인 학교란 말을 못했다고 합니다. 그저 특수학교라는 말로 학교를 세우고는 차츰 장애인학생들을 데리고 왔다고 합니다. 다행히 그곳은 주민들의 아파트와는 멀리 떨어져 있었고 또 정원과 가까이 있어서 큰 말썽은 없었다는 이야기를 들었습니다.

우리나라는 데모공화국입니다 우리나라만큼 조직적이고 신속하고 격렬하게 데모를 하는 나라는 없을 것입니다. 우리는 데모로 대통령을 두 번이나 물러나게 한 나라입니다. 그리고 데모용 카드도 어찌나 그리 빨리 또 많이 만드는지 놀랄 지경입니다.

오래 전에 제가 근무하는 병원에서 수술을 하다가 환자가 죽었습니다. 그런데 사건이 난 지 두 시간에 보호자들과 건장한 청년들이 피켓을 들고 병원 정문에 늘어섰습니다. 나는 그 신속한 계획과 진행에 놀랐습니다. 그리고 병원 당국과 합의가 되었는지 또 두 시간쯤 있다가 피켓을 든 청년들과 가족들이 잠잠히 물러갔습니다. 요새도 작은 일들, 아파트 주민들이나 지역의 농민들이 자기들의 집단 이익을 위하여 피켓을 들고 데모를 하는 일들이 TV에 자주 등장합니다. 광화문에서 피켓을 들고 데모를 하는 사람들을 보면서 우리나라만큼 데모가 신속하고 조직적으로 격렬하게 벌어지는 나라는 없을 것이라고 생각을 해봅니다.

촛불집회

BC 470년에 태어난 소크라테스는 석가와 공자와 더불어 4대 현인(賢人) 중의 하나로 존경을 받는 철학자였습니다. 그런데 BC 5세기경 전성기를 누리고 있던 소피스트(궤변가)들에게는 소크라테스는 눈엣가시 같은 존재였습니다. 소크라테스가 아고라 광장이나 아크로폴리스 광장에서 말장난으로 세월을 보내는 소피스트들을 비난했기 때문입니다. 드디어 소피스트들은 군중을 선동하여 인민재판에서 소크라테스에게 유죄판결을 내렸고 독배를 마시게 하여 소크라테스는 죽었습니다.

지금부터 2000년 전에 이스라엘에도 이런 일이 있었습니다. 군중들을 먹여주고 병자를 고치며 많은 사람들을 가르치던 예수라는 청년을 당시에 세력가들은 미워했습니다. 그래서 군중들을 선동하여 그를 죽이라고 소리를 질렀습니다. 그때 세력을 잡고 있던 바리새교인이나 사두개인들은 종교지도자였고, 율법사들은 현재 국회의원들이었고, 그를 재판한 빌라도는 현법재판소나 검찰이라고 할까요. 빌라도는 예수를 심문했지만 그에게서 죄를 발견할 수 없었습니다. 빌라도는 유대인의 광복절인 유월절에 그를 사면하면 어떠냐고 묻습니다.

그런데 세력가들의 선동을 받은 군중은 차라리 연쇄살인범인 유영철과 같은 바나바를 석방할지언정 예수를 사형시키라고 함성을 지릅니다. 국민의 소리라고 외치면서…. 겁을 먹은 빌라도는 그럼 이 판결은 나의 책임이 아니라고 손을 씻고는 예수님을 군중에게 내어 줍니다. 군중은 국민의 승리라고 환호를 하면서 그를 때리고 얼굴에 침을 뱉고 산으로 끌고가 사형을 시킵니다. 마치 지금의 서울의 인민재판과 비슷하지 않은가요?

역사는 군중의 함성을 많이 기록하고 있습니다. 콜로세움에서 로마의 황제는 기독교인들을 끌고 나와 사자에게 물려 죽게 하고, 결투사 노예들 에게 찔려 죽게 합니다. 그때도 콜로세움에 가득 모인 군중은 환호를 합니다. 네로는 하늘의 소리, 국민의 소리라고 합니다.

1930년대 베를린의 광장에도 많은 군중이 모이고 히틀러가 연설을 합니다. 군중은 소리를 지르며 환호를 하고 연설이 끝나면 몰려가 다락방이나 지하실에 숨어 있던 유태인들을 잡아들이고 독재에 반대를 하는 지식인들을 끌어내어 수용소에 가두고 재산을 몰수합니다. 이 민중의 운동이 지금도 수치스러운 홀로코스트를 일으킨 민중의 고함소리입니다. 이제 세월이 지난 오늘 그것이 정의라고 생각하는 사람은 아무도 없습니다. 그러나 히틀러는 국민의 소리라고 주장했습니다.

북한에서는 군중대화라는 것을 많이 합니다. 제가 어렸을 때 평양에서는 시청 앞 광장에서 또 모란봉 밑의 공설운동장에서 군중대회를 자주 했습니다. 3·1절, 5·1절(노동절), 8·15 해방절 같은 무슨 날마다 군중들을 모아 놓고 미국 제국주의와 그의 괴뢰인 김구, 이승만을 타도하자 하고 소리를 지르곤 했습니다. 그럴 때 보면 몇몇 사람들은 정말 열이 나서 주먹을 휘두르면 입에 거품을 물었고, 최면에 빠진 군중들도 소리를 지르곤 했습니다. 지금 생각해 보면 그것은 정의로운 일이 아니었습니다.

우리나라에도 이런 대회가 많습니다. 아마 어느 나라보다도 많지 않았나 생각합니다. 4·19나 5·28에는 정부가 국민의 함성에 굴복했지만 이에 맛을 들인 몇몇 정치인들은 툭하면 민중을 선동하여 머리에 띠를 두르고 주먹질을 하게 합니다.

한 10여 년 전에 효순이 미순이 사건이 있었습니다. 파주에 있는 미군 훈련장 근처에서 여학생 2명이 미군 장갑차에 치어 죽은 사건입니다. 훈련지역에서 요란한 소리를 내는 장갑차에 소녀들이 어찌 차를 피하지 못하고 치어 죽었는지 모릅니다. 하여간 시민단체는 차를 운전한 미군들을 살인죄로 처벌해야 한다고 주장했고, 미군법에서는 운전 중 과실치사라고 하여 불구속 처리를 했습니다. 효순이의 아버지는 오히려 이 사건은 과실치사이고 자기 딸 효순이에게도 과실이 있었다고 말을 했지만 민중은 들으려고 하지 않았습니다. 광화문은 촛불로 가득 찼고, 수십 만 명의 군중이 모여 "미군 철수" 하라고 함성을 질렀습니다. 물론 죽은 여학생들은 안 되었지만 이 집회가 정의라고 생각하지는 않습니다.

또 있습니다. 한 십년 전 미국산 소고기를 먹으면 광우병이 걸린다고 미국산 소고기를 수입하지 말자는 파동이 있었습니다. '우리 아기들을 살려주세요.'라는 플래카드를 들고 유모차에 애기들을 데리고 나오는 등 군중대회는 요란했습니다. 그리고 한 여자 배우는 미국산 소고기를 먹느니 차라리 청산가리를 입에 털어 넣겠다고 국민을 선동했습니다. 그러나 광우병은 영국에서 많이 생겼고 유럽과 일본에서 발생을 했지, 미국에서는 한두 케이스의 의심스러운 환자가 생겼을 뿐입니다.

그런데 미국산 소고기를 먹은 사람과 악수만 해도 광우병이 걸린다는 소문으로 서울에 간 미국 시민들은 왕따를 당하기까지 했습니다. 이제 세월이 흐른 후 그것이 진실이 아니었다는 것이 판명이 되었습니다. 물론 그때 요란을 떨었던 언론은 진실을 규명하지도 사과도 하지 않았습니다. 그밖에도 서울에는 수많은 시민대회가 열렸습니다. 민노총 데모, 세월호 데모, 전교조 데모 등 광화문 앞 광장은 조용할 새가 없습니다.

지금 광화문에는 또다시 촛불의 시위가 일고 있습니다. 박근혜를 끌어내려라, 박근혜를 탄핵해라 하는 소리가 요란합니다. 철없는 중학생들이 가방을 멘 채 촛불을 들고 광화문에 모여들고 있습니다. 그들이 좋아하는 젊은 가수들이 무대 위에서 노래를 하고, 개그맨들이 무대에 나와 저속한 막말을 쏟아냅니다. 철없는 그들은 재미있다고 박수를 칩니다. 그리고는 TV에서 보던 정치인들이 나와서 "박근혜를 끌어내자."라고 구호를 외치면 왜 그래야 하는지도 모른 채 박수를 치고 박근혜를 탄핵하라고 구호를 외칩니다. 제 친구들이 촛불집회에 갔다 와서 하는 말이 재미 있더라 하는 말입니다. 그리고는 민주노총, 한국노총, 전교조, 전국농민회, 참여연대, 녹색연대의 깃발이 삼국지에 나오는 원소의 진영처럼 바람에 나부낍니다. 그리고 여기 나온 아저씨들은 집회 한가운데서 몸을 녹이기 위해서인지 참이슬을 부어 마시고, 떡볶이와 순대들을 먹느라고 부산하기도 합니다. 그리고 가끔 이석기를 석방하라, 통진당을 재건하라 하고 소리를 지릅니다. 나는 이 큰 집회의 경비가 어디서 나오는지 의심스럽습니다. 저 무대장치, 음향시설, 플래카드, 하루에 한 사람이 몇 개씩 써야 하는 촛불, 사람들을 실어 나르는 버스, 소문이 사실이라면 참석자에게 나누어 주는 일당이 어디서 나오는 것일까요?

그리고 가끔 나와서 목소리를 높이는 정치인들은 국민의 저항이고 국민의 뜻이라고 하면서 반드시 국민이 승리한다고 주먹을 쥡니다.

이제 세월이 가면 이 집회도 정의로웠다고 하지 않을 것 같습니다. 그리고 이것을 이용한 정치인들은 바리새교인이고 나치 당원이고 공산당 간부처럼 국민을 이용한 사람들이라는 것이 증명이 될 것입니다.

Cotigo Ergo sum

철학을 공부하지 않은 사람들도 대개는 데카르트의 "나는 생각한다. 고로 존재한다.(Cotigo Ergo sum.)"라는 말을 기억할 것입니다. '나는 왜 존재하는가? 나는 왜 지금 이 자리에 있는가?' 하는 것이 그의 사고의 질문입니다.

우리가 대학을 다닐 때는 데칸쇼라는 말이 유행했습니다. 데카르트, 칸트, 쇼펜하우어의 책을 옆에 끼고 고개를 6시 5분 전으로 꼬고 다니면서 내가 왜 존재하는가를 생각했습니다. 쇼펜하우어에 치우친 친구들은 자살로 그 생각을 정리하기도 했습니다.

지금 사회의 젊은이들은 똑똑합니다. 공부도 잘합니다 컴퓨터도 잘합니다. 그러나 사고(思考)를 하는 것 같지 않습니다. 머리는 좋은데 그 좋은 머리를 즐기는데 쓰는 것 같습니다. 얼마 전 김형석 선생님은 〈예수, 어떻게 믿을 것인가〉라는 강의에서 학교에서 공부를 잘하는 사람이 사회의 지도자가 되는 것이 아니라 역사의식을 가지고 사색하는 사람이 사회의 지도자가 되더라고 말씀하셨습니다.

사람의 뇌에는 여러 가지 기능이 있습니다. 학자마다 다르지만 어떤 사람은 뇌신경 세포가 1000억 개가 된다고도 하고, 어떤 의학자는 그보다도 훨씬 많다고 합니다. 아직 기능적 신경해부에서도 수학을 잘하는 부분이 어디이고, 말을 잘하는 부분이 어디이고, 연구를 잘하는 부분이 어디이고, 사기를 잘 치는 부분이 어디인지 식별이 되지 아니합니다.

공부를 잘한다는 것은 머리에 기억을 잘한다는 것, 선생님이 강의한 것을 잘 외우거나 교과서를 잘 외우는 즉 copy기능이 발달되었다는 뜻입니다. 그래서 학교에 다닐 때 보면 평소에는 행동이 유치한데 시험성적이 좋은 친구가 있고, 평소에는 행동이 신중하고 그의 말 한마디가 사려 깊은데 시험성적은 별로인 친구들이 있었습니다. 또 학교 졸업 때까지 성적은 좋았는데 졸업하고서 자기 먹고 사는 데만 힘을 쓰다가 간 친구가 있고, 학교에서 성적은 별로였는데 졸업하고 사회에서 큰일을 하고 정말 훌륭한 사람이 된 친구들도 있습니다. 성적 위주로 사람의 등급을 매기고 사람을 평가하는 사회가 전부 옳은 것은 아니란 말입니다. 물론 공부를 잘하는 사람이 좋은 사람인 확률이 많은 것은 사실이지만….

제가 아는 사람 중에 자기가 나온 고등학교와 대학의 이름만을 외우고 사는 사람들이 여러 명 있습니다. 나는 K고등학교를 나오고 S대학을 나왔는데 졸업 때 몇 등을 했다는 것을 졸업을 한 지 60년이 지났는데도 외우고 다니는 친구들이 있습니다. 그러나 그는 사회에 아무런 공헌을 하지 않았습니다. 사회라기보다 자기가 사는 동네를 위하여 나무 한 그루 심은 일도 없고 오로지 자기의 고등학교, 대학교의 졸업장만 바라보며 자기 자신만을 위하여 일생을 살았습니다.

오래 전 함석헌 선생님은 〈생각하는 백성이라야 산다〉라는 글을 사상계에 게재하여 당시 젊은이들을 가르쳤습니다. 그저 먹고 자고 멍청하게 사는 것이 아니라 내가 왜 살아가고 있는가를 생각하고, 나라를 생각하고, 사회를 생각하는 사람이 되어야 한다는 말씀입니다.

지금 우리 사회를 보면 정말 생각이 없는 사람들의 무리들이 몰려 사는 것 같습니다. 새 정부는 적폐청산을 한다고 재벌들을 뒤지더니 부정, 탈세, 상속비리, 갑질, 노조 방해 등등을 들추면서 재벌들을 해체한다고 완장을 찬 사람들이 설쳐대더니 최저임금 인상, 노동시간 단축, 임시직 폐지 등으로 기업들을 압박하고 있습니다. 그리고 노조에 더욱 힘을 실어 주겠다고 야단입니다. 물론 노동자의 인권이 중요합니다. 그러나 사업이 되어야 고용인들의 급여를 주는데 사업이 안 되게 길을 막고서 노동자들의 급여를 올려주고 노동시간을 단축하라니, 사업을 하라는 건지, 말라는 건지 모르겠습니다. 민노총과 한노총은 잘되었다, 기업이야 망하든지 말든지 우선 내 주머니부터 채워야겠다고 머리에 띠를 두르고 주먹질을 합니다.

성남시에서는 젊은 취업 준비자들에게 매월 50만 원씩 돈을 주었다고 했습니다. 그런데 한 달에 50만원을 받았다고 직장이 생기는 것도 아니고 또 그 돈으로 무슨 창업을 할 수 있는 것도 아닙니다. 고생을 안 해본 젊은이들은 잘되었다, 오늘 외식과 맥주 값이 생겼다 하고 그 돈이 나오는 날에는 분당의 음식점이 만원을 이루었다고 하니 돈을 주는 정부의 관리나 돈을 타서 맥주를 마시는 젊은이들이나 다 'Cotigo ergo sum'을 중얼거리며 고개를 숙여 보았는지 궁금합니다.

얼마 전 스위스에서는 나라에 돈이 축척되어 가정에 300유로씩을 준다고 했습니다. 그랬는데 국민들이 거부했습니다. 그런 돈을 받으면 사람이 의존심이 생기고, 또 정부는 그 돈으로 우리의 인격을 모독하며 정부의 돈을 낭비한다는 뜻이었습니다.

정말 이런 사람들이 생각이 있는 국민이 아니겠습니까. 우리 한국인들은 지능지수가 세계에서 두 번째라고 합니다. 머리도 좋고 공부도 잘하고 학교 성적도 좋습니다. 그러나 역사의식이나 사회를 발전시키고자 하는 생각이 없는 국민인 것 같습니다. 군사혁명 후 이런 역사의식을 가진 지도자가 나와서 우리나라의 경제는 발전했고 돈도 벌었습니다. 그러나 copy하는 기술이 우수하여 공부만 잘했지, 역사의식이 없고 애국심이 없으니 나라가 부강해질 수가 없습니다. 돈이 있거나 권력이 있는 사람은 군복무를 하지 않고 도리어 이것을 자랑으로 생각하는 사회이고, 국회의원 중 군복무를 한 사람이 반도 안 된다고 합니다. 국회의원 중 전과자들이 40퍼센트 수준이라니 한숨이 나옵니다.

그런데 그런 사람들에게 투표를 하고 지도자라고 지지를 보내는 국민이 한번이라도 '나는 생각한다, 그럼으로 존재한다.'고 생각을 하는 국민일까요? 그저 먹고 마시고 놀고 춤추고 낄낄거리고…. TV만 틀면 연예인들이 모여앉아 낄낄거리고 춤추고 노래하고 놀러 다니는 프로로 꽉 차 있습니다. 집사부일체, 정글의 법칙, 삼시세끼, 도시어부, 한끼줍쇼, 해피 투게더, 동치미, 비디오 스타 같은 프로그램 외에는 볼 것이 별로 없습니다. 나 혼자 산다, 미운 우리새끼, 골목식당, 풍문으로 들었소, 라디오스타, 개그 콘서트, 아궁이, 백년손님 등등 하루 종일 먹고 마시고 웃고 춤추고 노는 프로만 TV에 넘쳐흐릅니다.

지금 우리에게 머리는 필요 없어진 것일까요. 그저 머리에서는 컴퓨터 단추를 누르는 기능만 남기고 감상의 기능만 가지고 매일 웃고 마시고 놀고 춤만 추면 되는 것일까요? 젊은이들이여, Cotigo ergo sum.

미투

광주지검의 서지현 검사가 당시 부장검사에게 당했다는 성폭력의 폭로는 마른 숲에 불이 붙듯이 정치권에 불똥이 튀었고, 나도 당했다, 나도 당했다고 하는 미투 물결은 연예계 문화계 교육계와 종교계까지 휩쓸고 있습니다.

성희롱 성추행 성폭행의 한계가 어디까지인지는 나 같은 촌놈은 잘 모르겠지만 사회에서 우월한 지위에 있는 사람이 반강제적으로나 강제적으로 약한 지위에 있은 여자를 겁탈하는 것이라고 생각합니다. 아마 가장 요란했던 성추행 사건은 미국 대통령이던 빌 클린턴과 모니카 르윈스키라는 백악관 인턴 사이의 사건일 것입니다. 나이도 50대의 유부남과 20대의 미혼녀, 막강한 권력의 대통령과 정식직원도 아닌 인턴, 성질이 사납기로 세상에 알려진 대통령 부인 힐러리 클린턴이 살고 있는 백악관의 집무실에서 성관계가 여자의 순순한 합의에 이루어졌다고 하는 말은 정신병자가 아니면 믿지 않을 것이었습니다.

의회의 다수당이었던 민주당이 대통령의 탄핵을 극구 반대를 하고 거짓말이라면 도사급인 클린턴이 끝끝내 결백하다고 우기다가, 클린턴의 정액이 묻어있는 모니카 르윈스키의 원피스가 나오자 정치적으로 타협을 하여 모니카 르윈스키와 부적절한 관계가 있었다는 모호한 거짓말과 변명이 섞인 설명과, 국민들에게 미안하다는 사과의 말로 탄핵의 불길을 껐습니다. 물론 진보적인 민주당과 힐러리 클린턴이 앞으로의 정치 활동을 위하여 언론과 협상을 한 결과로, 다른 정치인에게서 볼 수 없는 관대한 결과가 나오기는 했습니다.

한국이나 미국이나 진보적인 사람은 거짓말을 잘하는지 빌 클린턴은 아직까지 민주당의 영향력 있는 인물로 전직 대통령으로서 국민들에게 군림하고 있고 모니카 르윈스키는 책을 써서 얼마나 벌었는지는 모르지만 한때 그가 쓴 책은 호기심이 많은 사람들에게 잘 팔리는 책이 되었습니다.

이번 미투의 불길은 고은 시인에게도 튀었습니다. 중 · 고등학교 교과서에 11편이나 되는 많은 시를 올린 원로시인, 해마다 노벨문학상 후보에 올라 우리에게 기대를 주던 원로시인이 최영미라는 시인에게 고발을 당한 것입니다. 그리고 최영미 시인을 옹호하며 나도 당했다는 미투의 여자 시인들이 나오자 침묵을 지키다가 국내의 언론이 아니라 영국의 가디언지에 자기는 그런 부끄러운 일을 하지 않았다는 궁색한 변명을 올렸습니다. 그도 자기의 시처럼 환상적인 거짓말을 잘 지어내는 모양입니다. 그러나 그를 비난하는 언론은 그가 차마 제정신 있는 사람으로서는 할 짓이 아닌 짓을 했다고 고발을 합니다.

오늘은 진보세력의 희망이던 안희정 충남지사가 수행비서였던 여자에게 네 차례나 성폭행을 했다고 고발을 당했습니다. 안희정 충남지사는 더불어민주당의 중진이고 차기 대통령 후보 중에 강력한 후보입니다.

고발한 여성은 자기는 수행비서여서 어디나 따라다녀야 하고 어떤 모임에도 참석해야 하는 사람이었기 때문에 안희정 지사의 성폭행을 피할 수 없었다고 고발을 합니다.

안희정 충남지사는 그날로 충남지사를 사임하고 정치에서 물러난다고 하고 잠적을 했습니다. 더불어민주당에서는 4시간 만에 회의를 열고 그를 제명하고 출당을 시켰습니다. 가톨릭 교회에서는 정의구현사제단의 중요멤버인 한 신부님이 오래 전 수단에서 선교활동을 할 때 저지른 성폭력 때문에 야단이 났고, 연예계에서는 이윤택이라는 영화감독이 문재인 대통령과 동창이라는 우산 밑에서 권력을 부리며 여배우들을 마치 성적 노리개로 취급했다고 난리가 났고, 학교에서는 조민기라는 교수가 술에 취한 제자를 성추행하고 치근거리다가 고소를 당했습니다.

서울대학교에서는 간혹 교수님이 대학원생을 성추행했다며 논란이 된 적이 한두 번이 아니었습니다.

신문에서는 명지전문대학에서 교수들과 여제자들 사이에 성추행과 성폭행이 일상사처럼 벌어졌다며 고발하고 있습니다. 그리고 방송국의 PD나 영화감독 사이에는 이런 비정상적인 성관계가 많이 있었다고 합니다.

그런데 이런 성문제 때문에 소란한 것은 한국만이 아닙니다. 호주의 부총리이자 국민당의 총재도 성 스캔들에 휘말려 정치계에서 물러났고, 미국의회에는 8명의 의원들이 섹스 스캔들 때문에 의원직에서 물러나야 할 것이고, 차기 의원선거에 나오지 않을 것이라고 보도하고 있습니다. 그럼 이런 일이 지금 처음 벌어지는 일일까요? 아닙니다. 중국의 여러 왕들이 여자 문제 때문에 나라를 잃었습니다. 하 왕조의 걸왕은 말희라는 여인 때문에 망했고, 은나라의 주왕은 달기라는 여인 때문에 망했고,

유왕은 포사라는 여인 때문에 망했으며, 삼국지의 동탁은 초선이라는 여자를 가지고 여포와 싸우다가 죽었습니다. 당나라의 현종은 양귀비 때문에 망했습니다.

세계사를 훑어보면 왕이나 군주들 중에는 섹스 스캔들 때문에 인생을 망친 사람들이 그렇게 많은데도, 권력을 가지면 처신을 잘못하는 것은 자기의 의지력이 약하기 때문일 것입니다.

오래 전 군의관 시절 높은 사람이 시찰을 오거나 방문을 하면 저녁에는 술대접을 하고 밤을 외롭지 않게 해 드린다고 여자를 객실로 보내야 한다는 이야기를 들었습니다. 나는 하급 군의관이라서 몰랐지만 그것 때문에 우리에게 돈을 걷어간 일이 있었습니다. 그리고 오빠가 권총으로 죽였다는 정여인 사건 때도 그 여자가 박정희 대통령의 여자냐 아니면 정일권 총리의 여자냐 하고 수군거렸습니다. 그때는 여자 문제가 스캔들이 될 수 없었던 시절이었는지 모릅니다. 그리고 일설에는 정치인의 배꼽 아래는 이야기하지 말아야 한다고 하기도 하고, 영웅은 호색이라 하여 조조의 여성편력을 이야기하기도 했습니다.

높은 자리에 있는 사람은 밑에 있는 사람들을 아무렇게나 대해도 된다는 생각이 있었던 것도 사실입니다.

《태백산맥》이라는 소설을 보면 지주도 아닌 마름이라는 놈들이 소작인의 부인이나 딸들을 데려다 강간을 하고 첩으로 삼는 일이 많이도 있었다고 합니다.

이제는 노예가 없는 사회입니다. 이제는 종이 없는 사회입니다. 이제는 함부로 다루어도 되는 여자가 있는 사회가 아닙니다. 이제는 지주나 마름이 소작인의 부인이나 딸들을 함부로 범해도 되는 시대가 아닙니다.

도지사라고 자기의 수행비서를 함부로 건드려도 되는 시대가 아니고, 너를 시인으로 등단시켜 줄 테니 내 말을 들으라고 압박할 수 있는 시대도 아닙니다.

이제는 높은 자리에 오르기 전에 자기 밑의 사람들을 함부로 다루어서는 안 된다는 것을 먼저 공부해야 하고, 남의 인권을 중하게 여겨야 한다는 것을 먼저 배워야 합니다.

여자는 노리개가 아닙니다. 남자와 꼭 같은 인격을 가진 인간이며 남자와 꼭 같은 영혼을 가졌다는 것을 알아야 합니다. 아마 지금 미투의 운동이 썩은 정신을 가지고 있는 높은 남자들의 정신을 차리게 하는 경종이 되었으면 합니다. 그리고 여자들도 자기들의 권익을 지키며 자존심을 지킬 때 남자들의 치근거림을 막을 수 있을 것이라고 생각합니다.

압살롬과 포퓰리즘

구약에 나오는 압살롬은 이스라엘 2대왕인 다윗의 셋째 아들입니다. 그는 그술왕 달매의 딸 마아가의 소생인데 무척 미남이었던 모양입니다. 성경에 그는 발바닥에서부터 정수리까지 흠이 하나도 없이 아름다웠다고 묘사하고 있습니다. 그는 머리숱이 무척 많아 일 년에 한 번 정도 머리를 깎았는데 한 번 머리를 깎으면 그 무게가 200세겔 약 5파운드가 되었다고 합니다.

그는 기복이 많은 인생을 살았는데 누이동생 다말이 이복오빠 암논에게 순결을 빼앗기고는 버림을 당한 것을 보고는 분개합니다. 그는 불쌍한 누이동생을 자기 집에 거두고는 때를 기다립니다. 그리고 2년 후 자기 집에 양털을 깎는 잔치를 만들어 왕자들을 초청하고는 누이동생 다말을 버린 암논을 죽여 버립니다. 그리고는 도망을 하여 3년을 삽니다. 그는 사람을 끄는 매력도 있었고 수단도 있었던 모양입니다. 군대장관 요압의 도움을 받아 왕의 용서를 받고는 예루살렘으로 돌아오고 아버지와 화해를 합니다.

그리고는 마차를 사고 젊은이들을 고용하여 몰려다니면서 인기작전을 씁니다. 아침 일찍 성문 큰길가에 나가서 백성들의 억울함을 들어주고 듣기 좋은 말로 그들의 편을 들어주며 은근히 왕을 깎아 내립니다. 이렇게 인기 작전을 벌여 인심을 모으고 예루살렘에서 멀지 않은 헤브론으로 가서 촛불집회를 엽니다. 그리고는 다윗 왕을 탄핵하고 왕위 쟁탄전을 일으킵니다. 이것이 장난이 아니고 이제는 다윗 왕과 다시는 화합할 수 없다는 표시로, 지붕에 장막을 치고 피난을 가지 못한 아버지 다윗 왕의 후궁들을 겁탈합니다. 지금 한참 미투에서 떠들고 있는 권력과 지위를 이용한 화간이라고 하나 강간이나 다름이 없습니다. 줄리어스 시저처럼 루콘강을 건넌 것입니다. 다시는 아버지에게로 돌아 올 수 없는…. 그는 포퓰리즘 촛불 집회로 정권을 찬탈했지만 정치를 할 줄도 몰랐고 전쟁을 할 줄도 몰랐습니다. 옛날 다윗의 부하에게 배신을 당하고 전쟁에는 밀려 에브라임 숲속으로 도망하다가 상수리나무에 그 많은 머리기 걸려 매달리게 되었습니다. 아마 상투가 걸렸던 모양입니다. 그는 그의 친구였던 요압에게 죽임을 당하고 골짜기에 버려지고 그 위에 돌무더기를 쌓았다고 합니다.

아마 그가 올바르게 살았더라면 솔로몬과 왕위를 다투는 좋은 경쟁자가 되었을 것입니다. 그런데 그는 흠이 없는 미남이고 누이동생 다말을 위해 복수를 할 수 있는 책략가이고 인기를 끄는 포퓰리즘을 이용할 줄 아는 시민운동가이기는 하지만 착한 사람은 아니었습니다. 자기를 용서해주고 받아준 아버지를 배반하였고, 아버지를 죽이려고 하였고, 아버지의 후궁들을 겁탈한 패륜아였습니다. 아버지의 부하들을 포섭하여 아버지를 배반하게 하였습니다. 우리는 과거의 역사를 읽으면서 포퓰리즘을 이용한 정치가 오랫동안 유지된 일이 별로 없고 비참한 말로로 끝이 난 사실들을 많이 봅니다. 혁명 직후 스탈린이 그랬고, 히틀러가 그랬고, 뭇솔리니가 그랬습니다. 처음에는 국민이 열광을 했지만 그들의 운명은 비극으로 끝이 났고, 지금은 영웅이 아니라 독재자로 악인으로 기록이 되고 있습니다. 근래에는 아르헨티나의 페론이 그랬고, 베네수엘라의 차베스가 그랬습니다. 그들은 포퓰리즘으로 정권은 잡는 데까지는 성공했지만 국민을 행복하게 하고 나라를 부강하게 이끌어 가는 데는 실패했습니다.

이렇게 글을 쓰다 보니 우리가 잘 아는 이야기를 하는 것 같습니다. 마치 지금 우리나라에 진행이 되고 있는 주사파 정권입니다. 그들은 포퓰리즘을 이용하는 데는 성공을 했습니다. 그동안 보수정권의 실책을 크게 과장하며 쌓인 적폐 청산이라는 슬로건을 내걸고 국민의 호기심을 이끌었습니다. 그들은 압살롬처럼 백성들의 인기를 얻고 정권을 빼앗는 데는 성공을 했지만 국민을 행복하게 하는 데는 성공하지 못하는 것 같습니다. 실업률은 올라가고 기업들은 퇴락하고 경제는 망가지고 있습니다. 전쟁보다는 비굴한 평화가 낫다고 무리한 형상에 매달리다가 미국과 일본에게서는 우방이 아니라는 판정을 받고 중국과 러시아에게서는 북한은 적자로 한국은 북한이 마음대로 해도 되는 대상으로 인정을 받고 있습니다.

압살롬은 아버지의 후궁들을 남들이 보는 앞에서 겁탈을 했습니다. 그런데 정권을 잡은 주류의 사람들이 성추행과 성폭행의 미투에 걸려 논란을 겪고 있습니다. 더불어민주당의 대선 후보로 유력하던 안희정 충남지사가 걸리는가 하면, 진보세력의 정신적 지주였던 고은 씨가 파렴치한으로 몰리고, 친북의 영화와 연극을 만들던 이윤택 씨가 구속되었습니다.

물론 그들도 변명할 말이 있겠지만 잘했다고 칭찬을 받을 일은 아닙니다. 압살롬은 옛왕의 부하들을 내어 쫓았습니다. 지금의 정부가 옛 보수파 대통령 때의 사람들을 조사하고 구속하고 묵시적인 뇌물이라고 하여 형을 내리는 것과 비슷합니다.

대통령님은 행정에 대한 혜안이 없는 것 같습니다. 남북정상회담의 준비위원장도 주사파 출신 비서실장이 전담하고, 개헌에 대한 발의도 국회에 나가 설명하는 것도 국무총리나 대통령이 하는 것이 아니라 비서실장이 합니다. 비서실장이 대통령 전용기를 타고 아랍 에미리트에 날아가 협상을 하고, 아랍 에미리트에서 왕자가 청와대를 예방해도 비서실장이 맞습니다. 그리고 원자로의 수출과 건설에 대하여 이야기를 합니다. 그가 결정까지 하는지는 모르겠지만 뉴스에 보면 국무회의 때 총리나 부총리가 대통령 옆에 앉는 것이 아니라 비서실장이 앉아서 설명을 하고 있습니다. 외무부장관이나 국방부장관은 우리 국민이 해적에게 피습을 당해도 신문에 나온 후에야 알고, 김정은이 중국에 방문을 해도 뉴스를 보고서야 아는 장관들입니다.

근로자의 최저 임금을 올린다고 했는데 일자리는 도리어 줄어들고 자영업자들은 문을 닫는 일이 많아졌습니다. 젊은이들은 일자리를 찾아 진보세력이 그렇게 이를 가는 일본으로 취업 이민을 가고 있습니다. 광주의 삼성공장도, 군산의 GM도, 금호타이어도 문을 닫고 있습니다. 나는 정치를 모르지만 어쩐지 나라가 기울어 가고 있다고 하면 내가 무식한 사람의 기우일까요?

정치재판

우리나라의 역사에는 정치재판이 많이 있었고 지금도 진행이 되고 있습니다. 정권이 바뀌면 지난 정권의 대통령이나 장관들이 줄줄이 감옥에 갔고, 그 재판은 법정에서 하는 것이 아니라 언론이 했고 언론이 떠드는 대로 유죄판결이 내렸습니다. 그래서 검찰을 우리는 정권의 시녀나 정권의 개라고 했고 판사도 법조인의 양심이나 정의와는 동떨어진 여론이나 언론이 지시를 하는 대로 판결을 내리곤 합니다.

자유당 정권 때는 정부에 반대하는 야당의 인사들이 표적이 되었고, 제3공화국 때도 정부시책에 반대를 하거나 말썽을 부리는 사람들이 줄줄이 재판정에서 유죄판결을 내렸습니다.

또 정권이 바뀌어 제5공화국 때는 박정희 정권의 권력자들이 유죄판결을 받고 감옥에 갔고, 노태우 대통령 때는 전두환 대통령과 그 주위의 사람들이 감옥에 갔습니다. 40년의 친구이고 동지였고 또 자기에게 대통령직을 물려준 거나 다름없는 전두환 대통령을 노태우 대통령은 백담사에 2년이 넘게 유폐를 시키고 국회청문회까지 열어 그를 밟았습니다. 또 민정당과 합당하여 정권을 잡고 노태우 대통령의 힘을 입어 대통령이 된 김영삼 대통령은 5·18사건이 난 지 16년이나 지난 후 역사 바로 세우기라는 명목으로 전두환 전 대통령과 노태우 전 대통령을 법정에 세워 사형과 무기징역을 선고했습니다. 그때의 김영일 판사도 피고인들에게 변명할 여유나 그들에게 유리한 증인들을 묵살한 채 사형과 무기징역을 선고했습니다. 그런데 그 재판결과는 미리 신문에서 예상한 대로였고 판사는 여론과 정권의 입맛에 맞는 판결을 내렸을 뿐입니다. 정치적 보복이 보이지 않았던 것은 좌파 대통령들이 정권을 물려주었을 때 일입니다.

김영삼 대통령의 뒤를 이은 김대중 대통령과 김대중 대통령의 후원으로 대통령이 된 노무현 대통령을 선배 대통령들을 법정에 세우지 않았습니다. 아마 동료의식이 작용을 했는지도 모르고 뿌리 깊은 좌파 언론에서 파헤치지 않았는지도 모릅니다. 그러나 이명박 대통령이 되고서는 전직 대통령 노무현을 조사하고 검찰에 소환함으로써 노무현 대통령의 유죄판결이 예고되었고 수사가 진행이 되면서 이런 수치를 당하지 않겠다는 자존심으로 스스로 목숨을 끊었습니다.

그런데 이명박 대통령이 물러나고 박근혜 대통령이 되면서 같은 당 출신이어서 그랬는지 몰라도 이명박 대통령에 대한 소문은 있었어도 법정에 세우지는 않았습니다.

이제 노무현 대통령의 원수를 갚겠다는 결의하에 대통령이 된 문재인 대통령과 좌파세력은 부정부패 척결이라는 기치를 내걸고 박근혜 대통령과 이명박 대통령을 감옥으로 보냈습니다. 그리고 언론은 전직 두 대통령을 파렴치범으로 만들어 국민은 격동시키고 있습니다.

박근혜 대통령의 재판을 맡은 김세윤 판사는 변호사들의 증거 신청은 모두 거부하고 심지어 탄핵의 근거라고 하던 태블릿 PC조차도 증거로 받아들이지 않은 채 검찰측의 증거 그것도 실체적인 증거가 아닌 것을 묵시적인 뇌물이라며 24년 징역에 185억 원 벌금을 내렸습니다. 그런데 그 판결은 몇 달 전부터 언론에 나오던 말이고 더불어민주당 의원의 예상과 똑 떨어지는 판결이었으니 판결 전에 같이 모임이라도 가졌는지 모르겠습니다.

우리는 판사를 오로지 정의로운 판단과 위증에 치우치지 않은 판결을 하기 때문에 사회의 존경을 받는다고 생각했습니다. 그러나 우리나라에는 오래 전부터 유전무죄, 무전유죄라는 말이 떠돌며 법원의 부정이 있음을 이야기했고, 소위 김일성 장학금을 받은 판사들과 검사들이 너무 많아서 친북 행동을 하면 너그러운 판결을 받고, 친미 친한 행동을 하면 가혹한 판결을 받는다는 소문이 있었습니다. 예를 들면 3년에서 10년 이하의 징역이라면 판사의 기분이나 성향에 따라 3년 징역에 정상 참작을 하여 1년 반 징역을 내릴 수도 있고, 10년 징역에 개심의 정황이 보이지 않는다는 괘씸죄까지 부과시켜 13년 징역을 매길 수도 있습니다.

나도 박근혜 대통령을 무조건 두둔하는 것은 아닙니다. 국민들이 그렇게 지지해 처음 만들어준 첫 여자 대통령이 어찌하여 탄핵을 당할 정도로 인심을 잃었는지 모르겠습니다. 자기가 속한 한나라당 의원들이 그렇게 많이 탄핵에 찬성표를 던지도록 만들고, 그 밑에서 일하던 많은 사람들에게 배반을 당했고, 가족까지도 멀리하고 최서원에게 속았던 일을 생각하면 너무도 허무하고 화가 납니다. 그러나 뇌물을 받은 적도 없고 자기 주머니에 넣은 일도 없는데 묵시적 뇌물혐의라는 신조어를 만들어내면서까지 24년 형을 내린 김세윤 판사는 해도 너무 했다는 생각이 듭니다.

그는 변호사들에게 오만했고 방청객에도 오만한 자세로 훈시를 하고 자기가 입장할 때 전 대통령이 기립자세를 취하는 것에 잔뜩 만족했을는지 모릅니다. 그러나 그는 양심을 팔았습니다. 이제 그는 자기를 이용한 권력에서 어떤 자리를 보장 받을지 모르지만 증거가 남은 재판기록으로 오명을 남길 것입니다.

또 있습니다. 지금 이명박 전 대통령을 파렴치범으로 몰고 재판을 하고 있습니다. 그리고 언론은 이명박 대통령이 10년 이상 징역형을 받을 것이라고 떠들고 있습니다. 물론 그럴지 모릅니다. 재판장은 스스로 양심에 따라 재판을 하는 것이 아니라 권력자가 그리고 권력자가 조정하는 언론이 하라는 대로 하는 인형극의 허수아비이기 때문입니다. 그리고는 대통령 박근혜를 파면한다고 한 이정미 씨처럼 청와대에서 내려주는 훈장을 하나 받을는지 모릅니다.

중국의 오염된 황사 때문일까요? 우리나라에는 깨끗한 부서가 없습니다. 학교 선생들도 스승이기를 포기하고 교육노동자로 전락하였고, 종교계도 악취가 풍기고 있고, 언론계는 기자나 논설위원들의 야바위꾼으로 변했습니다. 그래도 마지막 양심의 보루라고 하던 법조계도 권력의 시녀로 권력의 개로 전락을 했고 가장 잔인한 권력의 하수인이 되었습니다. 그리고는 부정의 척결이란 완장을 두르고 권력이 손가락질만 하면 잡아다가는 "네 죄를 네가 알렷다."라고 심문을 하고 쉽게 구할 수 있는 위증자들을 고용하여 묵시적 뇌물죄라는 희한한 신조어를 만들어내면서까지 하여 징역 24년 땅 땅 땅 하고 망치를 두드리고 있습니다.

이제 우리나라에 믿을 수 있는 보루는 남아 있는 겁니까.

데모 공화국

BC 399년 그리스의 군중은 소크라테스를 유죄로 판결 짓고 사약을 내렸습니다. 죄목은 그리스의 신들을 섬기지 않고 젊은이들에게 해독을 끼친다는 이유였습니다. 그로부터 약 60년 후 그리스는 마케도니아에게 망했습니다.

1960년 4월 19일 한국의 학생들이 모두 데모를 했습니다. 3월 15일에 시행한 대통령선거가 부정선거였다는 이유였습니다. 장기집권을 하고 이승만 대통령이 나이가 많아 물러나게 될 테니 이기붕 국회의장을 대통령으로 추대하여 자유당의 장기 집권을 계획했던 것입니다. 이승만 대통령이 하야하고 민주당 정권이 집권하자 나라는 무정부상태로 전락했습니다. 거리마다 데모고 서울시청 옆의 국회의사당 건물 앞에서는 데모가 없는 날이 없었습니다. 상이군인들이 국회의장 책상에 올라가고, 초등학교 학생들이 데모를 했습니다. 전국대학연합회라는 완장을 차고 남의 빚을 받아주는 직업까지 생겨났습니다. 국민들이 데모에 식상했을 즈음, 5·16군사혁명이 일어나자 데모대가 없어진 것이 시원하다고 할 정도였습니다.

그동안 군사정권 시절에도 데모는 많았지만 목적은 하나 군사정권이 물러나고 민주정치를 하자는 것이었습니다. 그리고 광우병 데모, 민노총 데모들이 많았지만 명분이 없었기에 성공한 것이 하나도 없었습니다. 2016년 10월 하순부터 서울 광화문에서는 또 다시 데모가 시작되었습니다. 그리고 이 데모는 촛불 데모로 진전이 되고, 보수 대통령을 탄핵하고 진보주의 대통령을 세웠습니다. 문재인 대통령은 촛불데모로 대통령이 된 것을 자랑스럽게 생각하고, 미국에 가서 트럼프 대통령에게 촛불혁명으로 대통령이 되었다고 자랑을 하고, 불란서에 가서도 촛불데모로 대통령이 된 것을 자랑하였고, 청와대에는 촛불데모를 그린 대형그림을 걸었다고 합니다. 그리고 헌법에도 촛불대회의 정신을 넣어야 된다고 역설을 했습니다. 그래서 그런지 마른들에 불붙듯이 데모의 불길이 일어나기 시작을 했습니다. 광화문 거리에는 데모가 없는 날이 없고, 작게는 몇십 명에서 백만에 이르기까지 데모대가 모이지 않는 날이 없습니다. 이제는 자기 마음에 안 들면 몇 명씩 컴퓨터로 구호판을 만들어 들고 머리띠를 두르고 길거리로 나오면 됩니다.

거의 매 주말마다 벌어지는 태극기집회, 가끔 벌어지는 진보 세력의 촛불집회, 민노총의 최저임금 반대 집회, GM자동차 한국회사 철수반대 집회, 사드배치 반대집회, 현대차 노조집회, 원자력발전소 폐쇄 집회와 폐쇄 반대 집회, 국정 역사교과서 반대집회와 찬성 집회, 성추행 편파 수사 규탄 집회, 대법원 판결 담합 검찰수사 촉구대회, 5·16광주 항쟁 재조사 촉구 집회, 세월호 침몰 원인 재수사 촉구 집회, 성추행 교수 처벌 촉구 집회, 명성교회 세습 반대 집회, 드루킹 국정특검 촉구 집회, 툭하면 벌어지는 아파트 단지의 집회 등등 데모 집회의 이름만 적으려고 해도 중편소설의 분량은 될 것 같습니다.

데모가 왜 일어날까. 물론 국민들의 불만이 법으로 이루어지지 않기 때문에 할 수 없이 물리적 행사로 거리로 뛰쳐나오는 것이겠지요. 그러나 데모로 정권을 잡은 사람들은 데모에 약하니까 자기들의 요구사항을 강력하게 주장하는 방법일 것입니다. 그리고 거리에만 나가면 되니까 아파트 주민들이 전기세가 많이 나오는데 공평하지 않다고 데모를 하는 것이 아닙니까. 아마 문재인 대통령도 실감을 했을 것입니다 정권을 잡기 위해 민주노총을 충동하고 그들의 의견을 들어주었지만 정권을 잡으니까 그들의 주장을 모두 들어 주다가는 회사와 나라가 몇 달 안에 파산하게 되겠다는 것을 실감했을 것입니다.

그리스는 페리클레스 때에 가장 번영했다고 합니다. 그 자신은 민주주의자가 아니었지만 그는 민주정권을 조정할 줄 알았고 민의를 통제할 줄 알았습니다. 그의 정권이 끝나자 각 폴리스마다 의견이 다르고 모이기만 하면 논쟁을 끊임없이 하던 그리스는 먼저 스파르타에게 망하고 그 후 알렉산더 대왕에게 정복을 당했습니다.

고대 로마도 공화 민주정치였습니다. 귀족출신들의 원로원과 평민출신의 민회가 서로 의논을 하고 원로원에서 집정관 한 명, 민회에서 집정관 한 명을 뽑아 둘이서 정책을 시행하게끔 하였습니다. 미국에는 두개의 정당이 번갈아 정권을 차지합니다. 민주당은 시민을 위하여 정치를 하자는 것이고 공화당은 공익을 위한 정치를 하자는 것인 것 같습니다. 그러나 어느 대통령도 국민을 만족 시켜 준 일이 없습니다. 그래서 자꾸 민주당으로 공화당으로 바뀌는 것입니다.

국민의 비위만 맞추던 정권은 무너졌습니다. 대표적인 것이 아르헨티나였다고 할까요. 기름이 펑펑 쏟아져 돈을 주체하지 못했던 베네수엘라도 국민의 입에 사탕발림을 하다가 전락했습니다. 그래서 오래 전 윈스턴 처칠도 "민주주의정치가 최고의 정치는 아니다. 나쁜 독재정권을 막을 수 있는 차선의 정치이다…."라고 했습니다. 마키아벨리는 현명한 군주가 나라를 다스렸을 때 나라는 부강하게 되고 국민이 행복스럽다고 했습니다.

세상의 어떤 정부도 국민 전체를 만족시켜 줄 수는 없다고 생각합니다. 민주노총의 말을 다 들어주면 회사도 망하고 나라의 경제도 쓰러질 것이고, 현대자동차 노조의 말을 전부 들어 주면 현대자동차는 몇 달 안 가서 문을 닫게 될 것입니다. 지역 주민의 말을 전부 들어 주다 보면 발전소 건설을 못하고 노양기관, 장애자 기관을 지을 데가 아무 곳도 없으며, 등록금은 인하하고 최고의 교수를 초빙하여 강의해달라고 하고 수업 일수는 줄이자는 학생들의 들어 주려면 학교도 문을 닫아야 할 것입니다.

월드컵 축구에 출전하는 축구팀의 감독이 선수들의 말을 전부 들어주는 것이 아니라 절제할 것을 절제하고 금지할 것은 금지하여 괴롭지만 강건한 선수로 훈련시켜 최고의 팀워크를 만들어내는 것처럼 국민도 참을 것은 참고 견딜 것은 견디고 양보할 것은 양보하여 나라가 부강해지면 나도 부강하여진다는 것을 알려 주어야 할 것입니다.

광화문 거리를 지나가면서 하루도 쉬지 않는 데모대를 보면서 마음이 편치 않은 것은 나만이 아닐 것입니다.

내가 만난 잊을 수 없는 사람

내가 홍준식 선생님을 처음 뵌 것은 1960년 4월 19일 저녁이었습니다.

서울역 건너편 남대문 경찰서에서 콩을 튀기는 듯한 총성이 나면서 서울역 앞에서 데모를 하던 학생들이 쓰러지고 일부는 도망을 쳤습니다. 서울역 앞 세브란스 병원에서 데모를 막 끝내고 온 우리들은 들것을 들고 푸르스름한 총탄의 연기 속을 뚫고 서울역 광장으로 달려갔습니다.

내가 들것에 들고 온 소년은 균명중학교 2학년 학생이었는데 병원에 도착을 하니 벌써 숨이 끊어져 있었습니다. 우리는 응급실 의사의 사망 선고를 듣고 그를 사체실로 옮겼습니다. 사체실에는 벌써 10구가 넘는 사체들이 흰 헝겊을 쓰고 누워 있었습니다. 저녁 5시쯤 되어 통행금지를 알리는 사이렌이 울리고 우리는 학교에 갇혔습니다.

우리는 선배들의 지시에 따라 배치를 받았는데 나는 수술실로 가라는 명령을 받고 수술실로 갔습니다. 수술 방에는 한 방에 수술대가 둘이나 들어서고 외과의사 선생님들이 분주하게 환자를 벗기고 수액을 연결하고 수술준비를 하는데, 같은 방의 다른 수술대에서는 수술이 진행되고 있었습니다.

평소에는 그렇게 무섭고 근엄하던 교수님들도 우리에게 "학생, 여기 와서 이것 좀 도와줘라." 하고 부탁을 했습니다. 나는 수술방 견학만 했지 실전 경험은 없었는지라 당황했지만 배운 대로 손을 씻고 장갑만을 낀 채 환자의 발목 혈관에 수액관을 끼우는 선생님을 도와주었습니다. 그 선생님도 회색과 붉은 분홍색이 섞인 신사복에 가운만을 걸친 채 집도를 하셨는데 그분이 바로 홍준식 선생님이었습니다. 키는 훌쭉하게 큰 선생님은 정말 귀공자처럼 미남이었고, 처음 수술 조수를 서는 저를 가르쳐 주시며 수술을 끝냈습니다. 남자가 보아도 반할 정도의 미남이신 홍 선생님은 나의 기억에서 사라지지 않았습니다.

그날은 밤 11시가 넘도록 수술방에서 도와주었는데 환자 옷을 벗기고 배나 가슴을 비누로 닦는 것 그리고 소독약을 환부에 바른 기억이 납니다. 그리고는 복도에서 홍 선생님이 환자를 정리하시는 것을 보고서 복도 한구석에 쓰러져 잠이 들었습니다. 우리가 의과대학 4학년 때 한 서너 시간 산과 강의를 하셨는데 그 강의가 얼마나 잘 정리가 되고 집약이 되었던지 마치 산과 요령집 같았습니다. 의사 국가고시를 앞두고 있던 우리들에게 홍 선생님의 보충강의가 많은 도움이 되었습니다.

한동안 홍 선생님의 모습이 보이지 않았습니다. 그러다가 외과 전공의 때 세브란스 병원의 부원장님으로 변신하여 오셨습니다. 원장님이라면 나이가 드신 선배님들이 하시는 직책인데 30대 초반의 선생님이 부원장으로 오셔서 열심히 일을 하셨습니다. 몇 번 병원에서 만나 인사를 드리면 반가워하시고 당시에는 커피점도 없어서 매점 한구석에서 도넛을 사 먹는 우리들에게 도넛 값을 내주시기도 했습니다. 그런데 그 당시에 30대의 후배인 홍 선생님이 나이가 많은 선배님 과장이나 원장, 기획실장들을 조절하기에는 너무도 힘이 든 시대였습니다.

얼마 안 있다가 선생님은 병원에서 보이지 않았고, 미국으로 다시 가셨다는 이야기만 들었습니다. 나도 미국으로 왔지만 나는 오하이오에서 일을 했고 선생님은 뉴욕에 계셨습니다.

오하이오에 계신 선배님들 중 정진영 선생님, 갈승철 선생님이 홍 선생님과 친한 사이여서 뉴욕에 와서 선생님을 다시 뵐 수 있었습니다. 선생님은 반가이 맞아 주시고 점심이나 저녁을 사주곤 하시면서 연세대학 의과대학 동창회의 이야기를 해주시면서 우리들에게도 동창회를 도우라는 말씀을 했습니다. 선생님은 소탈하셔서 오두막집 식사도 고급 식당의 음식처럼 맛있게 드시고, 선생님은 우리들에게는 고급식당에서 사주시곤 했습니다. 또 후배들이 어려워서 분위기가 딱딱해지면 재미있는 농담으로 분위기를 즐겁게 풀어 주셨는데, 선생님은 선배나 동기, 후배들을 즐겁게 만드시는 묘한 재주를 가진 상대방을 행복하게 만들어 주시는 분입니다. 그래서 선생님이 있는 장소에는 언제나 웃음이 넘쳐흐르고, 선생님 주위에는 많은 후배들이 모여 드는지도 모릅니다.

선생님은 언제나 가난한 사람의 일, 사회의 그늘에 있는 사람들, 미국에 처음 이민을 와서 고생하는 한국 사람들을 위해 일을 하셨습니다. WHO의 의료정책 자문관, NYU 병원인 Beth Israel 병원 부원장, Kings County Medical Center 원장, Catholic Medical Center 운영위원장, New York 인권위원회 위원을 하시면서 한국 사람들뿐만 아니라 미국의 가난한 사람들을 위해서도 분주하셨습니다. 그리고 한인사회봉사재단 이사장, 서재필 재단이사 겸 회장, 한미구호 재단을 설립하시고 초대이사장을 하시면서 남을 도와 줄 수 있는 데는 모두 나서서 일을 하셨습니다. 그 공로를 인정하여 대한민국 정부에서 주는 국민훈장을 받으셨고, 미국대통령에게서도 공로 표창장도 받으셨습니다. 한인회에서는 올해의 한인상으로 선생님의 노고에 보답을 하려고 했고, 연세대학에서는 자랑스러운 연세인상을 드렸습니다.

선생님이 은퇴를 하시자 필라델피아에 있는 서재필 재단의 이사장직을 맡으셨는데 주중에는 필라델피아에 가서 일을 하셨고 주말에는 뉴욕의 집으로 오시는 생활을 2년이나 하셨습니다. 그러면서 새생명재단을 만드시고 초대이사장에 취임하셔서 그리고 미국 정부와 교섭을 하시고 많은 기관에서 기증을 받아 돈이 없어 치료를 못 받는 많은 사람을 도와주셨습니다. 제가 아는 몇 분도 새생명재단의 도움을 받아 수술을 받은 분이 있습니다. 이런 활약을 하신 선생님은 서재필 의학상을 받으셨습니다.

이렇듯 선생님은 힘없는 사람들과 한인사회, 연세대학을 위하여 많은 일을 하셨고 기부를 하셨고 충고도 하셨습니다. 그러고도 미국에 연세대학 동창회를 구성하셨으며 선생님은 선배들을 위하시고 후배를 사랑하십니다. 그러나 불의를 보면 불같이 화를 내시고 불의를 보고 가만히 계시지 못하는 성격이십니다. 예수님이 사람을 사랑하시고 그들을 가르치셨지만 불의를 보고는 화를 내신 것과 같이 예수님을 닮으려는 삶을 사신 것 같습니다.

오래 전 의과대학을 다닐 때 이범석 장군이 오셔서 강연을 해주신 말씀입니다. 세상에는 사람을 구하는 세 종류의 사람이 있는데 첫째는 의사여서 사람의 병을 고치는데 의사는 한 사람 한 사람씩밖에 못 고칩니다. 그러나 좀 더 큰 의사는 사회에 좋은 일을 하여 많은 사람을 구합니다.

그리고 아주 큰 의사는 정치를 하여 나라를 위하여 또 세계를 위하여 좋은 일을 하여 인류를 구하는 일을 한다고 하셨습니다.

홍 선생님은 대통령도 아니고 정치인도 아닙니다. 그러나 사회를 위하여 많은 일을 하셨고 가난한 환자들을 위하여 큰일을 하셨으니 산부인과 의사가 한 일보다도 더 많은 사랑을 베푸셨습니다.

나는 선생님이 받은 많은 상이나 표창장보다는 하나님이 주시는 상이 더 크리라고 믿으며 앞으로 남은 삶도 연세를 위한 일과, 혼란스럽고 어려운 사회를 위해 더욱 많은 사랑을 베풀어 주시기를 기도드립니다.

시문학 교실 견학

우리나라에는 자랑할 만한 것들이 많이 있습니다. 일일이 손으로 꼽자면 손가락이 모자랄 지경입니다. 인천공항이 세계에서 첫째 둘째 갈 정도로 아름답고 편리하게 운영되는 공항이고, 지하철이 세계의 어느 나라보다도 깨끗하고 편리하게 되어 있습니다. 시화가 그려져 있는 지하철 정류장은 전 세계에서 우리나라밖에 없을 것입니다. 또 삼성의 갤럭시 스마트폰이나 냉장고, 컴퓨터도 세계인의 부러움의 대상이고, TV는 소니나 파나소닉을 제치고 명품화가 된 지 오래입니다. 컴퓨터는 삼성이나 LG의 컴퓨터가 제일 비싼 컴퓨터이고, 세탁기나 냉장고도 세계의 모든 여자들이 갖고 싶어 하는 명품 중의 하나가 되었습니다. 크나큰 배를 만드는 제선소도 우리나라가 제일이고 원자력발전소도 우리나라 제품이 최고라고 합니다.

여러 나라에 관광을 다녀 보았지만 우리나라의 관광지처럼 예쁘게 단장을 하고 편리하게 만들아 놓은 나라가 별로 없습니다. 서울의 거리는 뉴욕의 5th Avenue보다도 깨끗하고 넓게 포장이 되어 있고, 강남의 식당들은 베네치아의 식당들보다 더 우아하고 아름답게 장식이 되어 있습니다. 이번 동계올림픽에서는 동양의 강국이라는 중국과 일본을 제쳤고, 여자 골프선수들은 너무나 잘해 세계 골프선수들의 질투의 대상이 되었습니다.

그밖에도 자랑할 것을 찾으라면 마당에 멍석을 깔아 놓고 자리를 잡고 이야기를 벌여야 하겠지만 그중에서도 자랑할 것이 있다면 한글입니다. 우리나라의 한글은 24자밖에 되지 않지만 표현을 못하는 소리가 없습니다. 우리가 쓰는 컴퓨터의 한글 타자는 영어보다도 편하고 기능적입니다. 잘은 모르겠지만 동남아와 아프리카에서 한글을 자기 나라의 글자로 삼는 나라들이 생겼다고 하니 자랑할 만합니다. 얼마 전 유엔에서 자기 나라 글이 없는 나라에게 한글을 추천한다는 말을 들었을 때 정말 우쭐하기도 했습니다. 우리나라 사람들의 한글 사랑은 각별합니다.

몇 사람 살지 않은 시골에 가도 문인회가 있고, 한국문학을 사랑하는 동호회가 있습니다. 뉴욕의 신문을 보면 문학교실들이 여기저기 많이 있고 여기서 나오는 시나 수필이나 소설들이 많이 있습니다. 워싱턴문인회, LA의 해외문학, 시카고문인회, 뉴욕문인회에는 많은 회원들이 모여 아주 활발한 활동들을 벌이고 있습니다. 그리고 커뮤니티 센터마다 문학교실을 운영하고 있습니다. 아마 15년도 넘었을 것입니다. 뉴저지에 있는 김정기 선생의 시문학교실에 견학을 가보고 아주 깊은 인상을 받았습니다. 그래서 뉴저지에 올 때마다 견학을 하면서 '이곳이 낙원이구나.' 하고 생각을 해봅니다.

20명이 채 안 되는 회원들이 일주일에 한 번씩 모여 커피를 마시면서 화제의 문학작품을 읽고 의견들을 나눕니다. 회원들 중에는 벌써 오래 전에 시단이나 수필문학에 등단한 기성 작가들도 많이 있는데도 여기에서는 모두가 겸손한 학생들입니다. 작품을 읽고 평을 하면서 자기 의견을 이야기하는데 자기 주장을 고집하는 사람은 없습니다. 그리고는 자기들의 작품을 낭송합니다. 그리고 회원들이 서로 논평을 하고 느낀 점을 이야기하고 작품을 수정합니다. 여기서 많은 작품들이 시집으로 수필집으로 출판이 되었고 화제에 오르기도 했습니다. 그리고 마지막에는 교과서로 선택한 문학 작품집을 읽고 생각을 나누면서 마음속의 문학성이랄까 감성을 풍부하게 합니다.

대개 어느 회의에 가면 자기주장을 많이 내세우는 사람들이 있게 마련인데 몇 번 가보아도 여기서는 그런 사람을 한 분도 보지 못했고 몇 번을 이 문학교실에 가봐도 목소리를 높이고 논쟁을 하는 것을 못 보았습니다.

가끔 명사들을 초청하여 이야기도 듣는다고 합니다. 이렇게 시를 사랑하는 사람들, 산문을 읊으며 웃음 짓는 사람들을 보고 있노라면 회의 때마다 얼굴을 붉히고 싸움을 하는 정치인들의 모임과는 유전인자부터 다른 사람들이 아닌가 하는 생각이 듭니다.

목련꽃이 활짝 핀 뉴저지의 거리를 달려와 햇살이 비추는 환한 방에 모여 앉아 커피를 마시며 시를 읊고 산문을 읽으며 담소를 하는 이곳이 낙원이 아니면 어디 가서 낙원을 찾아볼까요. 시문학 교실을 15년 이상 운영하시는 김정기 선생의 지도력과 포용력도 놀랍지만 시단, 또는 수필문학에 등단을 하고서도 계속 아름다운 마음을 가꾸기 위해 모인다는 회원들이 너무나도 아름답고 존경스럽습니다.

오늘 또 한 번 견학생으로 시문학교실에 참관하여 그들의 화해로운 정경에 '이 작은방을 채울 친구들이 있다면 얼마나 행복하랴.'고 탄식을 했다는 소크라테스가 보았다면 정말 부러워할 낙원이구나 생각합니다.

오호, 또 큰 별이 지다

오늘 아침, 우리나라의 큰별 운정 김종필 선생이 별세를 하였습니다.

우리나라 정치사에서 빼놓을 수 없는 3김 중 마지막 별이 졌습니다. 정치인답지 않았던 정치인, 너무나 감상적이고 문학청년 같았던 운정 선생이었습니다. 그는 5·16혁명의 주역이고 브레인이고 작전 참모였습니다.

그는 4·19 이후 혼란한 정치와 부패한 군을 바로잡기 위하여 동창생인 육사 8기생들과 군 정풍운동을 주도하다가 그 당시 세력을 잡고 있던 군지휘관들의 힘에 눌려 군에서 쫓겨납니다. 그는 처삼촌이며 성격이 강직하고 부정에 휘말리지 않아 많은 장교들의 존경을 받고 있던 박정희 소장을 등에 업고 혁명을 일으켜 성공을 합니다.

혁명에 성공하고 정치에 휘말려 들어가지만 그는 정치인이 되기에는 너무도 섬세했는지도 모릅니다. 혁명 후 얼마 있다가 뉴스에 나온 그는 혁명을 일으키기에는 너무도 핸섬하고 가냘픈 청년이었습니다. 그는 외모와 어울리지 않게 중앙정보부를 조직하고 공화당을 창당하는데 주역이 됩니다. 그는 비록 한동안 권력의 제 2인자였지만 그 자리는 오래

가지 않았습니다.

그를 질투하는 그룹이 생겨나고, 그를 경계하는 권력자들로부터 항상 핍박을 받고 밀려 났습니다. 자기가 만든 중앙정보부로부터 자리를 물려 준 2대 김재순 부장 때부터 감시를 당하고, 3대 김형욱으로부터 많은 핍박을 받습니다. 7번이나 가택수색을 당하고 감시가 떠나지 않았다고 합니다. 자기가 주도하여 창당한 공화당에서도 밀려납니다. 그는 자의반 타의반이라는 묘한 말을 남기고 권력의 핵심에서 물러납니다.

그는 제주도에 가서 그림을 그리고 귤밭을 만듭니다. 그리고 오랫동안 외유를 합니다. 박대통령은 점점 더 거세어지는 반대 세력을 제어하기 위하여 폭력성이 강한 측근을 찾게 되고, 차지철이나 김재규 같은 사람을 옆에 두었다가 결국 불행한 일을 당하게 됩니다.

우리는 중국의 고사 삼국지에서 이런 이야기를 봅니다. 산야에서 별 볼일 없던 유비 현덕을 도와 나라를 일으킨 제갈량은 한동안 관우와 장비로부터 질시를 받았고, 그들도 가끔 제갈량에게 반항을 하고 말을 잘 듣지 않던 관우도 장비도 불행한 최후를 마칩니다. 유비마저도 제갈량의 충언을 무시하다가 백마성에서 최후를 마칩니다. 유비가 죽은 후, 재갈량은 사마의와의 기산싸움에 나갈 때마다 간신들의 음모로 황제 유선의 제재를 받습니다. 그래서 거의 이긴 전쟁을 포기하고 퇴군은 하곤 합니다. 결국 그는 뜻을 이루지 못하고 오장원에서 생을 마치니 얼마 있다 촉은 사마의에게 망하고 맙니다.

정말 혼란하던 시절, 혁명을 성공시킨 그는 권력자로부터 제재를 받았습니다. 제3공화국의 비사를 읽어 보면 그가 박대통령을 만나려고 하면 이후락 비서실장은 한사코 방해와 참소를 했고 그를 제재하였다고 합니다. 그는 박 대통령의 3선을 돕고 유신헌법 때 차출이 되어 도와주지만 일이 성공이 되면 다시 퇴출이 되곤 했습니다.

운정은 머리가 좋았다고 합니다. 그는 공주사범학교를 나와 잠시 교편을 잡지만 큰 뜻을 품고 서울대학교 사범대학 교육학과에 진학을 합니다. 2학년 때 아버님이 돌아가시고 학업을 계속할 수 없게 되자 국군에 입대를 하여 13연대에 들어갑니다. 그런데 군에서 사병을 구타하는 것을 보고 탈영했다가 육군사관학교에 들어갑니다. 육군사관학교 8기 졸업 시 1,060명 중 2등으로 졸업했다고 합니다.

그는 문학가였고 음악가였고 화가였습니다. 그는 일요화가회의 멤버였고 그가 그린 그림은 상당한 수준이었다고 합니다. 그는 음악가였습니다. 5·16혁명 축하 파티에서 그는 아코디언을 연주하기도 했고 피아노를 치기도 했는데 참석자들은 아마추어로서는 상당한 실력이었다고 전해지고 있습니다. 그는 문필가였습니다. 많은 칼럼과 에세이도 썼습니다. 그는 많은 책을 읽어 정치인들이 자문을 구할 때 은유적인 말로 조언을 해주었습니다.

6·3한일조약 체결 때 대학생들의 반발이 심했습니다. 한번은 반대운동의 총본부였던 연건동 서울대학교 문리과대학 강당에서 학생들과 김종필 공화당 의장의 토론회가 있었습니다.

나는 우연히 그 토론회에 참석했는데 그의 흐르는 듯하고 이론정연한 말에 학생들이 당할 수 없었습니다. 토론회가 거의 끝날 때쯤 되어서 "야, 집어 쳐라."는 학생들의 소요로 토론회는 끝이 났습니다만 그날의 김종필 선생의 연설은 정말 학생들을 압도했습니다.

그는 자주 주간한국이나 주간서울 등 주간신문의 표지에 등장하였고,

당시 그는 인기가 높아 대통령으로 출마를 해도 될 수 있었을 것입니다. 내가 생각하건대 한국의 정치인 중 가장 멋있는 사람이었습니다.

그는 부인 박영옥 여사를 사랑하였고 일생동안 한 번도 정치인들이 하는 외도를 하지 않았다고 합니다. 그런 이야기가 주간지나 월간잡지에 나와 여성들의 인기도 대단했습니다.

그는 누구들처럼 억지로 밀어붙이면 대통령이 될 기회가 몇 번 있었으나 그런 방법으로 대통령이 될 수는 없다면서 기회를 흘러 버렸습니다. 그래서 어떤 사람은 그는 용기가 없는 충청도 핫바지라고 말을 합니다. 어쩌면 그는 한국의 대부분 정치인들처럼 야수성이 없는 사람일 것입니다. 그저 선비처럼 진흙탕이 튀길라 치면 한 발 물러나고, DJ가 오면 그의 손을 잡아주고, YS가 오면 그의 손을 잡아주어 킹을 만들었습니다.

60년대 당시 배를 타고 며칠을 가야 하던 제주도에 만들었던 제주 농장도 모두 빼앗기고 말년에는 궁핍하게 살았습니다. 얼마 전 운정 김종필을 이야기하는 정치대담회에서는 그의 군사혁명, 중앙정보부, 공화당만 이야기를 했지 그의 인간성은 아무도 이야기하는 사람이 없었습니다. 아마 그것이 지금 우리 사회의 정신적 흐름인지도 모릅니다.

오래 전 내가 육군병원 외과부장으로 있을 때 시찰을 왔던 그를 만난 일이 있습니다. 나의 손을 잡고 "우리 젊은 사람들끼리 좋은 나라를 만들어 봅시다."라고 하며 내 손에 쥐어준 명함에는 '김종필'이라는 단 세 글자 밖에 없었습니다. 많은 직함을 적어 놓을 수 있었는데….

그는 말년에 정치는 허업이라는 말을 했다고 합니다. '열매는 국민이 따먹고 내 손에는 남은 것이 아무것도 없네?'라는 말이겠지요.

젊고 미남자였던 운정, 다재다능했던 운정, 야심 없는 정치인 5·16의

와룡선생이 오장원이 아닌 충청도 부여에 떨어졌습니다.

많이 아쉽고 허전한 마음으로 선비 정치인 운정 선생에게 삼가 조의를 표합니다.

힐러리 로담 클린턴

MSNBC나 CNN에서는 트럼프 대통령은 내일 당장 탄핵이 되고 감옥에 갈 것처럼 방송이 되고 마치 그는 근대 역사에 처음인 폭군처럼 방송이 됩니다. 그리고 지난번 대선 때 힐러리 클린턴이 다 이긴 선거였는데 러시아가 개입했고 아직도 문화 수준이 뒤떨어진 미국 국민이 여성이라는 이유로 힐러리를 떨어트렸다는 논설을 신문에 쓰시는 분들이 더러 있습니다.

오늘 아침 버려진 지나간 신문을 보다가 논설위원의 "힐러리가 여성이어서 대선에 졌다."라는 논설을 읽으면서 '여기도 편견이 많구나.' 하고 생각했습니다. 힐러리는 1992년 남편인 빌 클린턴이 대통령에 나섰을 때부터 스포트라이트 중앙에 섰습니다. 웨슬리대학과 예일대학에서 공부를 한 엘리트임을 내세우고 똑똑함을 과시하던 힐러리는 빌 클린턴이 대통령이 되는데 많은 기여를 했습니다. 그리고는 곧 의료정책을 개선한다고 팔을 걷어붙였습니다. 그러나 사실 의료정책은 개선이 된 것이 아니라 변호사들과 보험회사들의 이익을 추구하는 정책이 되고 일선에서 환자를 보는 의사들의 처우와 의료현장은 많이 개악이 되는 정책이었습니다.

힐러리의 인기는 많이 손상이 되었지만 그는 아랑곳 하지 않았습니다. 클린턴 행정부에서 힐러리의 권력은 막강하였고 그가 실질적인 대통령이고 빌 클린턴은 백악관에서 바람이나 피운다는 비아냥이 떠돌곤 했습니다.

취임 당시부터 유행가수와의 염문, 또 다른 여자들과의 과거 때문에 시끄럽던 빌 클린턴은 모니카 르윈스키와 불륜을 범했다며 TV나 신문에서는 시끄러웠습니다. 특별검사의 조사를 받고 나온 다음날 빌과 힐러리는 다정하게 손을 잡고 기자회견을 했습니다. 물론 맹목적인 힐러리 지지자들은 박수를 보냈겠지만 일반 대중들은 남편이 바람을 핀 다음날 부인이 저렇게 손을 잡고 다정하게 마주 보고 웃으면서 사진을 찍을 수 있을까 하며 쑥덕거렸고, 힐러리는 권력을 쥐기 위해서는 어떤 연극도 할 수 있는 여자라는 인상을 심어주었습니다.

백악관의 경호원들에게서 새어 나온 이야기로는 빌과 힐러리는 백악관에서 한방을 쓰지 않을 정도로 사이가 나빴다고 하는데 행사에 나올 때는 그렇게 다정한 부부가 없을 정도로 연극을 했습니다. 우리가 다 아는 조크입니다. 클린턴이 대통령이 되고 둘이서 자동차 여행을 하다가 주유소에 들렀습니다. 주유소에서 주유를 하는 직원은 클린턴 가족과 같은 학교에 다닌 사람이었습니다. 남편 빌 클린턴은 자기 자신이 자랑스러웠습니다. 그래서 부인에게 "나하고 결혼하길 잘했지. 저 친구와 결혼했으면 당신이 지금 어떤 모습일까." 했더니 힐러리가 하는 말이 "내가 저 사람과 결혼을 했으면 저 사람이 지금 대통령이 되었겠지 뭐." 하더란 말이 유행했습니다. 빌 클린턴은 대통령으로 있으면서 힐러리가 얼마나 똑똑한지를 여러 번 칭찬하곤 했습니다.

우리는 힐러리가 얼마나 똑똑하고 말을 잘하는지를 알고 있습니다. 그러나 그는 거짓말을 잘하고 겉과 속이 다른 사람이라는 것을 보여주고 있습니다. 많은 사람들이 그를 믿지 않고 힐러리 미움증을 가지고 있습니다. 클린턴이 대통령직을 물러나고 그는 그의 후광을 입고 뉴욕 주의 상원의원이 되었습니다.

오바마 대통령과 경선을 하다가 지고 난 후 오바마는 그에게 국무장관이라는 자리를 주었습니다. 말을 잘하는 힐러리는 TV에 나올 때마다 다른 후보들을 압도했습니다. 그러나 그는 자기의 이익을 위해서라면 어떤 일도 마다하지 않는 사람임을 증명했습니다. 당연히 국무장관의 일은 국가에서 준 메일주소를 써야 하지만 그는 자기의 개인 이메일 웹을 쓰고 Clinton Foundation의 기부자들과 연락을 했고 외국의 기부자들과 긴밀한 관계를 유지했습니다.

힐러리는 국무장관 시절 Clinton Foundation의 고액 기부자들과는 그들이 외국 사람들이라고 해도 자주 회담을 가질 정도로 특혜를 주었습니다. 트럼프가 러시아와 어떤 은밀한 관계를 가졌다면 정도의 차이는 있으나 힐러리도 러시아와 관계를 가진 것이 이메일 조사에서 드러났다고 하는데도 그는 해명하지 않았습니다. 그리고 개인적 이메일이 국가기밀에 속하는 것이 있다고도 판명이 되었는데 법무부 당국은 이것은 간단한 과실일 뿐이라며 문제 삼지 않기로 했다고 발표를 했습니다.

몇 해 전에 Clinton Foundation에 대한 기사가 NY Times에 났습니다. Clinton Foundation의 이사는 빌 클린턴, 힐러리 클린턴, 딸인 첼시 클린턴과 사위였습니다. 갓 대학을 졸업한 딸과 사위의 신임 연봉이 약

50만 불이었습니다. NY Times는 이 Clinton Foundation에서 정말 자선으로 쓴 돈은 모금한 자산의 5-6%라고 발표하고 있습니다. 2014년 국세청에서 발표한 바에 의하면 Clinton Foundation의 자산은 약 5억 달러가 되며 2014년에 집행한 예산은 1억7천7백만 불 정도 된다고 합니다. 그중에 Clinton Foundation의 경비가 9천1백만 불이고 직원 월급이 약 3천5백만 불이고, Fund Raising 경비가 85만6불이고, 정말 Charity에 쓴 돈은 5백10만 불이었습니다. 이건 해도해도 너무한 사기가 아닙니까. 내가 이 자선기관에 돈을 100불 보내면 3불이나 4불밖에 가난한 사람에게 전달이 되지 않고 나머지는 클린턴 가족에게 가는데 이를 공금횡령이나 사기횡령으로 법정에 세우지 않는 이유가 무엇인지 모르겠습니다.

힐러리는 대통령 선거에서 이겼다고 생각했습니다. 그러나 민주당 예비선거에서 샌더스와의 경쟁에서 고생했습니다. 그것은 힐러리를 싫어하는 대중이 많다는 이야기입니다. 지난번 대통령 선거에서 트럼프의 지지표보다도 힐러리를 싫어하는 민주당표의 이탈이 트럼프를 당선시켜 주었다는 소문도 있습니다. CNN과 MSNBC, NY Times, Washington Post가 그렇게 일방적으로 지원을 했는데도 그는 패배했습니다.

얼마 전에 힐러리는 CNN 방송에 나와서 트럼프의 정책을 맹비난했습니다. 물론 나도 트럼프의 태도가 좋다는 것은 아닙니다. 그의 막말, 주위 사람들에 대한 배려 없는 행동, 점잖지 못한 태도, 기자들과의 싸움 등 대통령으로서 품위를 떨어뜨린다는 것을 인정합니다. 그리고 힐러리나 트럼프 같은 사람이 대통령 후보로 나오는 미국 도덕성의 타락을 슬퍼합니다. 그러나 힐러리가 여자라고 배척을 하고 몰상식한 트럼프를 남자라고 그에게 투표를 했다고 하는 사람들에게는 동의할 수 없습니다. 독일의 미르켈, 영국의 대처나 테레사 메이는 여자이지만 복잡한 국내 국제 문제들을 잘 해결하고 있으며 개인적으로 악한 모습으로 비치지 않고 국민들로부터 존경을 받고 있습니다.

내가 사는 제 2의 조국인 미국의 기성 정치인들이 부패했다고 하는 여론이 58%나 된다는 이야기를 들으면서 디오게네스처럼 대낮에 등불을 들고 다니면서 참신하고 깨끗한 대처 같은 여자 정치가가 없는가 하고 살펴보고 싶습니다.

조선민주주의 인민공화국

북한은 어떤 나라일까요? 물론 이름은 '조선민주주의 인민공화국'입니다. 그런데 이름과는 너무 맞지 않는 나라입니다. 붕어빵에는 붕어는커녕 새끼 멸치조차 없는 법이지만 조선민주주의 인민공화국에는 민주주의는 냄새도 없습니다. 원래 왕 혼자서 나라를 다스리는 나라를 독재정치라고 하고, 몇 사람이 다스리는 정치를 과두정치라고 하고, 많은 사람들이 참여하여 의회가 다스리는 나라를 민주공화국이라는 명칭을 붙인다고 합니다.

그런데 북한은 민주주의 국가도 아니고 공화국도 아닙니다. 구태여 이름을 붙이자면 김씨 조선왕국이라고 하는 편이 좋을 듯싶습니다. 북한에서는 김씨 일가가 나라를 다스린 지가 70년이 넘었습니다. 물론 인민위원회라는 것이 있기는 하지만 다른 나라의 국회를 생각하면 큰 오산입니다. 위원들이 법안을 내고 의견을 내는 일은 없습니다. 김씨 왕가가 임명하는 위원들이 입후보자가 되고 99.9%의 표를 얻어 당선이 되고 김씨 왕조의 충성스런 위원들은 김씨 왕이 명령하는 대로 박수를 치며 환호를 하는 가운데 김씨 왕조의 명령이 통과가 되고마는 인민위원회입니다.

'당이 생각하는 대로 생각하고 당이 지시하는 대로 행동하자.' 하는 것이 북한의 구호입니다. 윤은미라는 여자와 임수경이라는 여학생이 북한에 다녀왔다고 책을 쓰고 세미나에 돌아다니면서 강연을 합니다. 그녀들은 코끼리 다리를 만진 장님이 코끼리를 강의하는 것 같고, 멸치도 먹어 보지 못한 사람이 생선요리를 강의하는 것 같아서 실소를 금할 수 없습니다. 참 철이 없어도 한참 없습니다.

나도 북한을 잘 알지 못합니다. 그러나 나는 제2차 세계대전이 끝나 우리나라가 해방이 된 날부터 1950년 12월 3일까지 거의 5년 5개월을 평양에서 살았고, 인민학교와 초급중학교에 다녔습니다. 소년단원으로 토론회에도 참석을 하고, 그 어린 나이에 김일성대학 건축 작업장에 동원이 되어 삼태기에 흙을 담아 날랐습니다. 노동절과 해방기념일에는 행진도 했습니다. 김일성 장군의 노래를 부르면서…. 일요일 소년단 모임에 나오지 않고 교회에 갔다고 자아비판에 나가 벌을 받기도 하고 열두 살, 열세 살의 소년이 사상이 불량하다고 체벌을 받기도 했습니다. 단지 할아버님이 목사이고 아버지가 월남을 했다는 이유로…. 그래서 마치 전과자가 되어 사는 것처럼 기가 죽어 차별 대우를 받으면서 살았습니다.

그런데 탈북한 사람들의 이야기를 들으면 해방이 되고 한국전쟁이 일어나기 전까지의 북한은 지금보다는 살기가 좋은 시절이었다고 하니 북한의 현실이 어떤지 짐작하고도 남을 만합니다. 학교에서 주는 쌀 배급표와 어머님이 타오는 쌀 배급표는 15일마다 주는데 배급을 타면 그 쌀로 죽만 끓여 먹어도 8일을 넘기기 어려웠습니다. 한참 뛰어다니는 소년들에게 일 년이나 일 년 반 만에 한번 주는 질이 나쁜 운동화는 아껴 신어도 2개월이나 3개월을 넘기기가 힘이 들었습니다.

그들은 어릴 때부터 세뇌교육을 한다고 하루도 놀리는 날이 없었습니다. 학교 교육 외에 월요일이면 신문이나 기관지를 읽고 감상을 발표하는 독보회, 화요일은 농촌이나 공장의 대표자들 혹은 정부 관리들의 보고대회, 수요일은 소년단 분단회를 하거나 소년단회의, 금요일은 자아비판회라고 하여 나 같은 사상 불량자를 앞에 세워놓고는 온갖 욕과 저주를 퍼부어대고, 토요일이나 일요일에는 봉사회를 하여 동네나 학교 청소를 해야 합니다.

조선민주주의 인민위원회 결성일, 삼일절이나 오일절(5월 1일 노동절), 해방기념일, 러시아혁명기념일을 위해서 행진연습을 하는데 2-3개월 전부터 주말마다 동원하여 구호를 외치며 행진하는 연습을 시켰습니다. 16줄씩 맞추어 앞으로 옆으로 줄을 맞추어 행진을 해야 했습니다. 행진연습을 하는데 한 사람이라도 틀리면 다시 하고 또 다시 하여 몇 달이 걸리곤 했습니다. 그때는 태양절 같은 김일성 생일은 없었지만… 어린 중학생에게도 자유시간을 주지 않았습니다. 일제시대에 학교를 다녀본 기억은 없지만 선배님들은 일제시대의 학생시절보다 훨씬 더 가혹하다고 이야기를 하곤 했습니다.

평양을 떠난 지도 65년이 되었습니다. 그동안 나라는 더 가난해지고 정치는 더 혹독해졌습니다. 수백만 명이 굶어 죽고 수십만 명이 요덕수용소나 또 다른 수용소에서 병으로 영양실조로 죽었습니다. 매일처럼 두만강이나 압록강을 넘어 탈주하는 인민들은 늘고 있고, 많은 탈북자들이 중국 폭력배나 범법자들에 의하여 노예로 팔리거나 인신매매장으로 팔려가는지 모릅니다. 심지어는 외국의 대사로 나갔던 정부의 요인들이나 김정일의 심복들까지도 집과 가족들을 버리고 야반도주를 하고 있습니다.

그래도 김정일은 양주나 포도주를 일 년에 수십만 불어치를 수입하고 캐비어와 같은 비싼 사치품을 들여와서 파티를 하며 기쁨조의 향응을 받으며 즐긴다고 하더니 그 아들 김정은은 더 고급화되어 승마나 요트를 타고 영국의 왕족이나 중동의 왕족들을 무색하게 하는 사치를 부리고 있습니다. 이것은 주지육림을 만들고 달기라는 미인과 즐기다가 나라를 망하게 한 주왕과 다를 게 없다고 생각합니다.

김정일이나 정은이에게 초대를 받아 값비싼 밥이라도 얻어먹고 온 머리가 빈 여자들은 감격을 하겠지만 이것은 그들이 감격한다고 박수를 칠 일은 아닙니다. 자기를 길러주고 가르쳐준 고모부를 기관총으로 쏴 죽이고 마치 로마의 폭군 네로 황제처럼 고급 장교들과 자기의 수하들을 대중 앞에서 총살을 하며 즐거워하는 독재자의 행태는 연산군이나 폭군들의 이야기를 듣는 것 같아 모골이 송연해지곤 합니다.

그런데도 대한민국의 종북세력들은 목소리를 높이고 사사건건 정부의 발목을 잡고 북한의 비위를 맞추지 못해 안달을 합니다. 저는 조선민주주의 인민공화국의 이런 종북주의자들을 볼 때 정말 한심하고 이 나라가 어찌 되려는지 잠이 안 올 지경입니다.

중국이 한마디를 하면 국회에서는 두 파 세 파가 나뉘어 정부를 비난하고, 이북에서 한마디 하면 국회의원들이 들고 일어나는 사회의 현실을 보면서 1974년 월남이 멸망하던 뉴스를 보는 것 같아 가슴이 섬뜩합니다.

내가 하면 로맨스, 네가 하면 불륜

1789년 불란서 혁명이 일어나 루이 16세는 킬로틴에서 처형이 되고, 마리 앙투아네트 왕비도 킬로틴에서 목이 잘렸습니다. 혁명이 일어났을 때 마리 앙투아네트가 얼마나 사치했고 부도덕했던가 하는 루머가 퍼졌고, 이 루머를 들은 군중은 분노했습니다.

혁명이 일어난 후 민중재판이 곳곳에서 열렸습니다. 법에 대해서는 아무것도 모르는 농부와 노동자들이 완장을 차고 법정에 앉아서 잡혀오는 귀족이나 지식인들에게 유죄를 선고하고 사형을 시켰습니다. 논리적인 변론이 있었던 것이 아니고 누구 하나가 죽여라 하고 소리를 지르면 그대로 끌고 나가 목을 쳤습니다. 그래서 많은 상류계급의 사람들이 무고하게 희생을 당했습니다.

불란서 혁명은 왕조를 무너트린 것으로는 성공했는지는 모르지만 그들이 내건 평등 자유 박애와는 거리가 먼 혁명이었습니다. 사실 루이 16세 때 불란서 국민들이 가난에 시달렸다고 하지만 가장 문화가 찬란하던 시대였습니다.

1917년 러시아의 혁명도 마찬가지입니다. 완장을 찬 농민들과 노동자들이 귀족들과 지주들을 재판하고 사형을 시키고 시베리아로 유형을 보냈습니다. 한결같이 이들이 한 민중재판은 법에 의해 재판을 한 것이 아니라 감정과 선동에 의한 것이었습니다. 지주들과 귀족을 사형시킨 민중들 중에는 개인적인 감정으로 죽인 일도 있고, 앙갚음으로 주인이었던 지주를 죽인 일이 많았습니다.

우리는 이런 재판을 해방 후 북한에서, 그리고 한국전쟁 때 인민재판이라는 것을 통해서 실제로 보았습니다. 이때도 공정한 재판은 물론 아니었고 개인적인 원한이나 앙갚음으로 옛 주인을 고발하고 죽인 일들이 많이 있었습니다.

지금 문재인 대통령은 자기 스스로 촛불혁명으로 대통령이 되었다며 미국에 가서도, 중국에 가서도 촛불혁명의 성공으로 대통령이 되었다며 자랑을 했습니다. 그리고 청와대의 영빈관 중앙에 촛불시위를 그린 대형 그림을 걸었다고 합니다. 그러면 그도 불란서 혁명이나 러시아 혁명 같은 민중재판을 하고 있는 것일까요? 지금 적폐척결이라는 깃발을 내걸고 잡아들이고 감옥에 보내는 많은 사람들 중에 과거의 원한이나 앙갚음은 없는 것일까요?

물론 자세한 내용은 다르지만 많은 부분이 같다고 생각합니다. 적폐척결이라는 기치를 내세우고 한국에서는 과거에 했던 정책은 모두 잘못된 것이고 과거 보수정권에 참여했던 사람들은 모두 구속을 했습니다. 전직 대통령 두 명을 구속시키고 자기의 입맛에 맞는 재판관들로 하여금 유죄를 내리게 하고 있습니다.

박근혜 대통령이 삼성에서 돈을 받았다고 하는데 그 돈을 준 사람도 아니라고 하고 받은 사람은 돈이 없습니다. 두 사람이 한국 스포츠계의 발전을 위하여 기부를 했다고 합니다. 똑똑해 보이는 김세윤 판사는 묵시적 뇌물이라는 새로운 낱말을 만들어 34년 징역형을 선고했습니다. 어째서 박근혜 대통령이 승마를 위한 스포츠에 기부하라고 한 것은 죄가 되고, 문재인 대통령이 재벌들에게 동계 올림픽에 돈을 내라고 한 그것은 뇌물죄가 안 될까요?

내가 하면 아름다운 로맨스이고 네가 하면 추악한 불륜이라는 것입니까? 그리고 국정원과 국정을 농단했다면서 34년 징역형이라고 하니 차라리 빨리 사형을 시키는 것이 낫지 96세까지 복역하라는 형은 사형을 시키되 무딘 칼로 목을 치라는 말과 무엇이 다릅니까? 대통령에게 공산주의자라고 했다는 사람도 구속을 시켰습니다.

또 요새는 한국에서는 국방부의 기무사에서 2016년에 기초했다는 계엄령에 대해 계획서를 조사하고 있습니다. 기무사의 담당자들은 촛불데모가 한창일 때 만일 대통령 탄핵이 기각이 될 경우 국민들의 소요가 심해지면 이를 진정시키려고 했다는 말인데, 지금 여당이 된 더불어민주당이나 대통령은 국민을 탄압하려고 준비했다고 야단입니다.

그런데 재미있는 것은 2004년 노무현 대통령 탄핵 때도 기무사에서 계엄령을 고려했다는 것인데 지금 여당이나 대통령은 2004년에는 쿠데타 방지를 위해 계엄령을 고려했다고 설명합니다. 그럼 2004년의 계엄령 계획과 2016년 계엄령 계획과 무엇이 다릅니까? 데모가 격해지고 사회가 어지러워지면 이를 막고 사회를 안정시켜야 한다는 것이 같은 목적이 아닌가요? 그리고 그런 소요사태에서 국민을 보호해야 하는 것이 군이 해야 할 사명이 아닌가요? 물론 다른 점은 그때는 우리가 한 것이고 지금은 당신들이 했다는 것뿐입니다. 그것은 국민학교 학생들도 알 수 있듯이 네가 하면 불륜이고 내가 하면 로맨스라는 말이 아닐까요?

사실 한참 촛불 데모가 일어나고 있을 때 야당의 대표이던 문재인 씨는 대통령의 탄핵이 안 되면 혁명을 일으켜야 한다고 데모 현장에 나와 소리 지르지 않았던가요? 그리고 이것을 다루는 사람들은 표가 나게 지금의 정권을 감싸거나 지지하는 사람들입니다.

요새 TV에 등장하는 임태훈이라는 사람은 머리부터 망치머리로 깎고는 콜라텍의 매니저 같은 차림새와 모습으로 군대 생활을 하지도 않아 군이 무엇인지도 모르는 주제에 한국군이 부패했다고 목소리를 높이고 기무사를 해체하고 국방부의 한 부로 축소해야 한다고 목소리를 높입니다. 나는 그가 어떻게 되어 군인인권위원회 소장이 되었는지 궁금합니다. 군에도 안 가본 새파란 청년이 군에서 30년, 40년 나라를 위해 일생을 바친 장군들보다 군에 대하여 잘 안단 말인가요? 이건 불란서 혁명이나 러시아 혁명 때 완장을 찬 농민보다도 더 심한 처사가 아닌가요?

정말 지금 정부에서는 일을 할 사람이 그렇게도 없나요. 자기는 군인 생활을 한 일이 없어도 군을 잘 안다고 국회에서 발언을 하고 누가 보아도 경박한 태도로 발언을 합니다. 군에서 30년, 40년 복무를 한 장성들이 그 앞에서 심문을 받듯이 답변하는 것을 보면 이것은 불란서 혁명 때 농부 앞에서 재판을 받고 있던 대법원장을 보고 있는 기분입니다. 하기는 노무현 정부 때 병장차림의 군복을 입고 별을 4개나 단 장군에게 손가락질을 하며 그러고도 장군이라고 할 수 있는가라고 호통을 치던 장영달이라는 사람이 기무사 개혁위원회 위원장 완장을 다시 차고 나와 기무사 개혁을 외치고 있으니 혁명 후 불란서의 사태와 너무도 흡사합니다.

현 정권에서는 그렇게 하고 싶겠지요. 그러나 이런 정권을 지지하고 표를 던져 주는 한국 국민의 정신상태가 어떤 것인지 나는 모르겠습니다. 문맹이 1%도 안 된다는 문명국가인 한국국민의 정치의식이 이정도밖에 안 되는 건가요?

북핵 문제

몇 주일 전 교회의 어떤 분이 고맙게도 지난 2-3년간 신문에 난 칼럼, 오피니언들을 스크랩해서 한 뭉텅이를 주셨습니다. 참 정성스럽게 수집하여 깨끗하게 플라스틱 주머니에 넣어서 보존이 되어 있었습니다. 나는 그 정성에 감사하여 매일 공부하듯이 그 수집된 오피니언과 칼럼들을 읽으며 생각에 잠길 수 있었습니다.

필자들은 신문의 논설위원, 대학교수, 시민단체 관계자, 한인회장, 목사님, 음악가, 시인, 수필가, 의사들이 많이 기고했습니다.

2016년에서부터 2018년 봄 사이의 이슈는 당연히 북핵 문제였습니다. 글을 기고하신 분들은 모두 자기주장을 피력하였습니다. 여기 나오는 주연은 김정은 위원장과 도널드 트럼프 미국 대통령이고, 조연은 문재인 한국 대통령, 시진핑 중국 주석, 아베 일본 수상입니다.

그런데 대개는 트럼프 대통령을 비판하는 글들이 많았습니다. 마치 문제를 복잡하게 만든 것이 트럼프 대통령이기라도 한 듯이 논조를 펴는 분들이 상당수 있었습니다. 그들이 인용을 하는 것은 뉴욕타임즈, 월드스트릿저널, CNN과 MSNBC입니다. 물론 트럼프 대통령이 인기가 없고 막말을 많이 하고 민심과 떨어진 정책을 펴고 주위의 인사들과도 마찰음을 빚고 있는 것이 사실이긴 합니다.

뉴욕타임즈나 워싱턴포스트, 월드스트릿저널은 민주당에 가깝다고 하기보다는 아주 민주당 소속지와 다름이 없는 언론입니다. 그 뒤에는 다 차려 놓은 밥상을 빼앗긴 듯이 억울해 하는 힐러리 클린턴이 도사리고 있습니다.

그러면 전 대통령 오바마는 한 일이 있습니까? 그는 중국에 가서 항공기에서 내릴 때 레드카펫도 깔아주지 않는 수모를 겪었고, 이란의 핵 정책도 성공을 하지 못하였고, 섣불리 이라크에서 철군을 하여 시리아의 내전을 복잡하게 만들고 IS가 준동하게 만들었습니다. 그리고 북핵문제는 손도 대보지 못하고 그대로 방치하여 김정은은 오바마 정권 8년 동안에 개발한 핵무기를 실험하였고, 그동안 만든 ICBM을 쏘아댄 것이 아닌가요?

신문에 기고한 분들은 모두 한 가지씩 고견을 피력하였는데 읽으면서 백가쟁명이로구나 하고 느낀 것이 사실입니다. 외교도 국방문제의 전문도 아니면서 강하게 자기주장을 피력하였고 마치 장기를 둘 때 옆에서 훈수를 하는 것처럼 트럼프나 문재인 대통령에게 훈수를 하였습니다. 트럼프에게 김정은과 회담을 해라. 그리고 회담은 이렇게 이끌어가야 한다. 중국 · 일본과 협조하여 북한을 압박해야 한다. 아니다, 코너에 몰린 북한을 더 압박해서는 안 되고 북한에게 많이 양보를 하여 그들 스스로가 문을 열게 해라. 어떤 분은 아니다. 미국이 전술핵을 사용하여 15분에서 30분 안에 북한을 초토화시키고 비핵화시켜야 한다는 이야기, 아니다, 한국과 일본이 모두 핵을 보유하게 하여 대등한 힘을 가지게 해야 한다

등등 어떤 말을 들어야 할지 모를 정도입니다. 심지어는 한국에서 “미군이 철수를 하고 남북한이 서로 만나 스스로 한국문제를 해결하도록 해야 한다.”라는 주장도 있었습니다. 그렇게들 경륜들이 많으신데 왜 정치에 나서지 의사 개업을 하거나 교회에서 목회를 하고 사업을 하고 팔리지도 않는 시를 쓰는지 모르겠습니다.

역사책을 읽어 보면 말이 많기로는 그리스를 따라 갈 데가 없었다고 합니다. 백 명이 모이면 백 개의 의견이 나왔다고 했으니까요. 그렇게 말이 많고 논쟁이 많던 민주주의 국가는 기원전 3세기에 마케도니아의 알렉산더 대왕에게 망하고, 그 후 스파르트타에게 망하고, 포에니에 전쟁 때 칼타고의 하니발의 편에 들었다가 망하여 로마의 식민지가 되어버립니다. 그 후 그리스는 과거 2천여 년 동안 국제무대에 나서지 못합니다. 그리스보다 문화가 덜 발전했던 페르시아에게 정복당하고 또 오스만투르쿠에게 망하고, 독일에 침범당하고….

2차 대전 후 많은 후진국가들이 그랬던 것처럼 우리나라도 2차대전 후 정치 경력이 부족한 탓으로 자유당의 부정부패한 정권, 혼란스러웠던 민주당 정권, 군사정권 등을 겪으면서 고생을 했습니다. 그 후 민주화 투사들이 정권을 잡고 햇빛정책도 쓰고 북한의 김정일과 김정은에게 찾아가 김일성 시체에 경배를 하고 김정일과 포옹을 하고 난리를 쳤지만 해결된 것은 아무것도 없습니다.

이제 자유를 찾고 운전대를 잡으니 어디로 갈지 모르는 것 같습니다. 언론의 자유라고 누구나 한마디씩 이야기를 합니다. 우리나라에 시민단체가 2,500개가 넘는다는 말은 이 모든 단체가 저마다 정치에 참여를 하여 한마디씩 하겠다는 말입니다. 그리고 마치 칼럼이나 오피니언에 나오는 가지각색의 혼란스러운 논단처럼 정부를 흔들고, 왜곡된 언론으로 정권을 잡은 지금의 정부는 갈팡질팡 어디로 갈지 불안하기만 합니다.

오래 전에 뉴질랜드에 여행을 다녀왔습니다. 뉴질랜드는 인구에 비해 땅이 넓고 비옥했습니다. 양을 키우고 농사를 지으며 사는 그들이 행복해 보였습니다. 여행 중 뉴질랜드의 안내원이 하던 이야기가 오래 기억에 남습니다.

"우리나라 사람들은 그렇게 똑똑하지 않습니다. 85%에 속한 사람은 그저 생활인으로 살고 15%에 속하는 사람들이 대학에 가고 정치를 하고 국민들을 리드하고 있습니다. 그들이 인도하는 대로 살면 우리는 평안하고 행복하게 살 수 있습니다."

나는 속으로 이렇게 말했습니다. '그건 당신네 나라처럼 국민의 지식 수준이 떨어진 나라의 이야기이고 우리나라처럼 똑똑한 국민이 사는 나라는 그렇게 할 수 없지요. 우리나라 국민의 IQ는 세계에서 두 번째로 높은 106이고 길에 가는 사람에게 줄기세포가 무어냐고 물으면 대답할 수 있는 나라에서는 그렇게 할 수 없습니다.'

우리나라는 아파트의 주민 대표를 뽑는데도 선거공약이 있어야 하고 아파트 앞에 건물이 서면 조경권 침해라고 하여 피켓을 들고 데모를 하고 거리로 나서는 나라에서는 상위 15%도 있을 수 없지만 그들이 인도를 한다고 해도 아무 말 없이 따를 수가 없지요. 그래서 신문 오피니언 난에는 각종 직업을 가진 사람들이 트럼프 대통령에게 훈수를 하고 세계정세에 대하여 논하는 사람들이 수도 없이 많습니다. 다행히 트럼프 대통령이 한국 신문 오피니언을 읽고 정책을 결정할 확률이 거의 없으니 다행이기는 하지만….

도도한 여자

요새 방영이 되는 ≪미스티≫라는 연속극에 고혜란이라는 방송국의 앵커가 나옵니다. 얼굴도 예쁘고 몸매도 좋고 머리도 좋아 따르는 남자들도 여럿 있고 대중에게 인기도 대단합니다. 그런데 그 여자의 마력은 얼굴이나 머리보다는 도도한 태도에 있는 것 같습니다. 아마도 대중은 그녀의 도도한 신비력에 매혹된 건지도 모르겠습니다. 마치도 구름에 가려져 보이지 않는 높은 산봉우리의 신비함처럼, 구름에 반쯤 가려진 달이 더 신비롭고 아름다운 것과 같은 도도함에 묘한 매력이 있는 것 같습니다.

성경에서는 40일 동안 시내산에서 하나님과 같이 지낸 모세가 하산했을 때 얼굴에서 빛이나 사람들이 무섭고 신비하여 가까이 하지 못하여 천으로 얼굴을 가리고 사람들을 대했다는 것처럼 사람들은 도도한 사람을 좋아하고 존경하고 무서워하기도 합니다.

얼마 전에 우리 선배님이 웃으면서 한 말이 기억납니다. "나는 의과대학 6년을 다니면서 P라는 여자 동기생에게 한 번도 말을 못 붙여보았어. 마음이 약해서…."라고 하여 웃었습니다. 그런데 그 P라는 여자 선배는 인물도 예뻐서 연세 퀸으로 당선이 되기도 했고, 공부도 잘해서 일등으로 졸업을 했습니다. 또 우리나라에서 이름만 대면 알 수 있는 가문의 따님이었습니다. 그리고 제가 전해들은 이야기로는 도도하여 주위에서 말을 잘 걸지 못했다고도 합니다. 하기는 저도 한 번도 개인적으로 말을 해본 일이 없기도 합니다.

세계적으로 도도하고 콧대가 높은 여자를 들라면 재클린 케네디를 들겠지요. 불란서 드골 대통령이 "미국에서 가져 갈 것이 있다면 재클린 케네디라는 여자 하나밖에 없다."고 할 정도였으니까요. 케네디 대통령 취임식 때 참 멋집니다. 정말 하늘에서 내려 온 듯한 미남미녀 대통령 부부의 걸어가는 모습에 우리와는 다른 인간인 줄 알았습니다. 달라스에서 차를 타고 가다가 총에 맞은 남편의 몸을 감싸며 "오, 노"라고 외쳤던 그녀는 남편의 장례식에서도 그 꼿꼿하고 도도한 자세를 흩트리지 않았습니다. 그는 체면을 유지하기 위한 돈이 필요하다며 그리스의 선박왕 오나시스와 결혼했는데 얼마 후 천문학적인 위자료를 받고 이혼해서 구설수에는 올랐지만 재클린의 그 도도함은 역사에 남을 정도였습니다.

남자들보다는 여자들에게 도도한 사람이 많습니다. 물론 남자들에게도 거만하다고 할까 카리스마가 있다고 할까 감히 함부로 접근하지 못할 위엄을 가진 사람이 있긴 있습니다. 불란서의 드골 대통령이나 맥아더 장군 같은 사람은 기품이 있고 카리스마가 있어 도도하다고 할 만합니다. 한국에서는 옛날에 신익희 선생님이 그랬고, 함석헌 선생님이 그랬고, 어려서 본 저의 할아버지가 그랬습니다. 그런데 남자들에게는 도도하다는 말은 잘 어울리지 않는 것 같습니다. 그저 거만하다거나 기품이 있다고 하는 말을 하지만 남자에게 도도하다는 말을 잘 쓰지 않습니다.

도도한 여자는 여자들에게서 봅니다. 한국의 여자 배우들 중에는 아마 장미희라는 배우를 들 것입니다. 그리 예쁜 여자도 아니고 연기를 잘하는 배우도 아니면서 영화에 나올 때는 도도한 모습으로 나타납니다. 한때 학력을 위조했다고 구설수에 올랐지만 자세를 흩트리지 않고 꼿꼿한 자세로 나타납니다. "학력을 위조했냐?"고 기자가 물으면 그래서 하고 한마디 반문하고서는 꼿꼿하게 돌아서 가버립니다.

또 한 분 박근혜 전 대통령을 들 것입니다. 그는 대통령일 때도 또 감옥에 들어가 재판을 받으러 나올 때도 자세를 흩트리지 않은 채 도도한 모습으로 나타났습니다. 아마 그런 태도 때문에 여러 사람에게 거부감을 일으키지 않았을까 하고 생각합니다. 다른 여자 정치인들처럼 남자들과 술도 마시고 허튼 소리도 하고 막말도 하면서 어울려야 하는 깨끗하지 못한 정치 풍토에서 동료의식을 심어 줄 수 있고 끼리끼리 어울릴 수가 있는데 너무 꼿꼿하고 도도한 태도는 불통으로 받아들여질 수도 있고 미지공(미친× 지가 공주인가)라는 느낌을 줄 수도 있을 것입니다. 그래서 결국은 정치판에서 왕따를 당하고 배반을 당하여 소설에 나오는 공주처럼 철탑 속에 갇혀 버린 것인지도 모릅니다.

그러면 도도한 여자가 되려면 그래도 몇 가지 요건은 갖추어졌어야 합니다. 우선 남자들이 우러러볼 수 있는 외모를 갖추어야 할 것 같습니다. 미인은 아니더라도 남자들이 선망할 정도의 미는 갖추어야 하는 가 봅니다. 아주 인물이 없는데 도도하게 행동을 한다면 그건 웃음거리밖에 안 될 것이기 때문입니다. 둘째는 실력이 있어야 합니다. 학교에서는 공부를 잘하든가, 연예계라면 연기를 잘하든가, 음악을 잘하든가 하여 남들이 인정할 만한 실력이 있어야 합니다. 세 번째는 우아하게 행동을 해야 합니다. 너무 가볍게 행동을 하거나 말을 많이 하거나 격에 떨어지는 행동을 하면 품격이 떨어져 도도한 여자라 할 수 없습니다.

오래 전 달동네에 살 때의 일입니다. 야간여자고등학교에 다니는 학생이 있었습니다. 교내 웅변대회에 나간다고 하여 원고를 써주고 연습을 시켰습니다. 북한에서 웅변대회나 토론대회에 나간 일이 있고 소년단대회에서 웅변을 한 경험을 살려서 코치를 했습니다. 정말 뜻밖의 일로 그 여학생이 학교 웅변대회에서 일등을 하고 용산구 학생 웅변대회에서 2등을 했습니다.

그런데 그 후 이 여학생이 돌변한 것입니다. 웅변대회에 나갔다 온 후로는 책을 옆에 끼고 고개를 6시 5분전으로 하고는 자기 또래의 여학생들과는 어울리지 않습니다. 그리고는 남이 보기에도 도도한 태도로 남에게 인사도 안하고 남의 인사를 받지도 않으면서 지나쳤습니다. 저는 그의 친구들이 "병신같이 별 볼일도 없으면서 도도하기는." 하고 욕 하는 말을 여러 번 들었습니다. 그러니 학교의 성적은 점점 떨어지고 친구들도 없어지고 몇 년이 지나고는 정신과 병원에 입원했다는 이야기를 전해 들었습니다.

구름에 반쯤 가려진 달은 구름이 걷혔을 때도 그만큼 아름다워야 하고 구름에 가린 산봉우리는 구름이 걷혔을 때 더욱 아름답고 신비스러워야 합니다. 오늘 〈미스티〉라는 연속극을 보면서 '고혜란 앵커의 삶이 도도하구나, 그리고 도도한 사람은 괴롭고 외로운 인생을 사는구나.' 하고 생각을 하면서 도도하게 사는 것보다는 그저 평범하게 이웃과 어울리면서 사는 게 행복이구나 하고 생각합니다.

민중 민주주의

2016년 10월 하순부터 서울 광화문거리는 다시 촛불을 든 민중들이 몰려들기 시작을 했습니다. 그리고 국정농단을 한 대통령을 끌어 내리라고 아우성을 치기 시작했습니다. 광화문에는 촛불을 든 수많은 사람들이 대통령을 끌어 내리라고 주먹을 공중에 흔들며 소리를 질렀고 대통령을 실고 가려는 듯이 크나큰 상여를 청와대 쪽으로 몰고 갔습니다.

신문도 TV도 국회도 경찰도 검찰도 법원도 대통령 편은 없었습니다. 민중의 편을 든 국회는 대통령 탄핵을 의결했고, 검찰은 특검이라고 하여 최순실과 박대통령의 삼족을 멸하겠다는 호언 하에 대통령 측근, 비서들, 장관들, 재벌의 총수를 줄줄이 구속했습니다. 그리고 재판도 없이 헌법 재판관은 대통령을 파면한다고 결론을 지었습니다.

많은 사람들은 이것이 박근혜 대통령의 무능에서 비롯되었다고 하지만 나는 그렇게 생각하지 않습니다. 물론 박대통령의 실수도 있고 그의 고집불통의 성격 탓도 있습니다. 그러나 이번 촛불은 80년대에부터 시작된 소위 386세대의 주사파와 노동조합, 전교조, 참여연대, 전국농민회 등의 시민단체 소위 통일연대라고 하는 시민단체들과 통합진보당의 꾸

준한 계획과 그들이 효순 미순의 시위, 광우병 시위, 여러 번의 노동파업을 하면서 얻은 경험과 세월호 시위를 하면서 쌓은 경험을 통해서 일으킨 결과물이라고 생각합니다.

백만이 넘는다는 사람들이 든 촛불, 무대 장치, 그 많은 시위 군중을 실어 나른 버스, 공연을 하면서 연예인들에게 쓴 돈은 상상을 초월하는 돈 이었는데 이 돈의 출처가 어디였는지 언론이나 검찰에서는 일언반구도 없습니다. 심지어는 데모에 참가하면 한 사람에게 5만원씩 주었다는 소문은 무엇이며, 이것이 사실이라면 그 막대한 자금은 어디서 나왔는지 밝히지 않습니다. 이것은 단순이 지나가던 대중이 참석한 것이 아니라 의도적이고 조직적인 힘이 뒤에서 뒷받침했을 것이라고 생각합니다.

얼마 전 정규재 선생이 말한 것처럼 이번 박근혜 대통령의 탄핵은 박근혜 개인의 탄핵이 아니라 한국의 보수를 탄핵한 것이고 한국의 보수가 무참하게도 전멸했다는 하는 것을 의미합니다.

소위 진보라는 미명하에 자란 종북 세력, 한총련과 전교조, 주사파 들이 그들의 힘을 보여준 것이라고 생각합니다.

그런데 보수이든지 진보이든지 뚜렷한 이념이 없는 일반 대중들에게는 누군가 선동을 잘하는가가 마치 말싸움에 목소리가 큰 사람처럼 유리하게 마련입니다. 우리가 역사를 보면 성난 군중을 이용하여 승리를 한 사람들이 많이 있습니다. 그리고 그들이 옳은 일을 한 것보다는 군중의 힘을 이용하여 나쁜 일을 한 역사적 사실이 더 많습니다. 아고다 광장에서 궤변으로 군중을 선동한 소피스트는 소크라테스에게 독배를 마시게 했고, 예루살렘 광장에서 성난 군중은 예수를 십자가에 못 박게 했습니다. 러시아의 성난 군중을 수백만이 얼어 죽고 굶어 죽는 공산 정권을 스탈린에게 만들어' 주었습니다.

아르헨티나의 군중은 페론에게 군사정권을 주고 남미에서 가장 잘살던 나라가 가난하고 가난한 나라가 되었습니다. 반미운동으로 군중을 모은 베네수엘라는 차베스에게 독재정권을 넘겨주었습니다. 권력을 잡은 차베스는 독재정치로 기름이 많이 나와서 개도 백 불짜리를 물고 다닌다던 나라였는데 이제는 사람들이 서로 쓰레기통을 뒤지러 다니는 거지 나라가 되었습니다. 관광 수입과 올리브만 팔아도 먹고 산다던 그리스도 툭 하면 플래카드를 들고 나오는 노조 때문에 유럽에서 가장 가난한 나라가 되었습니다.

군중대회에는 국민의 참뜻이 반영되는 운동이 아닙니다. 군중을 선동하는 사람들이 자기의 얼굴을 가리고 양심을 플래카드로 가리우고 어떤 말이나 마구 쏟아놓는 혼란의 광장뿐입니다. 누가 자기의 얼굴을 내밀고 이석기를 양심수라고 석방하라고 말할 사람이 있겠습니까. 군중대회에서 자기의 얼굴을 군중으로 가리고 마치 술김에 이야기를 하는 것처럼 소리를 지를 수 있을 것입니다. 군중대회라면 북한만큼 자주 하고 크게 하는 나라가 없을 것입니다. 그럼 북한이 자유 민주주의 국가입니까? 촛불대회 주최자에게 물어 보십시오.

저는 북한에 살면서 군중대회에 수없이 참석했습니다. 어린 초등학생이 "민중의 기, 붉은 깃발로 전사의 시체를 싸노라. 시체가 식어 굳기 전에 우리들은 붉은 기를 지킨다. 높이 들어라 붉은 깃발을…." 하면서 초등학생이 입에 담지 못할 극악한 구호를 외쳤습니다. 그건 자의가 아니라 학교의 행사로, 주민의 행사로 어린 나이에 끌려갔을 뿐입니다. 그리고는 주동자가 김구 이승만을 타도하라고 말을 하면 우리는 그저 마지막 구절 “타도하라!”라는 말만을 되뇌었을 뿐입니다.

지금 서울에서 벌어지고 있는 민중대회가 바로 그런 것입니다. “이석기를 석방하라!”고 주동자가 외치면 “석방하라 석방하라!”라는 뒷말만 되풀이할 뿐이지 나의 의견을 말하는 것은 아닙니다. 북한에서는 정부의 강제에 의해 동원이 되었고, 서울에서는 민노총이나 전교조, 농민회 같은 단체의 회유와 강압에 의해 동원이 되었고 주최자들이 꾸미는 K-pop이나 아이돌의 공연을 구경하러 나왔다가 무리에 휩싸인 사람들이 많다는 것입니다.

미국에 사는 사람들이 한국에 나갔다가 광화문거리에 젊은이들 공연도 보고 촛불 시위도 보러 나갔다는 사람들, 서울의 보수파에 속하는 친구들이 촛불시위에 구경을 나갔다가 온 사람들이 상당히 많았습니다. 이 사람들이 진보가 이야기하는 백만의 숫자들을 많이 채웠다는 사실도 중요합니다. 여기서 나오는 것이 직접 민주주의입니까.

저는 이번의 대통령선거나 박근혜 대통령 탄핵이나 이념의 투쟁에서 보수들의 궤멸이 당연하다고 생각합니다. 보수는 부패했고 무능했고 지리멸렬했고 나약했고 무식했고 나빴습니다. 그들은 단결할 줄 몰랐고 배가 침몰하는 순간까지도 서로 싸웠고 물에 빠져서도 자기만 살려고 같은 보수를 밀어 냈습니다. 중도보수까지 합하면 60%가 넘는다는 보수는 국민의 외면을 받았습니다.

그러나 지금 집권자의 돌아가는 양상을 보면 겁이 납니다. 마치 월남 멸망 직전의 사이공을 보는 것 같고, 침몰 직전의 아르헨티나를 보는 것 같고, 홍위병들에 싸인 베이징 같습니다. 우리 국민에게는 국가의 내일은 안중에 없습니다. 살충제 계란이 북한의 핵보다 걱정이고, 선심 정책으로 나라의 경제가 거덜이 나고, 가계 빚이 1400조가 넘는데도 바캉스가 더 중요하고, 시청 앞에서 이석기를 석방하라는 과격 좌파의 목소리가 들리는데도 아파트의 값이 내려가는 것이 더 걱정입니다

이것이 직접 민주주의의 갈 길입니까? 이건 아닙니다.

잘못된 길

성경에는 "사망으로 인도하는 길은 넓고 생명으로 가는 길은 좁다."고 말합니다. 길을 잘못 들면 죽는다는 말이고, 잘못된 길로 가기가 쉽다는 말입니다.

저와 아내는 매일 새벽 5시 운동을 나섭니다. 황창연 신부님의 '걸살누죽(걸으면 살고 누우면 죽는다)'이라는 말씀대로 매일 걷고 운동을 해야지, 게으름을 피우면 건강을 유지할 수 없기 때문입니다. 집을 나갈 때는 어둡지만 반 정도 걸으면 동편 하늘이 훤해지고 집에 들어갈 때면 하늘이 훤해지기도 합니다. 아침에 길을 걷다보면 자동차 길에 잘못 들어왔다가 차에 치어 죽은 동물들을 보게 됩니다. 다람쥐, 토끼, 거북이, 쥐, 아마데우스 뱀….

모두 길을 잘못 들어 죽은 생명들입니다. 아침에 운동을 하러 나가면 토끼들이 길에 왔다 갔다 하는데 사람이 가도 무서워하지 않고 도망가는 일이 없이 빤히 바라보다가 발에 채일 정도가 되어야 후다닥 도망을 갑니다. 다람쥐는 불빛을 잘못 보는지 차가 오면 길 한가운데 서서 이리 갈까 저리 갈까를 망설이다가 차가 바짝 가야 도망을 갑니다. 그렇게 위험한 모험을 하며 다니니 사고가 나겠지요. 그런데 걸음이 느린 거북이가 길 한가운데 서있으면 대책이 없습니다. 차를 세워서 거북이를 들어다 숲속으로 보내 주는 수밖에 도리가 없습니다. 그리고 가끔 뱀이 차에 치어 죽어 있는데 역시 선입관이 있어서 그런지 뱀이 죽은 모습은 추악합니다.

지금은 여름이라 뉴저지에 와 있습니다. 뉴저지는 플로리다와 달라 길에 나오는 동물도 다릅니다. 아침에 운동을 하려 나가면 시멘트로 덮인 넓은 정원이 있고 그 주위에 산책길이 있습니다. 한 바퀴 도는데 약 900보가량 됩니다. 아침에 저 동쪽 퀸즈 쪽에서 밝아오는 하늘을 보며 걸으면 상쾌합니다. 그런데 여기에도 정원에 사는 작은 동물들이 있고 넓은 마당 한가운데 나왔다가 돌아가지 못하고 죽어 있는 모습을 볼 수 있습니다.

어젯밤에 비가 약간 와서 그런지 마당은 축축하게 젖어있고 마당 한가운데 지렁이가 한 마리 기어가고 있었습니다. 그런데 너무 멀리 나와서 다시 정원의 흙으로 되돌아가기에는 너무도 멀리와 있는 것 같았습니다. 내가 몇 바퀴를 돌았는데도 지렁이는 한 뼘도 나가지 못한 것 같습니다. 정말 돌아가기에는 너무 멀었던지 다음날 아침에는 말라버린 비프저키 같은 시체로 남아 있었습니다. 정말 찬송가 가사대로 멀리 멀리 갔던 것 같습니다. 그리고 처마 밑에는 참새 한 마리가 떨어져 있었습니다. 아마 높은 빌딩의 창에 부딪혀 떨어져 죽은 모양입니다. 여기는 솔개의 소나무 그림도 없는데 어느 집 창가의 화분을 보고 달려들었을까요. 그 죽은 모습이 앙상하고 가엾습니다. 그도 길을 잘못 가다가 생명을 잃은 것이겠지요.

그리고 정원에서 한 2미터쯤 떨어진 곳에 달팽이가 한 마리가 길을 가고 있었습니다. 정원까지 가기는 그 느린 걸음으로 너무 멀 텐데 어찌 가려는 것일까요. 정원을 아홉 바퀴 돌 때까지 그 자리에서 움직인 것 같지도 않습니다. 나는 마지막 바퀴를 돌면서 달팽이를 들어다 나무 잎사귀 위에 올려놓아 주었습니다. 그냥 두었으면 말라 죽었겠지요. 다음 날 내가 올려준 나무 잎사귀를 봐도 달팽이의 모습은 보이지 않았습니다.

사람도 마찬가지입니다. 친한 친구가 있었습니다. 그는 잘생긴 용모에 머리도 좋고 재간도 있고 돈도 많은 친구였습니다. 그는 담배를 하루에 두 갑이나 피우고 술을 좋아해서 폭음을 하곤 했습니다. 커피는 하루에 열 잔 이상 마시고…. 나는 그 친구를 볼 때마다 "야, 이 친구야, 그 해롭다는 담배와 술을 무슨 원수가 졌다고 그렇게 피우고 마셔 대냐?" 하고 타박을 하면 "야, 이놈아, 남자는 모름지기 굵고 짧게 인생을 살아야지 빌빌 거리면서 오래 살면 뭐하냐. 너처럼 담배도 못하고 술도 못 마시면 인생을 무슨 재미로 사냐."고 큰기침을 했습니다. 그러던 그 친구는 18년 전 심장병으로 타계했습니다. 나는 친한 친구를 잃은 슬픔에 잠겼습니다. 나는 그의 장례식에 가서 '야, 임마, 그게 굵고 짧게 사는 인생이냐? 자식 내 말을 들었으면 좀 더 살았을 텐데….' 하고 마음속으로 소리 질렀습니다.

고등학교 때 S라는 친구가 있었습니다. 인물도 잘나고 씩씩하고 머리도 좋은 친구였습니다. 참 무슨 면으로 보나 나보다 우월한 친구였습니다. 그는 육군사관학교에 가서 장군이 되는 것이 희망이었는데…. 그런데 어찌 된 일인지 그는 조폭으로 임화수 밑으로 들어갔고 한때 종로에서 날렸습니다. 그러나 4·19혁명이 일어나고 또 군사혁명이 일어나더니 그는 감옥에 들락거렸고 국토재건 사업에 끌려갔습니다. 그리고 하도 많이 맞아서 그런지 오랜 후에 만났을 때 그는 폐인이 되어 있었습니다. 참 아까운 친구였는데….

어찌 사람뿐이겠습니까. 나라도 민족도 마찬가지입니다. BC 5세기에 유럽의 맹주였고 문명의 발상지였던 그리스, 역사적 유물의 관광수입만으로도 먹고 산다던 그리스는 신용불량의 국가로 가난한 나라로 전락했습니다. 기름이 펑펑 쏟아져 강아지도 백 불짜리를 물고 다닌다던 베네수엘라, 남미 대륙에서 가장 풍요한 나라던 아르헨티나도 가난한 나라로 전락했습니다. 권력을 잡은 정권이 정책을 펼 때는 옳은 길인 줄 알았겠지만 잘못된 길이었습니다. 세계의 세력을 양분하여 미국과 대등하다고 하던 소련, 러시아도 전락하여 가장 가난한 국가가 되어 러시아 여인들이 몸을 팔러 자기들이 식민지처럼 다루던 나라를 전전하게 되었습니다. 우리가 한국전쟁으로 고생할 때 지원군을 보냈던 필리핀, 에티오피아도 나라가 발전하기보다는 가난하고 불행한 나라로 전락했습니다.

그럼 우리는 어떤가요? 올바른 길로 가고 있는가요? 많은 사람들이 우려를 하고 있는데…. 물론 정권을 잡은 사람들은 올바른 길로 간다고 고집을 부리겠지요. 그러나 많은 양식 있는 사람들이, 원로들이, 국민들이 우려를 하고 있는데….

| 후기 |

최명섭 장로님

지금도 그 카랑카랑한 목소리로 "야, 용해야~" 하는 선생님의 음성이 들릴 것 같습니다

제가 연희대학 의예과 시험에 합격되었다는 통지를 받았지만 등록금을 마련할 길은 없었습니다."합격만 해라. 등록금쯤이야." 하고 큰소리를 치신 외삼촌은 정작 합격하고 나니 만나 주려고도 않았습니다.

그때 등록금은 4만6천500원이었습니다. 아마 이 숫자는 내가 죽는 날까지 잊을 수 없을 것입니다. 그때 아버님 월급이 1만 원도 안 되는 금액이었는데 아버님은 등록금을 마련할 능력이 없었습니다. 3월 24일까지는 등록을 해야 하는데 3월 22일 오후에 선생님께서 나를 댁으로 부르셨습니다. 그리고는 장롱 깊은 데서 나의 등록금 5만 원을 꺼내 주셨습니다. 나는 감격의 눈물로 눈을 뜰 수도 없었습니다. 그 후에도 몇 번이나 저의 등록금을 주셨고, 나의 졸업식에도 오셔서 나의 손을 잡고 우리는 정말 기적을 이루어냈다고 기뻐하셨습니다.

선생님은 내가 인턴을 하고나서 의사가 없는 작은 시골에 가서 가난한 사람들을 도우며 살기를 원하셨습니다. 그러나 나의 야망이 커서 선생님의 뜻을 이루어 드리지 못했습니다.

외과 전문의가 되고나서 미국으로 와서 성형외과 전문의, 수부외과 전문의가 되고 한국에 대학교수로 갔을 때는 선생님을 찾을 수 없었습니다.

장로님이 중풍으로 쓰러지셨다는 말을 들었지만, 어디 계신지를 알 수 없었습니다. 저는 선생님이 근무하시던 대학에도 가고 졸업하신 대학의 동창회에 가서 동창회 명부도 찾아 봤지만 선생님을 찾을 수 없었습니다. 수소문하여 이종환 선생, 김경숙 집사, 박순영 장로님을 만났지만 그분들도 모른다는 이야기였습니다.

나를 청년회장, 주일학교 총무, 성가대 총무일을 맡기시고, 뒤에서 붙들어 준 장로님이셨습니다.

이제 제 머리도 백발이 되고 은퇴를 했습니다. 저를 만나면 대견해하고 자랑스러워하실 선생님, 장로님을 뵙고 싶습니다. 그리고 살아온 삶의 신세타령을 하면서 실컷 울고 싶습니다.

선생님 기대에 못미처 죄송합니다. 시골에 병원을 차리고 가난한 사람들에게 봉사를 하면서 살았어야 할 텐데, 우리 사회가 그런 의사보다 전문적인 의사를 요구하지 않습니까. 도종환의 시처럼 저는 흔들리면서 비에 바람에 젖으며 인생을 살았습니다. 그리고 선생님의 은혜를 조금이나마 갚으려는 뜻에서 Free Clinic도 운영하고 글도 열심히 썼습니다.

이제 이 책을 선생님께 드리려 합니다. 받아주십시오. 그리고 '잘했다. 용해야.' 한번만 불러 주십시오.

아직도 비바람 부는 3월에

이용해

이용해 열세 번째 수필집